Einaudi. Stile

Giancarlo De Cataldo
L'agente del caos

Einaudi

www.einaudi.it

ISBN 978-88-06-23763-9

L'agente del caos

Roma, oggi

– Morto? Jay Dark? Ah, ah! Se vuole la mia opinione quel figlio di puttana è ancora vivo e vegeto. E in questo momento se ne sta in giro in qualche parte del mondo. A far danni, come sempre. L'avvocato Flint aveva una voce serena, profonda. Era un vecchio alto, magro, elegantemente fasciato in un completo grigio con cravatta reggimentale, folti capelli candidi e occhi azzurri, ora freddi, ora accesi da improvvisi guizzi ironici. Poteva avere fra i sessant'anni portati male e i settantacinque di chi è in piena forma. Si aggirava con passo agile fra i vialetti del cimitero monumentale del Verano fumando un lungo sigaro cubano. Giocherellava con l'edizione inglese del mio ultimo romanzo: *Blue Moon*. Era la prima volta che ci vedevamo di persona.

Circa un anno prima mi ero imbattuto casualmente nella storia di un individuo realmente esistito. Jay Dark. Sulla sua vita avventurosa esistevano numerosi documenti e scarsissime testimonianze dirette. Le fonti erano per lo più inattendibili, visto che consistevano, quasi esclusivamente, in blog animati da adepti del complottismo piú scatenato. Per intenderci: gente convinta che l'allunaggio di Neil Armstrong fosse una montatura della Nasa e che l'11 settembre l'avesse organizzato il Mossad per far ricadere la colpa su Osama, innocente e candido come un agnellino da latte.

Ma c'erano pure, su Jay Dark, documenti di ben altra natura e serietà. Verbali giudiziari. Atti processuali. Rapporti investigativi. Relazioni della Commissione Stragi. Pubblicazioni di esperti di terrorismo interno e internazionale. Anche qui, beninteso, non mancavano i problemi. Mi ero spesso dovuto scontrare con la circolarità delle stesse fonti ufficiali: troppe volte una notizia che sembrava provenire da tre o quattro diversi autori aveva in realtà un'unica origine; gli altri si erano divertiti a propagarla come propria e autonoma. Il che non costituiva, ovviamente, ciò che in ambito legale si definirebbe «convergenza del molteplice», ma una truffa bella e buona.

Ma anche se avevo adottato una ricostruzione, diciamo cosí, minimalista, la storia che ne derivava era decisamente interessante.

A un certo punto, la polizia italiana aveva arrestato un tipo che se ne andava in giro con una valigia piena di droghe di ogni genere ed era in possesso dei numeri di telefono di alti papaveri dei servizi segreti, della massoneria e della politica. A pochi giorni dall'arresto si era accertato che, pur disponendo di un passaporto inglese valido, non trafugato né falsificato, in realtà era americano. Si chiamava Jay Dark e parlava undici lingue.

Le sue origini erano incerte. Nella sua carriera, sino all'arresto, aveva assunto oltre venti identità. Sul suo capo pendeva una taglia di duecentomila dollari della Dea, l'agenzia antidroga americana, che lo riteneva il piú grande trafficante di Lsd del mondo occidentale. E tuttavia, gli americani non avevano mai chiesto la sua estradizione. Anzi. Per tutti i quattro anni nei quali era stato detenuto in Italia, le autorità consolari a stelle e strisce non gli avevano fatto mancare sostegno, solidarietà e denaro. In galera Jay Dark era entrato in confidenza con le Brigate

Rosse e aveva reso numerosi verbali agli ufficiali di polizia giudiziaria. Aveva segnalato possibili obiettivi di attentati, senza essere creduto. Anche dopo che le sue prime dichiarazioni si erano dimostrate veritiere, le nostre autorità avevano continuato a ignorarle. Condannato a una lunga pena detentiva per droga, era stato raggiunto da un nuovo mandato di cattura perché accusato di aver creato un gruppo terroristico, o comunque di aver tramato con lo stesso. Inspiegabilmente, lo avevano scarcerato quando il giudice istruttore si era convinto che era legato a un servizio segreto «alleato». Una volta liberato, si era dato alla macchia, per morire, pare, poco tempo dopo.

Beh, era una storia molto interessante, per i miei canoni di giudizio. E infatti ne avevo tratto un breve romanzo. O un lungo racconto, se preferite, che avevo intitolato *Blue Moon*, appunto, dal nome di un'operazione segreta della Cia della quale mi avevano parlato alcuni giovani ricercatori. L'obbiettivo dell'operazione era di inondare di eroina le strade per fiaccare le velleità rivoluzionarie di un'intera generazione. Ecco il compito che il Sistema, come si usava dire negli anni Sessanta, aveva affidato a Jay Dark e ad altri come lui.

Quando i giovani in questione mi avevano prospettato questa ipotesi, avevo reagito con scetticismo. Che la droga fosse stata il grande tormento della mia generazione era innegabile. Ma secondo me non c'era stato bisogno di nessun complotto perché l'eroina diventasse «trendy». Lasciavo volentieri queste teorizzazioni ai paranoici. Avevo conosciuto e frequentato troppi angeli caduti per rassegnarmi all'idea del complotto. Nella città di provincia dove era avvenuta la mia educazione sentimentale, per dire, nel giro di un paio d'anni decine di amici erano transitati dalle serate a base di vino, salame e canzoni degli Inti-Illimani al buco. O dal saluto romano al buco: in quegli anni l'eroina non si poneva problemi ideologici. E nemmeno di classe, se è per questo. L'eroina era diventata rapidamente una moda: un «must», si sarebbe detto in anni successivi. Il confine fra consumatore e spacciatore era quanto mai labile. Una volta entrati nel «giro», era difficile uscirne. I morti non si contavano. Un contagio cosí diffuso che l'idea che dietro tutto questo ci fosse la mente raffinata e perversa di una qualche Spectre mi faceva sorridere. La verità è che quei disgraziati ci credevano. Nel clima di quegli anni si credeva alla droga come a tante altre utopie: la lotta armata, la rivoluzione dietro l'angolo, che i matti non esistono, che i criminali sono nostri fratelli e via dicendo. Un fenomeno cosí universale non poteva essere liquidato come la sporca trovata di una congrega di callidi spioni. Poi la mia strada era stata attraversata da Jay Dark, e quell'ipotesi non mi era sembrata piú tanto peregrina.

In *Blue Moon* immaginavo che un giovane e coraggioso poliziotto, ovviamente di sentimenti democratici, Paco Durante, scoprisse la mano delle spie dietro l'inarrestabile avanzata dell'eroina. Paco individuava Jay Dark e, con l'aiuto di un vecchio giudice altrettanto coraggioso, anche se un po' cinico, riusciva a incastrarlo per traffico di droga. Prima di arrestarlo, Paco incontrava Jay, e per qualche strano sortilegio i due si piacevano. Come se una confusa sintonia li legasse. Per questo, quando Aldo Moro viene rapito, Paco il poliziotto chiede aiuto a Jay Dark. L'americano gli passa una «dritta», ma nello stesso tempo lo ammonisce: a scavare troppo a fondo in certe storie si rischia la pelle. Puntualmente, qualcuno blocca l'indagine. E visto che lo sbirro non si rassegna, lo fa uccidere con la consolidata tecnica del finto incidente stradale. Jay Dark viene rimesso in libertà. In seguito è coinvolto in altre vicende poco chiare. I nostri giudici lo cercano e si rivolgono agli americani. La sintetica risposta è un certificato di morte. E addio Mr Dark.

Intendiamoci. Anche se mi ero basato sui pochi elementi concreti e verificati di cui disponevo, con *Blue Moon* mi mantenevo nel regno della finzione. Un Paco Durante non è mai esistito. Ma che un poliziotto sia morto in un misterioso incidente stradale mentre stava indagando su Jay Dark, beh, questo era accaduto. E che l'incidente stradale sia stato, per lunghi decenni, il marchio di fabbrica dei nostri servizi piú o meno deviati, anche questo è inoppugnabile.

Qualche giorno dopo l'uscita della versione inglese, ricevetti una mail da uno studio legale di Los Angeles. Era dell'avvocato Flint. Aveva letto il libro e mi chiedeva se avessi ancora intenzione, in futuro, di tornare sulla storia di Jay Dark. Da un rapido controllo nel sito della Bar Association della California appurai che effettivamente esisteva uno studio Flint & Lewenstein, con sede in una suite dei Lonegan Apartments, sul Wilshire Boulevard. Composi il numero che compariva sul sito e dopo un'interminabile trafila di segretarie riuscii a mettermi in contatto con l'avvocato Alwyn Flint. Flint, che parlava un ottimo italiano perché difendeva molti miei connazionali – cosí mi disse dopo i convenevoli – mi spiegò che il suo studio curava gli interessi della fondazione Fire of Chaos, istituita anni prima da Jay Dark in persona. Il vasto oggetto sociale della fondazione comprendeva, tra l'altro, la vigilanza sulla rappresentazione, in qualunque modo realizzata, delle attività di Mr Dark. Secondo Flint, insomma, nessun prodotto, né televisivo, né cinematografico, né teatrale, né letterario, avente a oggetto la vita e le imprese di Dark, poteva essere realizzato senza il benestare della fondazione stessa. Cioè di Flint. Gli dissi di contattare il mio avvocato, ma gli feci anche capire, con una certa decisione, che Jay Dark era un personaggio storico, e che la sua pretesa era assurda.

Flint prese atto della mia posizione e ci salutammo.

Dopo due mesi di silenzio ricevetti una sua telefonata. Era a Roma, e voleva incontrarmi.

Non avevo nessun obbligo nei suoi confronti, una volta chiarita la questione dei diritti, e glielo dissi con chiarezza. Non avrei tollerato altre ingerenze nel mio lavoro; e se aveva obiezioni, si rivolgesse di nuovo al mio avvocato.

Ho ancora nelle orecchie l'eco della sonora risata con cui Flint ribatté al mio tono sdegnato.

– Lei non ha capito. Io non voglio metterle i bastoni fra le ruote. Io voglio che lei scriva la vera storia di Jay Dark.

Ed eccoci dunque uno di fronte all'altro al tempio egizio del Verano, dove a Roma usiamo salutare per l'ultima volta quelli che non hanno il dono, o la maledizione, di una fede nell'aldilà. Flint mi confidò la ragione di questa scelta singolare: in un altro cimitero, in un pomeriggio d'estate di trent'anni prima, Jay Dark aveva goduto dell'inestimabile privilegio di assistere al proprio funerale.

– Il suo racconto non è malvagio. Forse c'è un'eccessiva inclinazione al sentimentalismo...

– Lo dica al mio editore. Mi accusa esattamente del contrario. Secondo lui in *Blue Moon* c'è troppa politica e poco sentimento.

– Davvero? Mi dispiace. Ma il punto è un altro. Il suo racconto è privo.

– Ne ho sentite anche di peggio, mi creda.

– Privo perché manca l'elemento essenziale, – riprese, imperterrito, Flint.

– E quale sarebbe questo elemento essenziale? – lo interrogai, sarcastico. Cominciavo a perdere la pazienza.

Flint assunse un'aria ispirata.

– Il caos. Manca il caos.

Bene. Mi ero imbattuto in un tipo originale. Magari un vero e proprio pazzo.

Se fossi stato saggio, avrei dovuto girare i tacchi in quel preciso momento.

Ma avete mai conosciuto uno scrittore saggio?

Io, in ogni caso, non lo sono.

Flint aspirò una lunga boccata dal sigaro.

– Non le è mai venuto il dubbio che uno che parlava undici lingue potesse essere qualcosa di diverso dall'Amerikano che agitava i peggiori incubi dei suoi compagnucci democratici? Davvero lei pensa che la storia sia cosí banale?

– Io mi sono attenuto alle fonti, – protestai.

Nonostante tutto, Flint aveva un modo di dire le cose che non ti lasciava indifferente.

– Le fonti! Non deve credere a tutte le notizie che si spacciano ogni giorno. Meglio affidarsi a testimoni piú attendibili, quando si ha la fortuna di incontrarli.

– Sta parlando di lei, per caso?

– Sí.

– E perché dovrei crederle?

Flint allargò le braccia.

– Io c'ero.

LA VERA STORIA DI JAY DARK SECONDO L'AVVOCATO FLINT

Come nacque Jay Dark

1

Nel 1960 Jay Dark non si chiamava ancora Jay Dark. Il suo nome era Jaroslav Darenski, detto Jaro, aveva vent'anni e faceva il ladro. Si introduceva nelle case dei ricchi di Manhattan, arraffava un po' di roba, catenine, orologi, fermacravatte d'oro, e rivendeva la refurtiva ad Avram lo Zoppo, un ricettatore armeno che puntualmente lo fregava, ma del quale, tutto sommato, aveva finito per fidarsi. Anche perché in giro, dalle sue parti, non c'era molto di meglio. Per «le sue parti» Flint intendeva Williamsburg. A quel tempo Williamsburg era una zona devastata, teatro di scontri fra bande di strada e minoranze etniche piú o meno rissose, sobborghi popolari dai quali la brava gente si teneva accuratamente alla larga e nei quali persino gli sbirri avevano un certo timore a ficcare il naso. Una terra franca aperta alle scorribande di un ragazzo come Jaro: il luogo ideale per pascolare nella melma, in attesa...

Già: in attesa di che?

È probabile che lui allora già sapesse, o quanto meno confusamente sentisse, di essere «diverso». Intanto, era un solitario. Non aveva amici. E non voleva averne. La solitudine gli era amica, compagna, sorella, madre. Un ragazzo non solo diverso. Un ragazzo diverso e strano. La sua stranezza ruotava intorno alla questione della lingua.

Anzi, delle lingue.

Cominciò tutto per caso. C'era questa libreria sulla Sesta Strada che faceva affari d'oro. Il titolare, un ometto sui cinquanta, aspirante scrittore frustrato, ritirava l'incasso una volta a settimana, lasciando nel frattempo la cassa a gonfiarsi di contanti. Una sera Jaro si fece chiudere dentro, attese che il commesso abbassasse la saracinesca, si concesse un'ora prima dell'arrivo del metronotte, e quando si sentí al sicuro, uscí allo scoperto e si diresse alla cassa. Stava per darci sotto di grimaldello quando gli cadde l'occhio su un dizionario inglese-spagnolo. Flint mi disse che lui stesso, Jaro, non riusciva a spiegarsene il motivo, ma d'improvviso la cassa, e i denari che conteneva – l'unica ragione, in fondo, che lo aveva spinto a mettere piede in una libreria – persero d'importanza, e Jaro si accese di passione per il dizionario. Aveva già appreso qualche rudimento di spagnolo dai ragazzi di una gang portoricana che bazzicava nelle vicinanze del sottoscala dove viveva in quel periodo. Prese a sfogliare timidamente il dizionario, quasi con atteggiamento di religiosa devozione, cercando di ritrovare quelle poche parole che aveva imparato e di riprodurne il suono. Si accorse subito che legava con facilità frasi piú complesse. Fu una rivelazione. Leggeva, leggeva, leggeva, e assimilava con una tale concentrazione che non si accorse del trascorrere delle ore. Il rumore della saracinesca – era l'orario di apertura – lo strappò bruscamente all'esame della lettera «P». Si rifugiò in un angusto vano fra due enormi espositori e si dileguò mescolandosi ai primi clienti, col suo prezioso tesoro nascosto sotto il giubbotto.

In quel momento non poteva saperlo, ma aveva mosso i primi passi verso la sua nuova vita.

Rubava libri in lingua straniera. Si immergeva avidamente nella lettura. Ripeteva le frasi ad alta voce. Si impadroniva degli accenti e delle sfumature piú insignificanti, sino a dominare gli uni e le altre. Girava per il quartiere cercando di carpire ogni suono esotico, provocava piccole occasioni per scambiare battute con individui di ogni etnia, e sfidava sé stesso a intuire il senso e il significato delle loro parole. Rubava gioielli e orologi per sopravvivere, si nutriva di lingue straniere per sentirsi vivo.

Era stato toccato da quello che, in seguito, avrebbe chiamato «il dono».

2.

L'8 novembre del 1960 Jaroslav Darenski fu tratto in arresto per furto con scasso. Si era attardato in un appartamento di lusso, sulla Quinta Strada, ed era stato colto di sorpresa dall'improvviso rientro del padrone di casa. Curiosamente, la perdita di tempo e la svagatezza non erano state dovute a uno dei suoi amati libri stranieri, ma a una fotografia. Era rimasto per ore a fantasticare sull'immagine incorniciata che mostrava un sessantenne dalla tipica mascella da squalo – il proprietario dell'appartamento – nell'atto di stringere la mano al presidente Kennedy e alla sua adorabile mogliettina. Jfk, per la verità, non era ancora il presidente, ma aveva tutta l'aria di chi lo sarebbe diventato in tempi rapidi. E infatti, fu eletto esattamente mentre Jay veniva arrestato. Jay provava per i Kennedy sentimenti contraddittori. Un momento li considerava la speranza dell'America, quello successivo due arroganti signori il cui potere immenso lo lasciava indifferente. A volte si convinceva che avrebbe dovuto ispirarsi alla loro giovanile esuberanza, e si sforzava di imitare il sorriso irresistibile di Jfk. Altre provava una rabbia incontenibile: perché la loro vita era cosí facile e ricca di successo e la sua cosí miserabile? Jaro non coltivava alcuna istanza di rivolta sociale, era privo della benché minima coscienza politica, e non avrebbe mai votato per nessun candidato a nessuna elezione. Ciò che sentiva, nel profondo, era il semplice desiderio che accadesse qualcosa. Una cosa qualunque. Capace di strapparlo a un destino che lo opprimeva come una gabbia angusta. Quella sera pensava: facciamo cambio, Jfk. Per un anno, un mese, una settimana o un giorno, tu sei me e io sono te. Tu vieni a rubacchiare nelle magioni dei tuoi finanziatori a Manhattan e io mi scopo Jackie, mi siedo alla tua scrivania e ordino di sganciare la bomba su Mosca. Si potrebbe dire che Jay già sentiva, dentro di sé, il desiderio del caos. E questo lo rendeva pronto. Anche se ne era inconsapevole.

In ogni caso, quando il padrone di casa sfoderò la pistola, Jay alzò istintivamente le mani. Un'ora dopo era al distretto di polizia, temporaneamente parcheggiato in una lurida camera di sicurezza in compagnia di una coppia di latinos con il volto deturpato da sfregi di lama.

– Non voglio casini nel mio distretto, – aveva ammonito il grasso sergente, sbattendolo in cella.

Da Jaro non c'era niente da temere. Per quanto cresciuto sulla strada, non se l'era mai cavata troppo bene nello scontro fisico, e il coltello, al massimo, lo usava per tagliare la carne. Il problema erano i latini. Ai loro occhi quel ragazzino secco, pallido e spaurito doveva apparire una preda facile. Per un po', comunque, se ne stettero tranquilli. Almeno finché il sergente era a portata d'occhio. Ma poi quello si alzò, proclamò il suo urgente bisogno di una birra – tanto dove andate, belli miei? – ringhiò un ultimo avvertimento – niente casini o quando torno vi spacco la faccia, chiaro? – e nell'androne del distretto Jay restò da solo coi due tagliagole.

– C'è una strana puzza qua dentro, Pepe.

– Sí, la sento anch'io, Sancho.

Avevano parlato in spagnolo. O, meglio, con l'accento dei *chicanos*, gli immigrati messicani.

– È puzza di carne bianca, Sancho.

– Sí, la sento anch'io, Pepe.

Jaro lasciò che gli si avvicinassero, gli occhietti brillanti e un sorrisetto maligno, alzò le braccia, come in segno di resa, e disse:

– *Yo también, hermanos. Es aquel poli. Huele a muerto.*

I due si bloccarono, interdetti. Non solo il tipo parlava la loro lingua. Parlava la lingua della strada. Il fatto era molto strano.

– Stronzate. Che cazzo di nome è Darenski? Sei un fottuto russo?

– In realtà, polacco.

– Polacco, russo, sempre la stessa merda. Sei un cazzo di comunista?

– Mia madre era messicana, di Tijuana, pace all'anima sua.

Sul riferimento alla mamma morta Pepe allargò le braccia, già disposto a cedere. Sancho, piú diffidente, sparò un insulto in gergo. Jaro rispose a tono. I due fratelli si guardarono, annuirono, e un istante dopo abbracciarono il loro nuovo amico.

Il Dio delle lingue aveva manifestato per la prima volta il suo immenso potere.

Il sergente rientrò agitando il manganello, pronto a impartire una severa lezione. Restò deluso nel trovare i tre ragazzi in perfetta armonia. L'indomani, quando vennero a prendere Jaro, Sancho gli soffiò nell'orecchio il consiglio che gli avrebbe cambiato la vita.

– Con la tua accusa rischi da uno a tre anni in una prigione di media sicurezza. Un posto di merda. Fatti mandare al Bellevue Hospital. Ti dànno delle pillole e se accetti di prenderle ti abbuonano la pena.

– Come faccio a andarci?

– Fai il pazzo.

– Ma io non sono pazzo.

– Inventati qualcosa. La lingua non ti manca, *hermano*!

Jaro seguí l'imbeccata. Al processo sproloquiò in greco e polacco, cercò di baciare sulla bocca l'enorme sorvegliante nero che lo teneva per le spalle e, come ciliegina finale, si calò i pantaloni e lo tirò fuori, minacciando di innaffiare Vostro Onore. Prese un po' di schiaffoni, ma il processo fu sospeso e Jay venne internato al Bellevue Hospital.

Dove gli offrirono di partecipare al «Programma».

3.

Il Programma consisteva in un accordo fra l'internato e la direzione. L'internato accettava di sottoporsi, per sei mesi, a un trattamento sanitario sperimentale, al termine del quale la sua condanna veniva revocata, la pena annullata o, come nel suo caso, il processo semplicemente non si faceva piú. Sancho non aveva mentito: una manciata di pillole in cambio della libertà. Dopo i primi due giorni trascorsi tra un esame medico e l'altro, la situazione gli venne chiaramente illustrata dalla direttrice del Bellevue, la dottoressa Mary Lou Di Caro, un'italo-americana corta e spigolosa che gli infermieri avevano affettuosamente ribattezzato «scopa nel culo».

– L'adesione al Programma è volontaria, quindi lei dovrà firmare l'accettazione in presenza di due testimoni e della sottoscritta. Il contratto è rinunciabile in qualunque momento, dunque lei è libero di ritirarsi a suo piacimento. Naturalmente, ove ciò dovesse accadere, gli effetti penali riprenderanno vigore, e lei tornerà in prigione. In piú, lei è vincolato al segreto sull'intera vicenda. Vale a dire che, una volta libero, non potrà parlare con nessuno degli esperimenti ai quali è stato sottoposto, pena la revoca dei benefici. In altre parole, se si lascerà sfuggire soltanto una sillaba su ciò che facciamo qui al Bellevue...

– Tornerò in galera, dottoressa.

Jaro firmò frettolosamente davanti a due testimoni, nel

caso avessero cambiato idea. Era ufficialmente nel Programma.

Un infermiere di nome Wojcech, polacco come sua madre (la sua vera madre), lo condusse alla stanza 25 della sezione P (P per Programma, il che denotava la totale mancanza di inventiva di quell'istituzione), che avrebbe dovuto dividere con due compagni d'avventura. Strada facendo, Jaro canticchiava. Wojcech scosse la testa, infastidito.

– Piano con l'entusiasmo, ragazzo.

– Ma che dici? Fra sei mesi sono fuori, libero come un uccello!

– Se sopravvivi.

– Che significa «se sopravvivi»?

– Qualcuno non torna indietro. Vedrai, ragazzo, il Programma è una brutta bestia.

Che aveva voluto dire Wojcech? Da che cosa voleva metterlo in guardia? I suoi due nuovi coinquilini erano davvero inquietanti. Uno era alto, calvo, ossuto, se ne stava seduto nella posizione del loto sul suo letto e fissava la parete immacolata muovendo ritmicamente la testa avanti e indietro. Si chiamava Jurgen, era di origine tedesca e avrebbe dovuto scontare sei anni per frode fiscale. Un finanziere sfortunato, uno dei rari esemplari della sua razza cosí idioti da farsi pizzicare. L'altro era un mezzo irlandese dai corti capelli bianchicci, Joel McKenna, e, come gli raccontò lui stesso, da quando prendeva le pillole era inseguito da una muta di cani neri e ringhianti che volevano azzannargli il culo. Ma che razza di roba ti davano al Bellevue? McKenna, che quando non sentiva ringhiare le sue bestie immaginarie era una deliziosa pasta d'uomo, disse a Jaro che aveva scelto il programma per evitare una condanna a quattro anni per truffa.

– Per il Programma prendono solo persone tranquille, come me e te, – gli spiegò, – niente criminali violenti. Ma sai perché, Darenski? Perché la violenza ce la mettono dentro loro, con quegli intrugli...

Ma con Jaro le cose andarono diversamente.

– McKenna?

– I cani, dottoressa. Stanotte hanno cercato di sfondare la porta, ma io mi sono barricato dentro e non li ho fatti entrare.

– Bravo. Galassi?

– Ho volato, dottoressa, glielo giuro. Su un campo sterminato di lillà.

– Sentiva gli odori?

– Intensamente.

– Bene, bene. La sensazione com'era?

– Ero estasiato, dottoressa.

– Darenski?

– Io? Eh... c'era questo cortile, e giocavo a baseball con dei ragazzi.

– Ah, sí? E com'erano questi ragazzi?

– Bia... bianchi e neri, dottoressa.

– E il cortile com'era?

– Normale, direi, un cortile come tanti.

– Ne è sicuro?

– Ora che mi ci fa pensare, la forma era un po'... irregolare.

– Irregolare come?

– Boh, non saprei, era tutto storto... anzi, per la precisione, la forma variava di continuo, e io sentivo come...

– Un senso di oppressione?

– Precisamente, dottoressa.

– Uhm. Duvalier, i suoi canguri?

– Niente canguri stanotte, dottoressa. Ma... non so se posso dirlo...

– Su, coraggio.

– Ho... ho fatto l'amore con...

– Con?

– Con una bellissima donna. Ma non aveva il volto. Al posto del volto aveva... come una maschera, una maschera bianca...

Era chiaro che al Bellevue li stavano drogando massicciamente, e che studiavano le loro reazioni. Ed era chiaro che nessuna di quelle droghe aveva niente a che vedere con la roba che girava per la strada. A Williamsburg si trovava un po' di tutto, dall'erba all'eroina, e come ogni bravo ragazzo di strada Jaro aveva provato un po' di tutto.

Dunque, Jaro simulava.

Passarono cosí un paio di mesi. Una sera, al termine della cena di tacchino e patate al forno, la Di Caro lo chiamò da parte e gli porse una zolletta di zucchero.

– La butti giú, Darenski.

– Che cos'è?

– Un nuovo preparato. Lei è stato scelto per testarlo.

– Vuol dire che gli altri...

– Lei e lei solo. Gli altri non ne sanno niente. E non devono saperne niente, intesi? Ci vediamo domattina.

Jaro prese la zolletta e la rigirò fra le mani. Sembrava una normalissima zolletta di zucchero. Con due piccoli granelli color marrone sulla superficie superiore.

– È questo il farmaco, dottoressa?

– Mi complimento per la perspicacia e le ricordo che lei ha firmato un contratto. È libero di ritirarsi in qualunque momento.

Posò la zolletta sulla lingua e avvertí immediatamente una punta di amarognolo che contrastava con il dolce dello zucchero. Mano a mano che si scioglieva, l'amaro si faceva piú intenso, sino a diventare la nota dominante.

– Ha un saporaccio, dottoressa.

– Buonanotte, Darenski.

Jaro tornò nella stanza 25 ripensando al lugubre monito dell'infermiere Wojcech. Forse gli avevano dato un potente veleno. Decise di non dormire. Aveva una paura fottuta di non risvegliarsi. Cercava qualcosa da leggere, ma l'unico testo a disposizione era l'immancabile Bibbia di Gedeone. Meglio di niente. Aprí a una pagina a caso, si sdraiò sul lettino e cominciò a leggere il libro del profeta Osea.

Cinque parole dopo era già profondamente addormentato.

Al suo risveglio, c'era ancora. Era vivo. Non l'avevano avvelenato. E, come al solito, non era successo niente. Raccontò alla Di Caro di essersi inoltrato in un giardino meraviglioso, popolato da elfi e giganti, e lei prese nota di tutto, senza commentare.

La storia della zolletta si ripeté per una settimana: i granelli scuri aumentavano, il sapore era sempre piú amaro e il sonno costantemente sereno.

La mattina dell'ottavo giorno Jaroslav Darenski incontrò per prima volta il dottor Kirk.

4.

Wojcech e un altro infermiere, un nero dall'aria impenetrabile, portarono Jay nella sala comune e lo legarono a una poltrona tipo dentista. Le cinghie gli stringevano le braccia e i piedi, ma poteva muovere le mani. Sul cranio gli fu applicata una quantità di elettrodi dai quali si dipartivano fili che confluivano in un apparecchio, una specie di grosso televisore con un monitor dietro il quale era posizionata la dottoressa Di Caro, in camice bianco. Accanto a lei c'era un uomo piccolo, magro, sulla sessantina, con una corta barbetta brizzolata e occhiali cerchiati d'oro. Wojcech depose accanto alla sedia un secchio.

– Se ti viene da vomitare, alza la mano destra. Ci penso io al secchio.

– Perché diavolo dovrei vomitare, Wojcech?

L'infermiere non rispose e a un cenno della dottoressa si piazzò alla sinistra di Jaro. Il piccolo uomo occhialuto prese la parola.

– Signor Darenski, lasci che mi presenti. Sono il dottor Harry Kirk. Stiamo per sottoporla a un'analisi che risponde al nome di «pneumoelettroencefalografia». Serve a ottenere una piú chiara visione della forma del suo cervello...

– C'è qualcosa che non va nel mio cervello?

«Scopa nel culo» si agitò.

– La smetta di interrompere il dottor Kirk!

– Prego, prego, Mary Lou!

Kirk usò un tono pacato. Il suo inglese era sporcato da un forte accento tedesco.

– La curiosità di questo nostro giovane paziente è piú che legittima. No, signor Darenski, direi che non c'è niente che non va nel suo cervello, quanto meno non in senso strettamente clinico. Si tratta di una semplice osservazione. Dunque, la sedia sulla quale lei si trova verrà sottoposta a piú cicli di rotazioni e precipitazioni, in senso orario e dall'alto in basso, e viceversa. I movimenti bruschi ai quali sarà sottoposto ci consentiranno di apprezzare gli spostamenti del liquor cerebrale, avvicinandoci a una mappatura convincente dell'organo. Purtroppo, finché la scienza non sarà in grado di dotarci di altri ausili, siamo costretti a effettuare una modalità di intervento che potrebbe rivelarsi alquanto invasiva...

– Che cosa intende dire?

– Che, – sospirò Kirk, – potrebbero insorgere cefalea, tachicardia, senso di panico, vomito...

D'improvviso Jaro si sentí un topo nella tagliola. Cominciò a dibattersi, urlò che non intendeva sottoporsi a nessun cazzo di esperimento, cercò di strapparsi dalla morsa delle cinghie. Wojcech e l'infermiere nero lo afferrarono. Il dottor Kirk intervenne, con un tono persino affettuoso.

– So che le chiediamo molto, signor Darenski, ma i risultati di questo esame e i suoi esiti potrebbero dimostrarsi, per lei, produttivi di eccellenti conseguenze...

– Me ne fotto delle vostre conseguenze! Scioglietemi! Il contratto parla chiaro: in qualunque momento posso ritirarmi. Perciò, scioglietemi!

Jaro parlò in tedesco. Come se avesse inconsciamente evocato il dio delle lingue. Kirk rivolse un'occhiata perplessa alla dottoressa Di Caro.

– Parla tedesco? Questo giovane parla anche tedesco?

– Sí, – ammise, tetra, «scopa nel culo», e aggiunse: – Al processo greco e polacco, la lingua della madre. Inglese, naturalmente. Sospetto che capisca l'italiano, da come mi guarda quando mi capita di usare qualche espressione nella lingua dei miei genitori. E, secondo un paziente, parla anche lo spagnolo.

– Mi hai spiato, stronza! – protestò Jay, in italiano.

– Dunque lei, signor Darenski, parla... cinque? Sei lingue?

– Parlo tutte le cazzo di lingue che mi pare. Liberatemi, bastardi!

– *Wunderbar*! – s'illuminò Kirk. – È assolutamente necessario procedere all'esperimento!

– Non possiamo farlo, – intervenne la Di Caro. – Non senza il suo consenso. Il Programma è...

– Mia cara amica, – flautò, soave, Kirk, – con il dovuto rispetto, il Programma è una mia invenzione, e io sono in grado di autorizzare questa analisi anche senza il consenso del paziente!

– Non erano questi i patti! – urlò il ragazzo ma «scopa nel culo», come se fosse addirittura sollevata dalla comunicazione di Kirk, premette un bottone.

E il mondo, intorno a Jaro, cominciò a girare.

5.

La seduta durò un'ora, e, a parte un lieve senso di instabilità, non lasciò traccia sul corpo della cavia. Alla fine di tutto, Wojcech slegò Jaro, gli assestò un'amichevole pacca sulla schiena e lo accompagnò nel gabinetto della Di Caro, sotto lo sguardo compiaciuto di Kirk.
– Desidera qualcosa, giovanotto?
– Una tazza di cioccolato caldo.
E si ritrovò seduto davanti a Kirk e alle sue carte. La Di Caro non era stata ammessa al colloquio. Kirk si lisciava la barbetta e dispensava sorrisi rassicuranti. Fu in quel preciso momento che Jaro avvertí il calore. Quel sentimento di essere riconosciuti, e persino apprezzati, da qualcuno. Come se si appartenesse alla medesima famiglia. Come quando si ha una famiglia (lui non ne aveva mai avuta una) e si ritorna a casa dopo una lunga giornata di lavoro o, peggio, un viaggio avventuroso e ricco di pericoli o, peggio ancora, una guerra alla quale si è scampati per un incredibile disegno del caso. Kirk sorrideva, e Jaro si lasciava pervadere da quel sorriso, e piano piano il ghiaccio che si portava dentro, il ghiaccio delle strade ostili di Williamsburg, si scioglieva.
– Tutto questo interesse per le lingue straniere... sa dirmi da dove è cominciato, signor Darenski?
– No. So solo che è successo. Succede. E basta.
– Mi parli di lei, signor Darenski.

– C'è poco da dire...

Mai incipit fu piú falso. Jaro parlò a lungo di sé. E, per una volta, non fu né bugiardo né reticente. Raccontò della madre, che aveva ritrovato morta, un giorno, in casa, con la bottiglia di vodka ancora in mano. Una madre della quale stentava a pronunciare il nome. Una madre che non era mai stata tale.

– E suo padre?

– Non l'ho mai conosciuto. Ma una volta mia madre...

– Sua madre? Su, coraggio... sua madre?

– Mia madre... aveva bevuto, come sempre. Ma le era presa una sbornia malinconica, non so se mi capisce.

– Ma certo, vada avanti...

– Beh, di solito quando le chiedevo di mio padre cambiava argomento, o si metteva a strillare, o minacciava di suonarmele. Ma quella volta... quella volta accadde una cosa strana. Mi parlò di lui.

– E che cosa le disse?

– Che mio padre era un bell'uomo. Uno straniero venuto dal mare.

Kirk si sfregò le mani.

– Secondo l'illustre dottor Freud questo dovrebbe spiegare tutto. Ha mai sentito parlare del dottor Freud?

– Ho anche letto qualcosa, se è per questo. Ma superficialmente.

– Interessante, molto interessante... che lingua sta studiando, in questo momento?

– Prima di entrare nel Programma mi ero procurato una copia del Corano. Ho ancora qualche difficoltà con l'alfabeto, ma l'arabo ha suoni decisamente affascinanti.

– Che lei, se ho ben capito, apprende e riproduce con... naturalezza, è questa la parola esatta?

– Sí, naturalezza, dottore. È questa la parola esatta.

Kirk restò un po' a meditare, poi estrasse dal taschino una piccola pipa e una borsa di tabacco, riempí il fornello, accese con un fiammifero e infine si offrí, se Jaro ne avesse avuto voglia, di fargli avere una sigaretta. Il ragazzo rimase interdetto. Al Bellevue il tabacco era considerato un nemico da schiantare. Ai pazienti si somministrava ogni tipo di droga, ma il tabacco era rigorosamente proibito.

– Una delle tante contraddizioni del nostro sistema, – ridacchiò Kirk, – tipico della mentalità protestante. Come quella storia di coprire gli alcolici con una busta di carta... Proibizionismo e vizi privati da consumare con segreta vergogna. Ne riparleremo. Ora procediamo. La pneumoelettroencefalografia ha dimostrato un sensibile sviluppo... un abnorme sviluppo della cosiddetta Area di Broca. Riteniamo che si tratti di quella parte del cervello a cui è affidato il compito della comunicazione. C'è una base scientifica che giustifica la sua facilità nell'apprendere le lingue. Nello stesso tempo, lei è figlio di una molteplicità etnica e linguistica che, sul piano ambientale, facilita l'apprendimento. Sua madre era polacca, suo padre uno straniero venuto dal mare, poteva essere greco o italiano, lei è cresciuto a Williamsburg, ha frequentato italiani e... e tutto questo giustifica in parte quanto le sta accadendo. Per il resto...

– Per il resto?

– Mi riprometto di studiare con la massima attenzione il suo caso. Non ho ancora una definizione corretta. Ma posso assicurarle che si tratta di un caso estremamente stimolante, signor Darenski. Del massimo interesse! E forse, per una volta, il dottor Freud ha anche qualcosa da dire...

– Io mi sono sempre sentito strano, dottore.

– In questa stanza di individui strani, come dice lei, ce ne sono almeno due.

E poi aggiunse, con un tono che Jaro non avrebbe mai dimenticato: *mein Knabe*. Figliolo, ragazzo mio. Nessuno lo aveva mai chiamato cosí. Jaro provò qualcosa di assai simile a una profonda commozione. Aveva voglia di mettersi a piangere come un bambino. Ricacciò indietro le lacrime perché era un ragazzo di Williamsburg. E a Williamsburg, in tema di sentimenti, vigevano regole severe: se piangi, sei finocchio. E ai finocchi si affetta la faccia.

Poi Kirk cambiò tono. La sua voce si fece di colpo tagliente.

– Lei ha simulato. Le analisi parlano chiaro, e sono incontrovertibili. Le sono state somministrate dosi crescenti di psilocina e psilocibina che il suo organismo ha assorbito, ma che non hanno provocato alcuna reazione a livello psichico. Dal mio punto di vista, non solo è anomalo, ma decisamente sorprendente. Ora risponda sinceramente: perché ha mentito?

– Perché avevo paura che se avessero scoperto che per me tutta quella roba era acqua fresca, mi avrebbero spedito in galera.

Kirk rise. Tanto il suo sorriso era caldo e, pensava Jay, paterno, quanto la risata, una specie di sogghigno da iena, aveva il potere di renderlo immediatamente scostante.

– Errore, signor Darenski, grave errore. Gli esperimenti servono proprio a questo. A validare una teoria oppure, ed è la strada che personalmente preferisco, a falsificarla. Ma avremo modo di occuparcene... se avremo modo, come mi auguro, di rivederci. Mi dica un'altra cosa: supponiamo che il Programma si concluda con esito positivo... che progetti ha per il suo futuro, signor Darenski?

– Quando uscirò da qui, vuol dire?

– Precisamente.

Era una domanda alla quale non sapeva rispondere. Aveva sempre ritenuto ovvio che, una volta liberato, avrebbe ripreso la solita vita. I furti e tutto il resto. Kirk, con quella semplice domanda, e con l'aura che spirava dalla sua persona, lo aveva mandato in crisi. Ora non era piú certo di niente. Non di sé stesso, non del futuro.

– Non lo so, dottore.

Kirk non rispose. Si limitò a fissarlo per un lungo istante, annuí brevemente, poi si alzò e se ne andò, senza degnarlo di un saluto.

Nel cuore della notte, mentre Jaro cedeva a un'insonnia per lui insolita, comparvero due uomini in grigio, gli ordinarono di vestirsi e lo caricarono su una Ford Galaxy Mayberry, la berlina degli sceriffi.

Questa, però, non aveva né insegne né lampeggiante.

6.

All'alba, Jaro era allo Schloss, il Castello: cosí Kirk chiamava la sua tenuta, né modesta né eccessiva, diciamo dignitosa, alla periferia di River Wells, New Jersey, sessanta miglia a sud di Manhattan. Kirk gli presentò sua moglie Gretchen, una bionda paffuta e sorridente che sembrava uscita da una fiaba dei fratelli Grimm. Tutti e due indossavano ampie camice da notte di lana grezza e sandali ai piedi: evidentemente erano immuni al freddo intenso della notte morente. Jaro seguí entrambi sino a una piccola stalla dove una capra li salutò con un belato festoso.

– Questa è Lotte, figliolo. La nostra cara Carlotta. Ma a differenza di quella immortalata dal nostro grande poeta Goethe, la nostra Lotte non ha grilli per la testa, vero, Lotte?

Kirk entrò nel recinto, si avvicinò alla capra, la carezzò sulla fronte (la bestiola mostrò evidenti segni di gradimento), poi indossò un paio di guanti, afferrò un secchio e cominciò a mungerla.

– Tu credi in Dio, figliolo? – chiese, sempre mungendo, e passando a un «tu» che scatenò in Jaro una nuova ondata di calore.

– Sinceramente non mi sono mai posto il problema.

Gretchen approvò, ridacchiando, festosa come la capra. Per tutti gli anni a venire, quando, si può dire, Kirk e lei lo avrebbero trattato come il figlio che non avevano mai avuto, Jay Dark – ormai non piú Jaroslav Darenski – non avrebbe mai sentito Gretchen pronunciare una sola parola. Non che fosse muta: secondo Kirk non parlava, a parte rare occasioni e solo con lui e con Lotte, perché non aveva alcuna necessità di usare il linguaggio verbale per comunicare le sue emozioni. Prima fra tutte, la sua immensa gioia per ogni giornata che si avvicendava nel mondo, che fosse illuminata dalla luce del sole, bagnata dalla pioggia, imbiancata dalla neve o percorsa dai fremiti cupi dell'oscurità.

– Io invece, – disse Kirk, – come tanti altri prima di me, il problema di Dio me lo sono posto per lunghi e lunghi anni. E alla fine di tante riflessioni sono pervenuto alla tua stessa conclusione: non è il caso di porsi il problema. Un giorno, forse, la scienza fornirà un'adeguata risposta alle domande piú elementari. Perché Lotte produce tutto questo buon latte con il quale ci nutriamo? Per sfamare il suo capretto, dirai. D'accordo. Ma perché allora continua a produrlo anche quando non c'è nessun capretto? Per mantenersi in allenamento? Perché la sua natura glielo comanda? Perché Dio ha deciso cosí? O semplicemente perché è una creatura innocente che trae piacere dal donarci il suo latte? Non lo sapremo mai. Ma continueremo a interrogarci al riguardo. Ecco. Ciò che voglio dirti è che interrogarsi sul senso delle cose è doveroso, ma lo è altrettanto l'abbandonarsi al fluire delle cose stesse. In sostanza, sapere e non sapere si equivalgono, tormentarsi o infischiarsene sono atteggiamenti egualmente degni di stima e apprezzamento... ciò che mi rende perplesso nei credenti, a qualunque fede appartengano, è la costante ossessione per quanto chiamano il Principio Ordinatore... vale a dire un motore, una causa prima, un principio, appunto, a cui è demandato il compito di assicurare l'ordine dell'universo... e se invece non esistesse alcun ordine? Se invece l'intera nostra esistenza dipendesse da un opposto principio, anzi, dalla totale assenza di qualunque principio... se noi non fossimo, ciascuno di noi e tutti insieme, che la sintesi organica di una forza primordiale e incontrollabile... il Caos? Che cosa ne dici, eh, Jaroslav?

«Tu non sai che dire, vero? Allora non dire: taci. È la migliore opzione. Assimila senza intervenire. Quando sarai pronto, prenderai la parola. Brava, Lotte, brava. Come sempre.

Terminata la mungitura, Kirk estrasse dalla tasca del camicione una manciata di sale e lasciò che la capra lo leccasse dal suo palmo. Poi, con un'ultima carezza, affidato il secchio pieno di latte caldo a Gretchen, invitò Jaro a seguirlo in casa.

Consumarono la prima colazione – latte, pane nero di segale, marmellata di mirtilli fatta da Gretchen e frutta – in un accogliente tinello, arredato alla bavarese. Per tutta la vita, sino alla morte di Lotte, Kirk si vantò della sua dieta vegetariana.

Mentre Gretchen sparecchiava, il dottore fece scattare la serratura di un mobiletto in mogano, rivelando un giradischi di ultima generazione. Su vari ripiani erano allineati numerosi dischi. Il dottore ne scelse uno, avviò l'apparecchio e selezionò un brano. Le note riempirono la stanza. Una musica possente si diffuse. Jaro non aveva mai ascoltato niente di simile. Si sentí, suo malgrado, rabbrividire.

– Potente, vero? I *Carmina Burana*... ti spiegherò, un giorno, ma per il momento potrebbe aiutare a rendere l'idea...

Kirk si accese una lunga pipa e gli chiese di fornirgli una definizione di caos.

– Caos? Disordine, direi, – rispose il ragazzo, colto alla sprovvista.

– Prova a vederla da un altro punto di vista. Caos come ordine. O meglio: equilibrio. Equilibrio raggiunto attraverso il caos.

– Temo che per me sia un po' difficile, dottore.

Kirk sorrise.

– Assimila e medita. Ci arriverai. Intanto, ho trovato la parola.

– Quale parola, dottore?

– Quella che illustra la tua... condizione, figliolo.

– E sarebbe?

– *Geschenk*!

– Un dono?

– Precisamente. Un dono. Un meraviglioso, unico, esclusivo *dono*!

Jaro, aggiunse Kirk, doveva dimenticare per sempre le spiegazioni scientifiche che gli aveva dato dopo la seduta del giorno precedente.

– L'area di Broca, le oscillazioni del liquor, la tua anomala formazione ambientale... dimentica tutto, figliolo, dimentica. Impara a pensare a te stesso come al ricettacolo di questo prezioso dono... tu possiedi qualità che ti rendono unico, e cominci solo confusamente ad esserne consapevole. Sei immune a sostanze che potrebbero far uscire di senno il piú savio e posato degli uomini. Hai idea di che cosa contenessero quelle zollette di zucchero?

– Certo che no!

– Te lo dico io. Quelle zollette erano impregnate di Lsd. Ne hai mai sentito parlare?

– No.

– Naturale. L'Lsd è, per il momento, roba per iniziati. Sappi che si tratta di una droga allucinogena potentissima. La dottoressa Di Caro ti ha somministrato dosi crescenti di Lsd in attesa di una reazione. Non credeva ai suoi occhi. Ti aveva visto assumere quella roba sotto il suo sguardo vigile e tu niente! È stata una vera fortuna che abbia deciso di coinvolgermi... in piú, vieni dalla strada. Hai una sorta di istinto animalesco che emerge in situazioni di pericolo... l'idea di rivolgerti a me in tedesco, per esempio, quando eri sulla sedia... geniale, geniale! Per come lo intendo io, beninteso. Sí, credo proprio che tu sia pronto, figliolo.

– Pronto?

Kirk chiese a Gretchen di preparare un tè e rincalzò il tabacco nel fornello della pipa.

– Tu hai un dono, ma non sai ancora come padroneggiarlo, e temo che, senza una saggia e accorta guida, non riusciresti mai a farlo. Sinora hai sprecato questo dono conducendo un'esistenza miserabile. Ma da oggi la tua vita potrebbe cambiare!

Era un'offerta. Chiaro. Stava per accadere qualcosa. Qualcosa che avrebbe potuto cambiare davvero la vita di Jaro. L'istinto che Kirk gli riconosceva gli urlò: accetta! Di qualunque cosa si tratti, digli di sí.

– Sí, sono pronto, dottore!

– Piano, piano, figliolo. Vorrei che prima rispondessi a una domanda... supponiamo che io ti offra non un qualunque lavoro, ma una nuova, meravigliosa vita... che cosa saresti disposto a fare per ottenerla?

– Tutto.

Kirk lo fissò per un lungo istante. Poi, con un mezzo sorriso, disse:

– Devi uccidere Jaroslav Darenski e diventare un altro uomo.

– Un altro... uomo?

– Un agente!

La voce di Kirk si fece sognante, il suo sguardo acceso.

Il dottore indossava la livrea del seduttore, e sapeva essere dannatamente convincente.

– Affidati a me, Jay Dark. Farò di te un angelo e un guerriero, il mio braccio destro nel grande disegno del caos. Saremo uniti. Combatteremo molte battaglie, e quando saremo certi della vittoria, allora conosceremo la sconfitta, e dalla sconfitta risaliremo sino al trionfo! Vivere, errare, cadere, trionfare, ricreare la vita dalla vita... Affidati a me, Jay Dark!

Gretchen serví il tè, e accarezzò dolcemente i capelli di Jaro. Il suo sguardo esprimeva una totale, incondizionata fiducia in Kirk. Gretchen esortava Jaro a condividere questa fiducia. A consegnarsi al suo nuovo mentore.

– Ma perché mi chiama Jay Dark? – domandò il ragazzo.

Kirk aspirò una lunga boccata.

– Perché d'ora in avanti questo sarà il tuo nome!

Al diavolo, si disse Jaro. Qualunque cosa accada, sarà sempre meglio del sottoscala, del ricettatore armeno, di Williamsburg, dell'ospedale e della galera. Che cosa ho da perdere? Un bel niente. Che cosa ho da guadagnare? Tutto. Gretchen lo fissava, in trepidante attesa. Kirk sorseggiava il suo tè, apparentemente disinteressato. Jaro afferrò la pipa che il dottore aveva poggiato sul tavolo e fece un lungo tiro. Il tabacco aveva un retrogusto dolce, come di frutti di bosco.

– Dark. L'Oscuro. Mi piace.

Fu cosí che Jaroslav Darenski divenne Jay Dark e iniziò la sua carriera di agente del caos.

Roma, oggi

Flint sosteneva di aver conosciuto Jay Dark nei primi anni Settanta. Si erano incontrati per la prima volta nello studio legale Graheme & Porter, a Los Angeles. Flint, al tempo, era il socio piú giovane della ditta. Con Jay Dark si era creata un'immediata sintonia. Jay era davvero un tipo simpatico, affabile, gran conversatore, un vulcanico per eccellenza. La sintonia era presto diventata qualcosa di assai simile a un'amicizia – il genere di amicizia, mi spiegò Flint, che ci si può aspettare da uno come lui – e quando Flint si mise in proprio, Jay divenne il suo cliente numero uno. Fu Flint, di fatto, a creare la Fondazione, della quale si autonominò presidente. All'epoca, già circolavano voci su Jay Dark, ma per tutto il tempo nel quale i due collaborarono, Flint non venne a conoscenza di nessuna attività illecita. Soltanto dopo la sua scomparsa Jay si decise a raccontargli la verità. O, meglio, quella che Flint voleva vendermi come la verità. A proposito di questa scomparsa, fra l'altro, Flint, nel prendere congedo da me al termine di quel nostro primo incontro, aveva usato l'espressione «presunta morte». Come per ribadire che riteneva ancora Jay Dark vivo e vegeto. Ma quando gli avevo chiesto se ci fosse la possibilità di organizzare un incontro, si era mostrato evasivo.

«Potrei fare delle ricerche», aveva tagliato corto.

Qualche ricerca, per la verità, l'avevo fatta anch'io.

Effettivamente, nei primi anni Sessanta, al Bellevue Hospital, si erano tenuti esperimenti sulle droghe che, a differenza di quanto sembrava di capire dalla ricostruzione di Flint, avevano coinvolto anche ignare cavie. Effettivamente, a nome del dottor Harry Kirk risultavano, in quegli anni, alcune pubblicazioni in tema di ricaduta delle sostanze psicotrope sul comportamento umano. Lo scenario che Flint aveva delineato sembrava dunque poggiare su basi consistenti. Ma questo non bastava a conferire indiscussa autenticità al suo racconto. Da un lato, si trattava di informazioni alla portata di chiunque. Dall'altro, per quanto riguardava la trasformazione di Jaroslav Darenski in Jay Dark, Flint si era addentrato in un terreno assai accidentato.

Non esisteva nessuna biografia di Jay Dark. Il diretto interessato aveva seminato tracce di sé quanto meno ambigue e contraddittorie. I primi documenti piú o meno ufficiali che lo menzionavano, e le prime testimonianze piú o meno attendibili di soggetti che affermavano di averlo incontrato risalivano al 1966-67. C'era un buco di sei anni. Un buco che i blogger complottisti avevano cercato di riempire avanzando tre ipotesi: a) Jay Dark era figlio di un ufficiale nazista; b) Jay Dark era erede della fortuna edificata da un finanziere americano senza scrupoli grazie alla sua complicità coi nazisti; c) Jay Dark era un piccolo delinquente che si era fatto notare durante la permanenza al Bellevue Hospital.

Flint si atteneva a quest'ultima versione. Ma chi mi assicurava che non avesse ragionato, diciamo cosí, da narratore e non da storico? Che non avesse scelto la versione piú consona alla «sua» verità?

Perciò, se da un lato non potevo dire che Flint mi avesse fornito alcuna prova concreta di una reale conoscenza dei fatti, e quella frase «io c'ero» restava una mera petizione di principio, dall'altro lato la strada narrativa che l'avvocato aveva imboccato mi incuriosiva, appunto, come scrittore. Flint era convinto che raccontare l'avventura di un povero disgraziato che finisce per caso in un gioco piú grande di lui fosse piú divertente.

O, per dirla con il cinico linguaggio di noi narratori, «funzionava» di piú.

La curiosità, in definitiva, fu la molla che mi indusse ad accettare un nuovo appuntamento. Quando ci eravamo lasciati, dopo un piovoso e denso pomeriggio di chiacchiere, l'avvocato mi aveva detto che si sarebbe fermato a Roma per qualche giorno. Aveva preso alloggio al delizioso *Hotel Locarno*, a due passi da piazza del Popolo, ed era a mia disposizione per chiarimenti, informazioni, rivelazioni e quant'altro. La seconda volta che ci incontrammo fu in un luogo altrettanto strambo. Flint mi convocò al Museo di Kircher, all'ultimo piano dello storico edificio di piazza del Collegio Romano che ospita il Liceo Visconti, tradizionale vivaio della classe dirigente capitolina.

– Scelta singolare, per uno che dovrebbe essere di passaggio a Roma, avvocato.

– Mah, i miei legami con la sua città sono molto profondi. Mi pare di avergliene già accennato. E comunque, immagino che se lei, che non è nato a New York, ci venisse in visita, troverebbe il modo di farmi scoprire qualche angolo nascosto della mia città del quale nemmeno sospettavo l'esistenza...

– New York? – rimarcai, improvvisamente insospettito. – Ma lei non è di Los Angeles?

Flint rise di gusto, come per una barzelletta ben raccontata.

– Mio caro, io vivo a Los Angeles, ma sono nato a New York. Noi americani siamo gente molto mobile, sa?

In ogni caso, come era accaduto per il cimitero, la scelta del museo del Collegio Romano non era arbitraria. Athanasius Kircher, del cui genio multiforme la piccola e austera saletta di legni scuri conservava appena qualche traccia, era stato matematico, filosofo, pensatore, inventore, artista. Un uomo di tale eccentricità da ideare un organo a gatti, concepito per modulare armonie grazie all'utilizzo di code feline dalla differente lunghezza.

Il dottor Kirk era discendente, in linea retta, da padre Kircher.

Il dottor Kirk e la teoria del caos

1

Giusto un momento prima che il nazismo crollasse, il dottor Heinrich von Kircher, 41 anni, brillante psichiatra, autore di ricerche innovative nel campo del controllo mentale e dell'uso delle droghe, venne reclutato dall'Oss, l'Office of Strategic Services, il servizio segreto americano che avrebbe in seguito cambiato nome in quello, universalmente noto, di Central Intelligence Agency, Cia, e diventò Harry Kirk. Kirk apparteneva a un gruppetto di scienziati che, come lui, avevano abbandonato il Reich scegliendo l'America. Fra i nomi importanti: Wernher von Braun, il grande fisico, e Hubertus Strughold, inventore della moderna medicina aerospaziale. A proposito di questi suoi illustri colleghi, Kirk li chiamava «i tardivi», visto che la loro vocazione democratica era improvvisamente sorta dopo la vittoria degli Alleati e la conseguente caduta del Reich, e non prima, come era invece accaduto a lui. L'America dette a Kirk la possibilità di proseguire, con larghezza di mezzi, le sue ricerche sul controllo mentale. In un articolo comparso su una rivista accademica dopo la sua morte, un giovane ricercatore di Berkeley sosteneva che, in cuor suo, Kirk era rimasto un nazista. Convinto che il mondo altro non sia che un recinto governato dal disordine e destinato a essere retto da poche, elette menti illuminate, aveva sostituito all'aquila nera del Reich la bandiera a stelle e strisce. Quel ricercatore non aveva ca-

pito un accidente. Kirk, a differenza di quegli altri uomini d'ordine ai quali lo si voleva accomunare, non temeva
il disordine, ma lo venerava. La caduta di Hitler l'aveva
persuaso che la natura umana è insofferente a un eccesso
di ordine, e che non solo la convivenza pacifica fra le genti
è un'utopia – convinzione radicata in tutta la filiera degli
adepti del Reich – ma, cosa molto piú importante, per lui
decisiva, che il concetto stesso di «dominio» è un'utopia,
ancora piú pericolosa.

«Ogni dominatore sogna di annientare il caos, il che è
assolutamente impossibile. Al contrario, figliolo, il caos
dobbiamo assecondarlo, stimolarlo, solleticarlo. Gli vanno
lasciate le briglie sciolte. Solo a queste condizioni potremo
garantire la sopravvivenza del genere umano!»

Dal punto di vista di un onesto membro dell'establishment, simili idee erano non solo inaccettabili, ma, per di
piú, nocive. Se avessero soltanto lontanamente immaginato in che cosa realmente consisteva il «pensiero del dottor
Kirk», si sarebbero accorti dell'abbaglio nel quale erano
incorsi: ma come, ingaggiamo un onesto nazista e ci ritroviamo uno svitato o, peggio, un anarchico?

Ma Kirk non era soltanto bravo a dissimulare.

Kirk, oltre a essere un grande seduttore, era un bravissimo venditore. Sapeva metterla giú in modo tale che i padroni del vapore non ebbero mai alcun sentore del portato
sovversivo delle sue idee. E, addirittura, le sue teorizzazioni divennero miele per le orecchie di senatori, spioni,
manovratori e costruttori di opinioni: signori, il mondo è
in preda alla confusione, dunque occorre un dominio solido per governarlo, e questo dominio è stato consegnato
all'America. Quando qualche intelligenza piú acuta gli poneva il problema del «perché» l'America fosse destinata a
comandare sul mondo intero, lui valutava l'interlocutore

e sceglieva una delle due versioni che, proprio in vista di una simile domanda, aveva preparato. Ai conservatori piú ottusi, i mascelloni *law & order*, spiegava che era Dio a volerlo, e andava a pescare citazioni dall'Antico Testamento per giustificare una sostanziale riedizione del *Gott mit uns* nazista. Ai piú flessibili progressisti spiegava, attingendo a Gibbon, Machiavelli e compagni, che era la Storia ad affidare alla Casa Bianca l'attuale missione imperiale. In quell'aggettivo, «attuale», si annidava il baco beffardo, il genio di Kirk. Oggi ci sei, grande America, domani sarai spazzata via dall'inflessibile legge del caos. Come Tebe, Atene, Babilonia, Roma, Berlino e via dicendo. E tutti erano soggiogati da lui, e lo adoravano, perché, in fondo, non ci capivano un accidente.

2.

Per introdurre Jay Dark alla sua personale teoria, Kirk si serví di un preciso riferimento religioso.

– Ciò che piú si avvicina alla verità oscura delle cose è la Sacra Trimurti. Abbiamo questo Dio che sarebbe all'origine di tutte le cose, Brahma, che dorme, sprofondato in un sonno comatoso. A volte si rigira nel suo letto eterno, e sulla terra accade come minimo un cataclisma. Altre volte piange, e una sua sola lacrima può provocare un'inondazione. Quindi, meglio per tutti che se ne stia tranquillo, non ti pare, figliolo?

– Si direbbe di sí, dottore.

– Anche perché a governare le sorti dell'umanità provvede Vishnu, il reggitore. Una sorta di giudice, arbitro, legislatore. L'uomo d'ordine, insomma. Ma, come sto cercando di insegnarti, figliolo, l'eccesso di ordine provoca dapprima noia, poi malcontento, infine panico e sgomento. Gli uomini, noi uomini, abbiamo un dannato bisogno del disordine. Ed ecco che subentra Shiva, il guastatore, colui che muove e sommuove, Shiva l'iracondo ma anche il bizzarro. Shiva il devastatore. Ti auguro di non incorrere mai nella sua collera.

– Cercherò di stare attento.

– Non mi dispiace, te l'ho già detto, questa tua ironia da strada. Ma devi imparare a tenerla sotto controllo…

Shiva distrugge, e noi siamo costretti a ricostruire. Non esiste condizione umana migliore: hai davanti a te le rovine del passato, e devi edificare un nuovo futuro. Esaltante, vero? Se fossi abbastanza saggio, sapresti che anche ogni nuova costruzione andrà fatalmente incontro a una nuova distruzione...

– Ma se lo sapessi, non mi darei da fare per niente. Non ne varrebbe la pena, non le pare?

– Bravo. Cominciamo a entrare in sintonia. Fortunatamente, noi non siamo saggi, e ci illudiamo ogni volta che non ci saranno piú guerre, catastrofi, lutti, stragi, massacri e via dicendo. E invece no. Ci sono sempre. Puntuali e ricorrenti. E questo è il bello. Il che giustifica anche gli improvvisi risvegli di Brahma. Non è opportuno che se ne stia sempre a sonnecchiare. Anche lui deve fare la sua parte. È un ciclo eterno.

– Che nessuno può governare.

– Ma ci si può e deve scendere a patti. Scendere a patti con il caos. Questa è la nostra missione, figliolo. La missione di noi agenti del caos.

– Quindi, se ho capito bene, quando un terremoto distrugge una città noi non dobbiamo considerarla una sciagura, ma un'opportunità.

– Rozzo, ma efficace. Sí. Dobbiamo immediatamente pensare alla ricostruzione, poi cominciare a lavorare per il prossimo crollo, in modo da favorire la prossima ricostruzione, e cosí via nei secoli dei secoli. Non dire «amen», figliolo, me lo dico da solo.

Poi, cambiando di colpo argomento, Kirk domandò a Jay se, ultimamente, Lotte non gli fosse apparsa inquieta.

– Francamente, – rispose il ragazzo, sorpreso, – non mi pare...

– Mm, mmm, – bofonchiò Kirk, – c'è qualcosa che non mi convince... troppa irrequietezza... bisognerà provvedere, sí, bisognerà provvedere. La natura, figliolo, ha le sue esigenze. Cosí come le capre...

3.

«Mi chiamo J. Dark, ma il mio vero nome è Jurgen von Drakic. Mio padre cambiò il suo e il mio nome quando decise di tradire il Führer, che prima aveva servito fedelmente, e diventò collaboratore, un prezioso collaboratore, dei servizi segreti americani. Mia madre era una principessa araba, figlia di emiri. Mia madre e mio nonno morirono durante la campagna d'Africa, quando io ero ancora in fasce. Mio padre era un capitano dell'Abwehr, il servizio segreto di Hitler, ma la ferocia dei nazisti lo deluse, e cambiò bandiera. Mi ha educato nel rispetto dei sacri valori dell'ordine, della famiglia, della patria, la sua nuova patria. Mi ha costretto, con l'esercizio di una ferrea disciplina, a studiare le lingue straniere e le scienze, mi ha insegnato a tirare di scherma e di pistola, a cavalcare e a suonare il pianoforte. Si illudeva di fare di me una replica in stile americano del perfetto ufficiale prussiano. Non aveva capito niente. Forse devo a mia madre la ribellione, non lo so, ma amo crederlo. So cosí poco di lei... poco prima che mio padre morisse, lo affrontai a viso aperto e gli dissi quello che pensavo di lui e delle sue idee. Gli dissi che il mondo cosí com'era, quel mondo di valori ordinati nel quale credeva ciecamente, al punto da pensare di poterli trapiantare dalla Germania delle SS all'America di oggi, era un mondo orribile, per il quale provavo schifo, nausea e disgusto. Un mondo che andava bruciato, rivoltato, distrutto. Per poi essere ricostruito su basi completamente diverse. Dopo il

nostro tumultuoso colloquio, abbandonai New York e vaga-
bondai per qualche mese nei Paesi orientali. Avevo 19 anni e
mi sentivo solo, esaltato, ribelle e felice. Provai ogni tipo di
droga, e ne ricavai emozioni, visioni, ma compresi anche che
fuggire non mi avrebbe condotto da nessuna parte. Se volevo
cambiare il mondo, dovevo combattere per farlo. Tornai cosí
a casa, in tempo per assistere al funerale di mio padre. Se ne
era andato lasciandomi una bella casa a Manhattan e una di-
screta eredità. Sta a me metterla a frutto».

Ed ecco, in sintesi, la biografia di Jay Dark. Una «leggenda» costruita da Kirk e dai suoi collaboratori e, come tutte
le leggende ideate dai professionisti dello spionaggio, non
priva di un solido aggancio con la realtà. Un Von Drakich
era esistito realmente, ed era un ufficiale nazista passato poi
agli alleati. Aveva davvero un figlio e una moglie di ricca
famiglia araba. Solo che, nella realtà, il bambino muore insieme alla madre sotto le bombe dei «buoni». Anche Von
Drakich, inteso come presunto padre, era morto, e dunque
non avrebbe potuto creare problemi. Al bambino era stata
tatuata un'aquila del Reich sulla spalla sinistra e siccome Jay
Dark doveva essere quel bambino, anche Jay Dark fu tatua-
to. Tocco di classe: Von Drakich, quello vero, era stato uno
dei migliori amici di Kirk. Avevano progettato insieme il
salto della quaglia, cioè il passaggio dalla parte dei cowboy,
ma il povero Drakich s'era attardato nei saluti e non aveva
fatto in tempo a raggiungere i suoi futuri amici.

– Ricorda che Jaroslav Darenski è morto, e oggi esiste
solo Jay Dark, e cosí sarà per sempre. Ma stai attento a
salvare l'aura, figliolo.

E per «aura» Kirk intendeva quel sapore aspro di strada che, mescolato alla nuova «natura» posticcia, avrebbe
fatto di Jay Dark il suo agente ideale del caos.

Per sei mesi, Jay Dark fu sottoposto a un duro addestramento. Imparò ad andare a cavallo, tirare di scherma, suonare il pianoforte, stare a tavola, abbinare i colori
dell'abbigliamento, passare con disinvoltura da una tenuta
da lavoro a una da sera, giocare a tennis e ballare il tango
e il valzer, oltre a molte altre «qualità» che si addicevano
a un giovane aristocratico di origini europee. Nel frattempo, perfezionava la sua conoscenza delle lingue. Jay Dark
era un allievo non solo ideale, ma addirittura sorprendente.
Una spugna: assorbiva nozioni e modalità di comportamento, e riusciva a riprodurle perfettamente all'istante. E non
le avrebbe mai dimenticate. Kirk era estasiato.
    Qualcun altro lo era molto meno.
    Si chiamava Garreth Senn, e aveva l'età giusta e il giu-
sto carico di ambizioni per sognare di diventare, un giorno molto vicino, il numero uno.
    La prima volta che incontrò Jay Dark gli porse due ca-
lici di vino rosso.
    – Uno si chiama Châteauneuf-du-Pape, l'altro Montra-
chet-Aligout. Assaggia e assegna il nome giusto.
    Jay Dark liquidò la faccenda con un sorriso sprezzante.
    – Montrachet-Aligout? Non esiste un vino con questo
nome.
    Mossa giusta, e nello stesso tempo sbagliata.
    Prima ancora di conoscerlo, quando aveva appena sen-
tito parlare di lui, Garreth Senn aveva odiato Jay Dark.
Garreth Senn aveva il fisico tonico del campione univer-
sitario di football americano, i capelli a spazzola, la giusta camicia bianca e la giusta cravatta con il fermaglio del
club studentesco giusto. Garreth Senn era figlio di un co-
lonnello, nipote di un generale, discendente da un qualche
eroico combattente di Gettysburg. Era nato nel quartiere
giusto della città giusta, aveva frequentato le scuole giuste,

era fidanzato con la cheerleader giusta, aveva conseguito il diploma di laurea nell'università giusta e adesso lavorava nel posto giusto. Insomma, lui era l'Americano giusto, il patriota che sin dal primo vagito era predestinato a contribuire ai gloriosi destini della Nazione. Jay Dark era il figlio della serva (o di nessuno, se preferite), l'Ismaele usurpatore, quello che con la sua sola presenza insozzava il candore della Tradizione. Fosse dipeso da Senn, lo avrebbe rispedito in galera per il resto dei suoi giorni. Certo, sapeva benissimo che Jay poteva essere utile ai progetti di Kirk – che avrebbero dovuto coincidere con i progetti della Nazione, almeno ufficialmente – ed era al corrente del Dono. Ma tutto questo poteva al massimo garantire a Jay il ruolo di collaboratore occasionale usa-e-getta. Non sarai mai uno di noi, dicevano i suoi occhi grigi e il suo sorriso beffardo.

– Sta bene, merdina, hai vinto questa mano, ma non farti illusioni.

Jay riferí a Kirk lo sgradevole incontro. Il dottore lo esortò ad avere pazienza. Anche Senn, prima o poi, si sarebbe convinto della sua utilità e avrebbe finito per accettarlo. Ma quando gli raccontò che Senn aveva adombrato un qualcosa di distorto nel loro rapporto («non è che dalle parti tue, nel Bronx, andava di moda l'uccello? Mica sei andato a letto col vecchio, no?»), Kirk si fece rosso sino alla radice dei capelli e gli puntò contro la pipa.

– Sei *Schwuchtel*, figliolo?

Jay negò con tutte le sue forze. Non era omosessuale. E, punto sul vivo, rimbalzò la domanda su Kirk.

– E lei, dottore?

Kirk non rispose. Scelse un disco dalla sua collezione e accese l'apparecchio.

– Fra qualche tempo ti toccherà ascoltare, e forse suonare, una musica molto diversa. Qualcuno la definireb-

be «barbarica», ma io sono molto tollerante, per via del
caos... nel frattempo, è necessario irrobustire il tuo orecchio, figliolo.

Kirk aveva deciso di provvedere personalmente all'educazione musicale di Jay Dark. Sceglieva pezzi da commentare insieme con la sua solita meticolosità, facendo coincidere i brani che individuava, e le relative spiegazioni, con
riflessioni sul momento esistenziale che il ragazzo attraversava. Ogni lezione di musica era, insomma, anche una
lezione di vita. Quella sera gli fece ascoltare l'aria *Lascia
ch'io pianga* dal *Rinaldo* di Händel. Era stata scritta per un
castrato. I castrati andavano di moda quando era considerato disdicevole che le donne calcassero il palcoscenico.
I castrati non erano necessariamente omosessuali, ma cosí,
figliolo, aggiunse, ci avviciniamo al concetto.

– Garreth Senn è un tipico prodotto dei nostri tempi, non prendertela con lui. È un uomo d'ordine. Certe
sottigliezze gli sfuggono. È portato a pensare male di un
normale rapporto fra insegnante e allievo. Peraltro, nel-
l'omosessualità non c'è niente di male. È un altro benefico
segno del caos. È diffusa in natura, fra gli animali, nelle
piante stesse. Antiche civiltà hanno glorificato l'amore fra
creature dello stesso sesso definendolo la forma piú alta
di amore. Pensa a Sparta. Vi sono raffigurazioni nei tem-
pli induisti del primo periodo che... Successivamente, la
morale giudaico-cristiana ha condannato queste pratiche,
ma, per esempio, fra gli alti comandi delle SA, che furono la prima milizia hitleriana, l'omosessualità era alquanto
diffusa. Hai una ragazza, Jay?

– Non ne ho il tempo, dottore. L'addestramento è mas-
sacrante.

– Non c'è dubbio. E quel tuo vecchio conoscente, Darenski, sai se lui...

Questa volta fu il turno di Jay di arrossire. Darenski aveva avuto un breve e fugace incontro, una volta, con una ragazzina ebrea della 47ma strada. Ma non era andato oltre qualche palpeggiamento. Le ragazze gli piacevano, eccome, ma la sua turbolenta adolescenza era stata un massacro di seghe su riviste oscene, e qualche volta su fotografie ancora piú esplicite che il ricettatore armeno spacciava in cambio di una collanina d'oro. Jay Dark si chiuse in un silenzio imbarazzato.

– Capisco, – annuí paterno Kirk. – Ora va' a dormire. Domani sarà una giornata pesante.

4.

La mattina successiva, mentre andavano alla Base, furono fermati da una ragazza ferma sul ciglio della strada accanto a una Ford Thunderbird rossa decappottabile, un modello recentissimo. La ragazza aveva l'aria disperata. A quanto pareva, c'era un'avaria al motore e lei era rimasta bloccata.

– Come procedono le lezioni di meccanica, figliolo? – chiese Kirk a Jay.

– Bene, direi.

– Allora hai l'occasione per metterti alla prova. Dài un'occhiata a questo motore e vedi se riesci a capirci qualcosa. Poi, con tutta calma, ci raggiungi dove sai.

Jay Dark se la sarebbe cavata bene coi motori anche senza addestramento. In strada ci si deve arrangiare, e – anche se a Kirk non l'aveva mai confessato – piú di una volta si era fatto un giro su vetture di grossa cilindrata prese, diciamo cosí, in prestito, all'insaputa del legittimo proprietario. Perciò gli bastò un'occhiata per capire che si trattava di un banale filo scollegato, e in due mosse sistemò la faccenda. La ragazza sgranò un paio di meravigliosi occhioni neri e, sollevandosi sulle punte (era almeno quindici centimetri piú bassa di lui) gli scoccò un bacione sulla guancia.

– Grazie, grazie, non sapevo proprio come avrei fatto a uscirne! Posso darti un passaggio?

– Volentieri.

Si chiamava Lucille, era piccolina, mora, e somigliava in maniera impressionante a Audrey Hepburn. Non faceva niente per nasconderlo, fra l'altro. E, anzi, il foulard bianco di seta e gli occhialoni scuri sembravano trapiantati dal manifesto dell'ultimo film della diva. Lucille aveva un profumo delicato, con note di cedro e lampone. Portava calze di seta nere, come Jay ebbe modo di notare, con una certa emozione, mentre lei si accomodava al volante e la gonna risaliva inesorabilmente lungo una gamba magra e tonica. Lavorava come segretaria in una qualche compagnia assicurativa. Aggiunse, con uno smagliante sorriso, che Jay non poteva sperare di cavarsela con un semplice passaggio. Era stato cosí gentile e carino con lei che quanto meno si era meritato una coppa di champagne.

– A quest'ora?

– Oh, ci vorrà un po' per arrivare in centro...

Jay accettò prontamente. Una piccola digressione non avrebbe influito piú di tanto sull'addestramento. Kirk sarebbe stato comprensivo. Non lo aveva forse autorizzato a raggiungere la Base con «tutta calma»?

Lo champagne nel frigorifero del minuscolo, delizioso appartamentino sulla Seconda Avenue era di una marca prestigiosa e ghiacciato al punto giusto. Le bollicine, a differenza degli intrugli del «Bellevue», qualche effetto dovevano pure averlo, se Jay cominciò a sentirsi leggero e leggiadro e ad apprezzare la conversazione frivola sugli attori di Hollywood e le ultime intemperanze di Truman Capote, e quando lei si sfilò il vestito e restò in guêpière nera le cose andarono esattamente come dovevano andare. Il primo assalto risultò goffo e inesperto, ma, come s'è capito, Jay Dark era un allievo ricettivo, e Lucille si mostrò maestra eccellente. Fecero l'amore, scolarono la bottiglia, divorarono tartine al salmone, ascoltarono un lp di Elvis e uno di Frankie Laine, fecero l'amore ancora e ancora. Poco prima del tramonto, lei lo lasciò elegantemente libero:

– Tesoro, è stato magnifico, ma adesso devo andare. Una noiosissima cena di lavoro.

– Ci rivedremo?

– Ti lascio il mio numero.

Sulle ali di un'esaltazione elettrica, Jay se la fece a piedi sino alla Base. L'amore era magnifico. Il sesso era magnifico. La vita era magnifica. Kirk era già andato via. Garreth Senn lo stava aspettando, un sorriso da schiaffi stampato sul mascellone Wasp.

– E brava la nostra merdina! Devo ammetterlo: avevo torto. Non sei un finocchio. Anzi, secondo quella grandissima troia di Lucille te le cavi abbastanza bene, per essere un novellino! Complimenti, ma non farti illusioni: sai come si dice, il primo giro offre la casa, ma dopo...

Per quanto Jay Dark fosse personalmente non troppo incline alla violenza, almeno in quel periodo, davanti al sarcasmo di Senn perse la testa. La scoperta del sesso aveva prodotto su di lui un effetto devastante. Lucille era la prima ragazza con cui era stato a letto. Era, in quel momento, la sua dea. Si lanciò a testa bassa contro l'odioso «collega» e una manciata di secondi dopo era lungo disteso per terra, con un fortissimo dolore al centro del petto e il respiro frantumato.

Chino su di lui, Garreth Senn non la smetteva di ridacchiare.

– Non provarci mai piú, merdina. Non te la caveresti cosí a buon mercato. Porta i miei saluti al vecchio.

Piú tardi, dopo essersi caricato la pipa e aver messo su *Giovinetti leggeri di testa* dal *Don Giovanni* di Mozart, Kirk gli confermò che Lucille era stata ingaggiata per dare avvio

alla sua «educazione sentimentale». Mentre Jay inalbera-
va la maschera della delusione piú atroce, paternamente
Kirk si scusò con lui perché durante l'addestramento aveva trascurato gli aspetti relazionali.

– Gli aspetti... relazionali?

– Sí. Fra le qualità che fanno un buon agente del caos
la piú importante, quella, direi, decisiva, è la capacità di
stare al mondo. E per stare al mondo intendo stare in mezzo agli altri. L'istinto che possiedi non basta da sé, e non
bastano le nozioni delle quali ti imbevi come una spugna.
Occorre l'esperienza. Avevo sottovalutato questo aspetto, e la nostra conversazione di ieri mi ha aperto gli occhi.
Diciamo che sei stato sottoposto a una prova e l'hai superata brillantemente.

– Ma lei era pagata! Di che cosa sta parlando?

– Del tuo piacere, figliolo! Sei stato felice, oggi?

– Onestamente sí.

– E questo è decisivo. Decisivo. Se ti piace, piacerai.
Questo è il principio. Fanne tesoro.

– Sí, dottore, a me è piaciuto. Ma lei fingeva!

– Dettaglio irrilevante, figliolo.

– Non capisco.

– Bene. La tua... avventura con Lucille dimostra che il
sesso ti piace. E se il sesso ti piace, quando sarai chiamato a servirtene per i nostri scopi, e accadrà, stanne certo,
piú spesso di quanto tu immagini oggi... quando accadrà,
sarà una cosa tanto naturale che nessuno potrà sospettare
che tu stia fingendo. Perché in realtà tu non starai fingendo. Ti piace, e quindi piacerai. È chiaro, ora, il concetto?

Jay ci mise qualche tempo a metabolizzare la lezione di
Kirk, ma col tempo, proprio come il dottore aveva intui-
to, la sua propensione al sesso si rivelò una grande risorsa.
Jay adorava fare l'amore. E adorava le donne con cui lo

faceva. La chimica inafferrabile degli odori e degli umori dei loro corpi gli procurava vette di abbandono e cascate di emozioni che lo lasciavano ottenebrato da un luminoso stordimento. E in quell'abbandono, esistevano soltanto lui e la compagna (o le compagne: perché porsi limiti?) E loro, le donne, questa sua dedizione totale, assoluta, un essere qui e adesso che si traduceva nella completa cancellazione di tutto ciò che stava al di fuori dell'alcova del momento, loro la comprendevano, la facevano propria, e la condividevano senza riserve. Lucille fu, dunque, la prima voce di un lungo catalogo. Dopo di lei Jay non avrebbe più avuto bisogno di uno chaperon, né di pagare l'amore. Ma intanto, una volta messi in chiaro i contorni della vicenda, tornò a trovarla qualche altra volta. Bevevano un drink, scambiavano quattro chiacchiere, poi andavano a letto. E ogni volta Jay imparava qualcosa di nuovo e di sorprendente, e quando incrociava Garreth Senn, gli faceva l'occhiolino. Come per dire: tu credi di sapere, ma non sai un accidente, pallone gonfiato.

Per la cronaca: Lucille, oltre a essere una stimata professionista del sesso a pagamento, era una valida collaboratrice di Kirk. Il dottore se ne era servito per incastrare un uomo d'affari corrotto, un certo Fitzgerald. Un losco damerino azzimato che aveva frodato una bella sommetta al fisco. Crimine federale. L'Fbi gli stava dietro da anni, ma non riusciva a beccarlo. Kirk aveva stretto un patto con Garreth Senn: gli avrebbe consegnato Fitzgerald in cambio della sua «protezione». Senn era un elemento in ascesa, averlo come alleato poteva fare la differenza. E fu così che andò. Lucille adescò Fitzgerald e gli propinò una bella dose di psilocibina mescolata a una punta di peyote, il fungo allucinogeno. Fitzgerald cadde ai suoi piedi credendo di vedere in lei la Madonna e, abilmente

incalzato dalle domande della ragazza, confessò i suoi cri-
mini. La confessione venne registrata, il nastro finí nella
mani di Senn e l'affarista fu fottuto. Senn usò tutta la sua
influenza per difendere la creatura di Kirk: Mk-ultra.

Roma, oggi

Flint mi trascinò in una trattoria al ghetto.

Doveva essere una di quelle creature baciate dal Dna. Secco com'era, dopo aver divorato una carbonara kosher, si era avventato sulla coda alla vaccinara, ordinando una seconda bottiglia del Cabernet-Sauvignon di Mount Tabor «benedetto dal rabbino capo». Io piluccavo mestamente il mio petto di pollo con radicchio trevigiano e sorseggiavo acqua naturale maledicendo le ultime analisi del sangue. Gli dissi subito che la sua ricostruzione spiegava un dettaglio nel quale mi ero imbattuto durante una ricerca in rete e che mi aveva incuriosito. C'era un blogger di quelli particolarmente confusi, un certo Asylum, seguace, per intenderci, del culto raeliano e della teoria delle «scie chimiche», il quale sosteneva di aver incontrato due testimoni che avevano conosciuto personalmente Jay Dark negli anni Sessanta. Secondo costoro, che ovviamente intendevano mantenere l'anonimato, il vero nome di Jay Dark sarebbe stato Shitsky. Ora, se in inglese *shit* sta per la buona, vecchia merda, *shitsky* suona piú o meno come «merdina». Vale a dire l'affettuoso epiteto coniato da Garreth Senn. Ammisi pure che l'uso di prostitute come informatrici o adescatrici, in un contesto di somministrazione di allucinogeni, era confermato anche da fonti, se non ufficiali, quanto meno non del tutto screditate. Il tutto, insomma, sembrava avere un'apparente tenuta logica.

Ciononostante non ero convinto. Da un lato stentavo a credere che un coattello di periferia come Darenski, per quanto ricco di particolari doti, potesse trasformarsi in sei mesi in una sorta di raffinato giovane aristocratico; occorreva davvero un atto di fede per bersi una simile panzana; non a caso, nel mio romanzo lui nasceva ricco. Dall'altro lato, non avevo rinvenuto nessuna traccia di un Garreth Senn, tanto meno fra le figure apicali del mondo occulto dell'epoca.

Flint incassò le mie perplessità e mi chiese se fossi stato un bambino felice.

– Sinceramente... mah, direi di sí. Nella media, comunque.

– Qual è il ricordo peggiore che ha della sua infanzia?

Anche se mi era oscuro il motivo di quel singolare interrogatorio, decisi di stare al gioco.

– Mia madre a volte andava in collera con me. Era una collera fredda, risentita. Poteva durare ore, giorni persino. Lei non mi rivolgeva la parola, e io...

– Mi dica, su: si sentiva morire, vero? – sorrise Flint.

– Piú che altro mi sentivo intrappolato. Un animaletto stretto contro il muro. Mi capitava di immaginare cose tremende: cadevo dal quinto piano e mi spiaccicavo al suolo, e mia madre accorreva piangendo, e allora si pentiva di avermi trattato ingiustamente... cose del genere. Ma non capisco perché dovrebbe interessarle.

– Perché se bastava cosí poco per trasformare un bambino felice in una creaturina spaurita, provi a pensare che cosa è stata l'infanzia di Jay Dark a Williamsburg, senza un padre e con una madre alcolizzata e assente...

Questa volta fu il mio turno di sorridere.

– Sento l'avvocato che è in lei, Flint. Signori della corte, il mio cliente ha ucciso, frodato, rapinato, ma tutto è accaduto a causa dell'infanzia infelice...

– Non si tratta solo di questo, – puntualizzò Flint, imperterrito, – ci aggiunga che lui sentiva di essere strano, ne era consapevole, e sapeva benissimo che questa sua stranezza avrebbe potuto portarlo lontano, oppure perderlo. La chiave di tutto era Williamsburg. Quella era la sua prigione, e lui doveva evadere.

– Stranezza, lei dice...

– Le ricordo che Dark parlava undici lingue e ha assunto sino a venti identità diverse. E questa è storia. Quel ragazzo era davvero capace di tutto!

– Va bene. Ma Senn? Non è mai esistito, è un personaggio immaginario!

– Lei dice? Attento a lavorare sulle sole fonti aperte. Non sempre sono veritiere. E a volte è piú importante ciò che manca di ciò che c'è.

– Comunque, le fonti aperte parlano diffusamente di Mk-ultra.

– Questo glielo concedo, sí, ma si ricordi: fonte aperta, maneggiare con cautela...

– Sarà.

Su Mk-ultra circolava davvero un sacco di materiale. Era un protocollo governativo segreto, ideato nel 1953 per studiare i potenziali effetti delle droghe nel controllo dei comportamenti umani. Il progetto era governato da un organo operativo, il Fondo per l'ecologia umana. Gli scopi della ricerca sulle droghe comprendevano un'ampia gamma di possibilità: disturbare la memoria, screditare tramite induzione di condotte devianti, alterare i modelli sessuali, estorcere informazioni, creare dipendenza. Secondo Flint, era stato Kirk a inventare Mk-ultra. Mk-ultra era un tipico prodotto della Guerra fredda. La Seconda guerra mondiale era stata vinta da un'eterogenea alleanza che comprendeva americani, inglesi, francesi e russi. Ma i russi erano governati con il pugno di ferro da un dittatore di nome Stalin. Già durante le ultime fasi del conflitto le teste d'uovo occidentali avevano intuito che, una volta battuti i nazisti, si sarebbe aperto un conflitto con i russi. La ragione era chiara: l'occidente era democratico, i russi erano comunisti. Predicavano l'abolizione della proprietà privata, la nazionalizzazione dei mezzi di produzione, l'abolizione dello Stato e la dittatura del proletariato. I sistemi erano incompatibili, lo scontro era fatale.

– Per di piú, – puntualizzò Flint, – la Russia di Stalin era un immenso gulag, un universo paranoico dove anche sorridere nel posto sbagliato al momento sbagliato poteva costarti la testa!

– Sta bene, avvocato, – lo interruppi, alzando le mani nella parodia di un segno di resa, – mi risparmi la tirata anticomunista. So dove vuole andare a parare.

– Ah, sí? – ironizzò, increspando la fronte.

– Lei sta per dirmi: abbiamo fatto un sacco di cose brutte, alcune bruttissime, ma avevamo ottimi motivi per farlo. Dall'altra parte c'era l'Impero del male, come diceva il vostro presidente Reagan, e noi dovevamo difenderci.

– Dovevamo tacere e spalancare le porte al compagno Stalin?

– Avete commesso brutalità, assoggettato interi popoli, finanziato i peggiori criminali...

– Retorica anticomunista contro retorica antiamericana. Neanche lei è troppo originale.

– In Italia, per esempio...

– In Italia?

– In Italia ne avete fatte di tutti i colori. E lei dovrebbe saperne qualcosa, visto che il suo amico Jay Dark sicuramente c'era... e qui da noi non avevate di fronte Berija, ma un popolo pacifico e democratico... e pur di non far

vincere i migliori, avete stretto patti con gli assassini, con
i mafiosi, con i fascisti...
– Né piú né meno che come in tanti altri posti.
– Noi eravamo diversi!
– Ah. Prendo atto, – ridacchiò Flint. E si versò dell'altro robusto rosso israeliano.
Allargai le braccia. Una volta, durante un convegno,
avevo incontrato uno scrittore polacco. Quando gli parlai
di Auschwitz e della distruzione del ghetto, si strinse nelle spalle. E mi disse che niente di ciò che avevano fatto i
nazisti era paragonabile all'orrore del comunismo. Restai
interdetto. Cercai di spiegargli che da noi le cose erano
state molto diverse. Che i nostri «rossi» erano stati un pi-
lastro della democrazia, e che semmai la repressione l'avevano subita, non certo attuata. Sarcastico, il polacco mi
provocò: quindi, secondo me, il comunismo era stata una
cosa buona. Quando gli risposi di sí, scosse la testa. Sba-
gliavo. Una cosa non può essere nello stesso tempo buona a Roma e cattiva a Varsavia. In ogni caso, i suoi sedici
parenti morti nei gulag di Stalin non sarebbero stati d'accordo. Non c'era niente che io potessi dire per convincere
il polacco, e niente da contrapporre a Flint. Non esisteva il
benché minimo terreno di confronto. Sconfortato, gettai
il tovagliolo sulla tavola e feci per alzarmi. L'avvocato mi
bloccò con un gesto distensivo.
– Su, su, non sia cosí permaloso! Certo che ne abbiamo
fatte di schifezze, e Jay Dark è stato fra i piú bastardi. Ma
se pensa che io mi stia appellando a una qualche causa, magari per giustificare il mio Paese, si sbaglia di grosso. La
crudeltà di Stalin, le carceri, la Siberia, e poi la repressione
degli ungheresi, i carri armati a Praga... tutto questo non
aveva nessun senso, per noi. Intendo dire: dal punto di vista
etico. La cosa ci lasciava del tutto indifferenti. La lotta al

comunismo non era alimentata da considerazioni di natura
etica, che non interessavano i nostri governanti, non piú di
quanto turbassero i sonni degli austeri membri del Politburo.

E adesso era il mio momento di ironizzare.

– Cos'è, Flint, un accenno di autocritica?

– Ma no, ma no. Sto solo cercando di elevare il tono della nostra conversazione, mio caro amico. Sto cercando di
dirle che la partita si è giocata su un terreno completamente diverso.

– Che sarebbe?

– Mitologia! – scandí, assertivo, Flint.

– Ma non mi dica!

– Precisamente. Era questa la grande intuizione di
Kirk. Mitologia! Noi e loro eravamo molto, molto piú simili di quanto entrambi immaginassimo. Non Kirk, eh,
Kirk aveva capito tutto... noi e loro... mi dica: lei è stato
mai comunista?

– Comunista nel senso del Partito, della militanza e di
tutti quei riti? No.

– Ma...

– Ma con l'aspirazione alla giustizia sociale, a un mondo
diverso... beh, mentre glielo dico mi suona un po'...

– Puerile? Non se ne deve vergognare. Aveva quanto?
Diciotto? Vent'anni?

– Piú o meno.

– Un privilegio che, le ricordo, al nostro Jay non fu mai
concesso. Quello di essere un ragazzo, intendo dire. Però
a quell'età un po' tutti desiderano cambiare il mondo...

– Anche lei, Flint?

Sul suo volto, reso rubizzo dal vino, si dipinse un sorriso che si sarebbe detto nostalgico.

– Piú di quanto lei possa immaginare... e comunque, –
aggiunse, facendosi di colpo serio, – se le chiedessi: da

dove le veniva la spinta, no, aspetti, come l'ha definita...
l'aspirazione?

– In che senso, scusi?

Flint sbuffò.

– Abbiamo stabilito che Jay diventò Jay perché era nato
povero, un reietto che però possedeva un dono.

– Questa è solo una teoria, per il momento.

– Ecco, e per il momento diamola per buona, ok? Quello che mi interessa è capire: lei da dove è partito? Qual è
stata la scintilla?

– E la sua? – rilanciai.

– Non faccia il bambino, gliel'ho chiesto prima io. Si
apra, su.

– Ammesso che una scintilla ci sia stata... ammesso che
la ricordi... ammesso che in questi anni sia tornato a pensarci... mi dia una buona ragione per dirlo a lei!

– Io mi sono confidato. Stiamo lavorando insieme, è
giusto conoscersi meglio, non le pare?

Sta bene. Da cosa mi stavo difendendo, in fondo? Flint
voleva che gli parlassi di me, che c'era di male? Stavamo
entrando in sintonia, no? E allora...

– A un certo punto ho cominciato a odiare la borghesia.
La borghesia della città di provincia in cui vivevo. L'ho
odiata. Sapesse quanto. Quei riti, quel vecchiume, quella
grettezza mentale, quella ristrettezza di vedute, quei percorsi obbligati, quelle discriminazioni a mezza bocca che
sapevano di muffa, quell'essere perennemente distaccati
dal fuoco del sentimento...

Flint scosse la testa, deluso.

– Quanta ideologia! Pensavo a qualcosa di piú personale.

– Tipo?

– Ah, che devo dirle? Lo scrittore è lei!

– D'accordo. Mettiamola cosí. Un pomeriggio sono uscito con una ragazza. Una mora dal volto magro e lungo, vagamente equino, ma dalle tette da sballo! Abbiamo letto insieme una poesia di Ginsberg, o sentito una canzone dei Beatles, faccia lei. Poi ci siamo baciati. A dire la verità abbiamo fatto qualcosa di piú che baciarci. Molto di piú. Dopo l'accompagno a casa, e resto da solo a pensare. Sono confuso, eccitato, invaso da un'insopprimibile volontà di potenza. Il mondo mi appartiene. Il mondo è una palla che tengo fra le mani. Sono io a decidere il come e il quando di ogni cosa. Il mondo è tutto mio. Perché non cambiarlo? Ecco, – sospirai, – era questo che voleva sentirsi dire?

– A occhio e croce suona un po' retorico, ma secondo me piacerà ai suoi lettori.

– Magari le ho raccontato una balla e non c'è mai stata nessuna ragazza, nessun bacio, e nessuna voglia di cambiare il mondo.

– Non importa, non importa. È sufficiente che sia abbastanza mitologico da reggere l'onda d'urto di un sogno.

– Cosa c'entrano i sogni adesso?

– Mi ascolti bene. La partita che abbiamo giocato, noi e loro, non è stata che una maledetta gara a chi riusciva a imporre per primo i propri sogni. Niente di piú e niente di meno.

– La bomba sarebbe un sogno? – osservai, sarcastico. – Pinochet sarebbe un sogno? Il Vietnam sarebbe un sogno? Ma andiamo!

– Sogni, ma certo! Come la rivoluzione culturale di Mao, il baffo di Stalin, la Gerusalemme celeste del proletariato trionfante, Pol Pot e compagnia cantante. Sogni. Alla lunga, i nostri erano i piú belli, i piú colorati, i piú festosi… e abbiamo vinto!

Secondo Flint il messaggio di liberazione contenuto nell'utopia rossa rischiava di fare presa anche in Occidente. Forse non in America, dove ciascuno pensa in proprio e bada a sé, ma nella debole Europa sí (e i russi controllavano già un bel pezzo del vecchio continente). C'era il rischio del contagio. È vero che, nella conferenza di Yalta Stati Uniti e Unione Sovietica si erano spartiti le zone d'influenza e il mondo era stato spaccato in due: le stelle e strisce da questa parte, la stella rossa di là da quella che venne definita «cortina di ferro». Ma chi garantiva che i russi non avrebbero violato i patti, cercando di espandersi oltre il lecito? E comunque piú di ogni altra cosa, piú della bomba e dei razzi, ciò che si temeva era appunto il contagio del sogno.

– Contro le bombe eravamo attrezzati, ma contro il sogno ci trovavamo indifesi. Non foss'altro perché era il nostro stesso sogno. Dovevamo rafforzare la nostra mitologia, renderla invincibile. E Mk-ultra fu molto, molto utile allo scopo.

Gli esperimenti di Mk-ultra, spiegò Flint, non erano fini a sé stessi, miravano a due scopi ben precisi:
come usare le droghe a danno del nemico;
come usare le droghe a proprio vantaggio.
Entrambi questi obbiettivi erano condivisi tanto dai rami civili dell'Amministrazione che dai militari. Certi progetti apparentemente astrusi, come quello di intossicare di Lsd Castro e i suoi, rispondevano alla prima finalità, mentre i militari, dal loro canto, erano eccitati dall'idea di poter costruire, grazie agli esperimenti di Kirk, il soldato perfetto: un combattente immune dalla paura, persino dal dolore fisico, e, soprattutto, indifferente a qualunque sentimentalismo (e persino ai sentimenti piú elementari). Il robot uma-

no del quale, proprio in quegli anni, scrivevano gli autori di fantascienza, a partire da Asimov.

– E sa, – aggiunse Flint, puntandomi contro un coltello, con aria improvvisamente seria, – molti degli esperimenti nati in quegli anni ancora proseguono. Le neuroscienze hanno dato un impulso formidabile a questa materia!

È vero che Kirk aveva creato Mk-ultra, ma Kirk, dopo tutto, restava uno scienziato. Il fatto è che le ricerche dipendevano dai fondi, i fondi li gestivano politici e militari e li amministravano le agenzie – Cia e Fbi – e Kirk, su questo, non aveva voce in capitolo. A parole erano tutti entusiasti del progetto, ma quando scendevi nel dettaglio, beh, lí c'era l'inferno. Per farla breve, ciascuno cercava di tirare l'acqua al proprio mulino, impegnato a trarre dalla vicenda il massimo profitto personale, ove possibile arrecando ai colleghi (in realtà, nemici) il massimo danno. Il tema droga era di quelli particolarmente sensibili. Le varie fazioni in lotta lo usavano senza scrupoli. L'oggetto del contendere era duplice: la gestione dei fondi, la carriera dei singoli. Si ricorreva a ogni espediente per avanzare di grado e fottere il vicino di scrivania. A ogni espediente: persino alla morale.

Poco prima che Kirk reclutasse Jay Dark, un valente chimico era volato giú da una finestra al quarto piano della Base, il tetro e anonimo edificio sulla Avenue A che ospitava il comando strategico di Mk-ultra. A sua insaputa, Kirk gli aveva somministrato una dose da cavallo di Lsd, e quello si era creduto Icaro. La vicenda, per quanto messa opportunamente a tacere, aveva destato non poco scalpore. Un senatore del Massachusetts, Donald Stagg, molto vicino al nuovo presidente Kennedy, aveva minacciato di sollevare uno scandalo. Kirk era finito nell'occhio del ciclone. Stagg l'aveva buttata sulla morale:

«Questi esperimenti offendono la coscienza dell'America!»

Ma era solo fumo negli occhi. Ben altre erano le ragioni che lo spingevano. Una, diciamo cosí, ordinaria, era l'ambizione: Stagg voleva diventare capo della Cia, e aveva cominciato a lavorarsi Jfk giocando sul lato piú sensibile del presidente «buono». L'altra, piú personale, sarebbe venuta alla luce solo molto tempo dopo.

– Tenga a mente questo nome: Stagg. E tenga a mente un'altra cosa, – mi ammoní Flint, fra un boccone e l'altro della famosa «pizza giudia» romanesca, – chiunque partecipasse a quelle missioni, in quegli anni, viveva nel precariato piú assoluto. Le torsioni continue dell'amministrazione, le incessanti lotte per il potere delle alte sfere, le invidie personali, gli odi e i rancori... tutto questo si scaricava sulle missioni e soprattutto sugli agenti operativi. Un giorno eri un eroe e ti proponevano per una medaglia, il giorno dopo rischiavi di finire in galera per il resto della tua vita. Se non peggio. Per dirla con Kirk, si viveva in una situazione decisamente caotica.

Piú tardi, mentre lo riaccompagnavo in albergo, tentai di piazzare l'ultima battuta.

– L'ho ascoltata con attenzione. È tutto molto affascinante, devo ammetterlo. Ma c'è un particolare che mi sfugge...

– Uhm, sentiamo, – concesse Flint, mentre aspirava voluttuosamente dall'ennesimo Cohiba Lancero, – sentiamo...

– Da un lato lei attribuisce a Kirk l'intuizione del caos... dall'altro sostiene che Mk-ultra aiutò l'affermazione di una mitologia... mi sembra contraddittorio. Il caos non dovrebbe tollerare l'affermazione di questa o di quella mitologia... semmai la loro compresenza...

Flint sfoderò un sorriso affabilissimo e mi posò le mani sulle spalle.

– Mi piace questo pensiero, amico mio. Le tornerà utile un giorno.

E mi piantò in asso, senza aggiungere altro. Mi accorsi, mentre lo vedevo svanire nella notte col suo passo insospettabilmente atletico, che sapeva sul mio conto molto di piú di quanto io non sapessi sul suo. Era come se stesse cercando di impossessarsi di una parte segreta di me. Tanto segreta che io stesso, a volte, faticavo a comprenderla. Ma, in fondo, non stavamo forse giocando tutti e due? Di lui sapevo pochissimo, e quel poco, forse, non era che menzogna. E, in tutta sincerità, neanche io stavo giocando proprio a carte scoperte. Una ragazza c'era stata, ma aveva i capelli rossi e non era stata poi cosí importante nella mia vita. Ginsberg era in realtà Kerouac, ma col tempo i beatnik avevano finito per venirmi a noia. Le primissime esperienze erotiche erano state estremamente deludenti. La voglia di cambiare il mondo, però, non s'era sopita. Solo che, mezzo secolo dopo, ancora non sapevo da dove cominciare e nemmeno, per dirla tutta, se ne valesse la pena.

Harvard e dintorni

La notte che precedette il suo sbarco ad Harvard, Jay Dark ricevette dal dottor Kirk le ultime istruzioni.

– Ad Harvard insegna un professore di nome Timothy Leary. È un tipo originale, per ora voglio limitarmi a questa definizione perché mi piacerebbe che il resto lo scoprissi da te, e non voglio influenzarti piú di tanto. Leary ha scoperto i funghi allucinogeni durante un viaggio in Messico. Ultimamente ha scoperto l'Lsd e se ne è innamorato. Ha avviato un protocollo di ricerca denominato Harvard Psychedelic Project. Dovrai entrarci.

Jay aveva già sperimentato l'Lsd al Bellevue Hospital, con il solito esito negativo. Kirk gli raccontò che l'acronimo Lsd sta per dietilammide dell'acido lisergico. Un allucinogeno di sintesi scoperto casualmente nel 1938 dal farmacologo svizzero Albert Hofmann, che in quel momento stava lavorando sulla segale cornuta. La segale cornuta è in realtà una segale malata. Diviene cornuta quando sviluppa un fungo a forma di corno, la *claviceps purpurea*. Nel fungo è contenuto un alcaloide, l'ergotamina, che è in sostanza il principio attivo dell'Lsd. Il dottor Kirk considerava l'esistenza stessa del fungo una prova dell'onnipotenza del caos. Sosteneva che il fungo è un corno che distorce l'ordine della natura, ed è anche simbolicamente eccentrico, con questa sua forma cornuta. Rimanda all'idea di cornucopia, di abbondanza, e da lí al «soma», il magico nettare

degli dèi. Negli anni Sessanta, prima che l'Lsd finisse fuori
legge, i laboratori farmaceutici Sandoz fornivano gratui-
tamente campioni della sostanza agli scienziati impegnati
nella ricerca. Kirk e Leary non erano i soli sperimentatori.
L'Lsd veniva impiegato, e con un discreto successo, nella
cura di malattie psichiche, fra cui la depressione.

   – Dovrai entrare in contatto con Leary, figliolo, osservare e riferire. Guarda questa fotografia.

   Jay restò senza parole. Non aveva mai visto una bellezza
simile. Lunghi capelli color mogano, occhi verdi dal taglio
orientale, zigomi alti, un'espressione corrucciata che parlava direttamente al cuore. Roba da innamorarsi al volo
(se solo ne fosse stato capace).

   – Notevole, vero? Sarà lei a portarti da Leary.

   – Come si chiama?

   – Pam. Pam Stagg.

   – Stagg? Come il senatore?

   – È sua figlia.

   Era per causa di Pam, spiegò il dottore, che Stagg padre aveva dichiarato guerra a Mk-ultra. Temeva che, fre-
quentando Leary, diventasse una drogata.

   – Perché non la ritira da Harvard, allora?

   – Perché la ragazza è maggiorenne, e ha ereditato dalla
defunta madre un cospicuo patrimonio. Ma secondo me
c'è sotto dell'altro, figliolo. Osserva bene questa fotografia, e, soprattutto, quando conoscerai Pam, osserva bene
lei. Questa ragazza è divorata da un tormento interiore.
Lo so, lo vedo, lo sento. Scoprire di che cosa si tratta potrebbe rivelarsi molto importante per la nostra missione.

   – Come farò a conoscerla, dottore?

   – Se ti piace, le piacerai, figliolo.

   Jay partí dunque per Harvard, e nel giro di pochi mesi, non solo divenne una figura popolare nella piú auste-

ra e snob fra le università americane, ma riuscí a entrare
nel circolo magico degli adepti dell'Harvard Pychedelic
Project. Gli furono risparmiati i brutali riti iniziatici ai
quali ogni matricola deve essere sottoposta per la semplice ragione che non si presentò come matricola, ma come un brillante talento che aveva piantato al terzo anno
un'altrettanto prestigiosa università europea. Quanto alle associazioni studentesche, le famigerate confraternite
che tanta parte hanno nella formazione delle élite americane, facevano a gara per affiliare l'ultimo discendente di
una nobile famiglia teutonica. È ovvio che la «leggenda»
del conte Von Drakich aveva il suo peso, ma Kirk e l'o-
dioso Garreth Senn ci avevano messo del loro, soffiando i
giusti messaggi nelle giuste orecchie. Per quanto riguarda
Pam, le cose andarono esattamente come aveva previsto
Kirk. Pam piaceva a Jay, e di conseguenza lui le piacque.
Finirono a letto una fredda sera di dicembre, poco prima
che lei tornasse all'ovile per la pausa natalizia. Dark era
ad Harvard da poco piú di due mesi, e per quanto la sua
carriera universitaria fosse stata scorrettamente agevolata
dalla mano delle autorità, se riuscí a entrare nel cuore di
Pam fu solo per merito suo. Il suo primo, grande trionfo
personale. Gli insegnamenti di Lucille avevano dato ottimi
frutti. Ma non si trattava solo di meccanica. Il sesso era
sempre piú, per Jay, un terreno di incessante esaltazione.
Pam aveva legato con Tracey Deveraux, una biondina del
Québec dall'aria nervosa e a volte aggressiva. Le due ragazze avevano molto in comune, a parte la bellezza: una
famiglia ricca alle spalle e la voglia di cambiare il mondo.
Ma mentre Tracey si proclamava orgogliosamente marxi-
sta, tutta la carica ribelle di Pam si esauriva nell'odio per
la figura paterna. Ancora una volta, dunque, Kirk aveva
avuto la vista lunga. Tracey imbarcò nella compagnia anche

Brandon, un inglesino della Cornovaglia piccolo, gentile e ironico del quale notavi subito una curiosa anomalia anatomica: aveva un occhio azzurro e l'altro nero. Purtroppo per lei, a Brandon Tracey non interessava affatto. Niente di personale: a Brandon non interessavano le donne in quanto tali. La sua omosessualità venne alla luce durante il primo trip, nella stanza di Mickey l'Irlandese, una sera di gennaio del 1962.

2.

Kirk rimase molto sorpreso quando Jay gli disse che Leary non ammetteva le matricole ai suoi esperimenti.

– Accetta solo quelli dell'ultimo anno e i laureandi. È molto guardingo. Alcuni finanziatori si sono ritirati dal progetto adducendo ragioni morali...

– Che noia! Quando non sanno a che santo votarsi, evocano la morale. Non mi stupirei se dietro ci fosse lo zampino di Stagg.

– È quello che sostiene Pam.

– Sei riuscito a conoscere Leary?

– Superficialmente. Sono stato a un paio di lezioni.

– Che tipo di insegnamento pratica?

– Leary espone la sua filosofia. Tre concetti base: accendetevi, sintonizzatevi, uscite fuori; intende uscite fuori da voi stessi.

– Classico, – osservò Kirk, – tradizionale. Lo sfondo mistico di quasi ogni dottrina piú o meno gnostica. La sostanza come veicolo della trascendenza. Accendetevi di passione, il che non guasta. Sintonizzatevi sulla lunghezza d'onda del maestro di turno. E infine allontanatevi da voi stessi, rompete l'angusta barriera imposta dai limiti del vostro io. Leary è un conservatore. Anzi, un uomo della tradizione. A te che impressione ha fatto?

– Leary? Un idealista. Un entusiasta. Un uomo di fede.

Il dottore sbuffò, rabbuiato. Lui e Jay erano allo Schloss, la vigilia di Natale, davanti alla stalla di Lotte che li osservava quieta, lasciando partire di tanto in tanto una sorta di belato di approvazione. Kirk fumava la sua pipa e Jay tremava di freddo. Kirk diceva che la contemplazione della capra stimolava le sue sinapsi. E lo metteva in sintonia con il caos. La sintonia, rifletteva Jay. Non è quello che cerca anche Leary? E si chiese se tra loro non ci fosse piú di un tratto comune. Dopo una breve pausa Kirk, insolitamente cupo, riprese l'interrogatorio.

– Sei sicuro che Leary non passi le sostanze ai suoi studenti?

– Sicurissimo.

– E allora perché il senatore è cosí convinto che Harvard sia un covo di drogati?

– Perché forse sa dei traffici di Mickey l'Irlandese.

Mickey, un tipo magrolino con la faccia da topo infido, era un po' il factotum di Leary. All'insaputa del Maestro – cosí lo chiamavano con devozione gli adepti – aveva messo in piedi un giro di spaccio a uso e consumo degli studenti piú motivati. Approfittando delle numerose assenze di Leary, spesso in giro per conferenze o a cercare fondi per il Progetto, si impadroniva di piccoli quantitativi di Lsd che poi faceva uscire dal laboratorio mescolati alla maionese.

«Andiamo da Mickey, stasera cena a base di maionese».
«È arrivata la nuova maionese di Mickey».

Era stata, naturalmente, Pam a spiegare a Jay il senso di quelle frasi sussurrate a mezza bocca nei cortili del campus e nelle sedi dei club studenteschi.

– Ma tu pensa! Maionese! Voglio provare anch'io, Pam. Quando mi ci porti?

– Non so, Jay. Non so se sei pronto, né se lo sarai mai.

– Pronto? Ma che stai dicendo?

– Non si tratta solo di farsi uno spinello o di prendersi una sbronza. Non è la stessa cosa. Il trip è una via esistenziale. Una scelta che potrebbe essere senza ritorno... la prima volta può essere devastante...

– Se ci sarai tu a farmi da guida, io non temerò alcun male.

– Fammici pensare. Ne riparliamo al ritorno dalle vacanze.

– Torni a casa da paparino?

– Purtroppo.

Quando Jay gli raccontò di Mickey, il dottor Kirk riprese animo. Tutto allegro, lanciò una manciata di sale a Lotte, che si precipitò a leccare e ricambiò con un sonoro belato di ringraziamento.

– Il caos, figliolo, trova sempre il modo per rivendicare il suo primato! È una legge primordiale! Leary, oltre a essere un idealista, è un povero illuso, se pensa di poter tenere sotto controllo il caos... Jay, è essenziale che tu partecipi ai trip!

3.

Mickey, con un'aria buffamente solenne, svitò il tappo del barattolo e sollevò il suo cucchiaino.

– Siete pronti?

– Siamo pronti.

– Jay, per te è la prima volta. Te la senti?

– Sono pronto, Mickey, – rispose Jay, deciso, ma badando bene a inserire nella nobile assunzione di responsabilità una nota tremula. Un eccesso di sicurezza avrebbe potuto insospettire Pam, che alla fine aveva ceduto alle sue insistenze.

– Bene, – approvò Mickey. – Per sicurezza, io assumerò la sostanza per ultimo, e dopo un certo periodo di tempo, in modo da essere sicuro che tutto proceda per il meglio.

Faceva parte della procedura. Tutti gli adepti ne erano a conoscenza, e la rispettavano. Ogni assunzione di Lsd comportava comunque il rischio di un'entrata senza uscita. L'allucinazione poteva catturarti. Il viaggio trasformarsi in una caduta senza risalita, in un incubo senza ritorno. Lo chiamavano «trip cattivo». E lo temevano, a ragione. Per questo occorreva che l'elemento piú saggio e con piú esperienza del gruppo, vale a dire quello che aveva piú ore di viaggio alle spalle, ricoprisse il ruolo di Capitan Trip. Per vigilare sui novizi e per dare una mano ai piú deboli.

– Allora, Pam, Tracey, Brandon, Jay… fate buon viaggio!

A turno, immersero ciascuno il proprio cucchiaino nella maionese e mandarono giú il composto. Poi, ciascuno di loro, sotto lo sguardo vigile di Mickey, assunse la posizione che sentiva piú agevole, e tutti si disposero al trip. Nell'attesa che gli altri manifestassero i primi segni dello sballo, Jay decise che sarebbe stato saggio e prudente tenere gli occhi chiusi. Li apriva all'improvviso, per osservarli furtivamente. Per qualche minuto non accadde niente. Pam se ne stava in silenzio, le braccia intorno alle ginocchia e l'espressione corrucciata. Di tanto in tanto, per farle sentire la sua presenza, Jay lasciava scorrere una mano fra i suoi lunghi capelli color mogano. Ma lei sembrava non accorgersene. Tracey, bionda, esile, nervosa, fumava senza sosta, e fra una boccata e l'altra stendeva davanti a sé le mani, per accertarsi che non ci fosse nessun tremolio. Mickey sembrava impaziente di tuffarsi nella maionese, e scoccava occhiate di desiderio al barattolo. Brandon fissava l'album da disegno e il set di matite colorate, pronto a riversare sul cartoncino bianco le sensazioni del Viaggio.

Poi, di colpo, Pam afferrò Jay per un braccio e disse che le porte del bosco si erano aperte. Che «lui» stava arrivando e che non doveva lasciarla sola. Tracey urlò che la maschera africana, invece di starsene tranquillamente appesa alla parete, muoveva la bocca come se volesse comunicare un messaggio di fondamentale importanza all'umanità. Brandon cominciò a disegnare cerchi concentrici e Mickey, con un grugnito di approvazione, sorbí la sua dose di maionese.

Era il 12 gennaio del 1962. Il primo trip ufficiale e pubblico di Jay Dark iniziava. E mentre, vigile e fedele alla missione, li osservava consegnarsi alle allucinazioni, una piccola, insidiosa punta di malessere s'insinuava dentro di lui.

Perché a loro era consentito perdersi, o forse ritrovarsi, e comunque disporre della propria coscienza, mentre
a lui questa opportunità era negata? Cominciò a leccare
un cucchiaino dopo l'altro. Voleva sondare i suoi limiti, e
scoprí, una volta di piú, di non possederne. Respinse con
delicatezza i goffi approcci sessuali di Brandon. Strinse
forte Pam e placò il suo tremito, che si faceva insostenibile
quando «lui», il lui della visione, minacciava di afferrarla.
Tracey cercava di spiegare alla maschera africana la teoria
marxiana della caduta tendenziale del saggio del profitto.
Brandon si accarezzava delicatamente l'uccello. Mickey
se ne stava con gli occhi spalancati e un sorriso ebete sotto i radi baffetti.

Perché, perché lui non poteva essere come loro?

Il dono era forse una maledizione?

Esisteva una sostanza che consentisse anche a Jay Dark
di accendersi – sintonizzarsi – uscire fuori da sé stesso?

4.

Il 16 marzo del 1962, il «Boston Herald» pubblicò un articolo dal titolo *Guerra sulla droga allucinogena ad Harvard. Studenti si impasticcano*. Un aspro, ma tutto sommato banale confronto accademico che si era tenuto qualche giorno prima in un ateneo diviso fra i pochi sostenitori e i molti detrattori di Leary diventava materia scandalistica. Il dottor Kirk convocò d'urgenza Jay allo Schloss. In preda all'eccitazione, sventolava il quotidiano come un generale il bollettino che annunci la disfatta del nemico.

– Hai visto, figliolo? La notizia è uscita, finalmente. Qualcosa si muove!

– È una cosa buona?

– Buona è un eufemismo. È una cosa ottima, anzi, eccezionale! Il fuoco dato alle polveri presto scatenerà una deflagrazione totale!

Lotte sembrò approvare, con un belato convinto. In realtà, l'oggetto dell'approvazione era il capretto Gunther. L'inquietudine di Lotte, come Kirk aveva intuito, era legata all'orologio biologico caprino. Cosí il dottore manovrò perché la sua amata bestiola restasse incinta. Nacque un delizioso capretto al quale fu imposto il nome di Gunther. Quel giorno, mamma Lotte era particolarmente felice perché Gunther finalmente sembrava aver vinto la sua lotta contro la forza di gravità, e dopo una serie di cadute, se ne stava orgogliosamente, anche se precariamente, in equili-

brio sulle quattro, esili zampette. Kirk fumava la sua eterna
pipa, gioiva e lanciava manciate di sale a mamma e figlio.

– Si è verificato, figliolo, ciò che io avevo previsto e
che i soloni dell'amministrazione temevano come la peste. Adesso, grazie a questo articolo, la gente sa. Sa che ad
Harvard si fanno esperimenti con le droghe allucinogene,
notizia sinora confinata nello stretto ambiente accademico. Dal sapere nasce la curiosità. Dalla curiosità la voglia
di sperimentare. È un contagio, te l'ho detto.

– E che c'è di positivo in un contagio?

Kirk sorrise.

– Il mondo intorno a noi sta cambiando a una velocità
furibonda, figliolo. Il cambiamento è nell'aria, ci sono mille segnali che ce lo dicono, ma sfortunatamente non tutti
sono in grado di decifrarli. Siamo alla vigilia di un'autentica rivoluzione. Tempi di grande interesse per un agente del caos!

Jay osservò, con una certa ironia, che il tono omiletico
usato da Kirk ricordava quello del Leary piú ispirato. Il dottore non se la prese piú di tanto. Sembrò, anzi, apprezzare.
Disse che c'era del buono in Leary: peccato che lui non ne
fosse consapevole. E profetizzò che presto avrebbe abbandonato Harvard.

Poi Gunther il capretto cadde ancora, e ancora si rimise
in piedi, affettuosamente sollecitato dai colpetti di muso
della madre e Gretchen si affacciò sulla soglia dello Schloss
suonando il campanello che chiamava alla colazione.

Mentre si avviavano, con la coda dell'occhio Jay vide
Gunther cadere per l'ennesima volta. Lotte gli si avvicinò e lo leccò, amorevolmente, sulla fronte. Jay provò un
acuto, inspiegabile struggimento.

5

Le previsioni di Kirk si avverarono tutte nel giro di pochi mesi. La questione delle droghe ad Harvard esplose sulla stampa nazionale, approdando persino sulla prima pagina del «New York Times». Timothy Leary mollò Harvard nella primavera del '63, bandito da un ambiente accademico terrorizzato dalle ricorrenti polemiche sull'uso sperimentale degli allucinogeni. Quando tornò in università per prendere le sue ultime cose, trovò a salutarlo un gruppetto di devoti in lacrime. Tracey lanciò un proclama incendiario promettendo di mettere a ferro e fuoco Harvard, rea di aver ceduto a una nuova ondata maccartista licenziando una delle menti piú brillanti del secolo. Pam scoppiò in lacrime: fu lo stesso Leary a consolarla, con una carezza un po' troppo prolungata (al Maestro le donne piacevano, e molto). A Jay fu concessa una distratta stretta di mano. Mancava solo Brandon. Leary per lui era ormai una cosa morta. In uno degli ultimi seminari, il Maestro aveva condannato pubblicamente l'omosessualità, sostenendo che si trattava di una malattia, ma che era curabile. Una combinazione di Pcb e Lsd avrebbe potuto efficacemente combatterla, riportando chi ne era affetto sulla giusta via dell'eterosessualità.

– Deludente. Inconsapevole. Limitato. Che segua il suo mediocre destino, – fu il commento, lapidario, di Kirk.

– La cerimonia del commiato ha avuto un'appendice,

dottore. Leary ci ha esortati a convertici all'Induismo. Ho annotato una sua dichiarazione, stia a sentire: «Gli scritti sacri dell'Induismo sembrano manuali psichedelici. I miti induisti erano resoconti di sedute psichedeliche. L'Ashram stesso era un viaggio illuminato verso la propria interiorità. Una vita serena, ciclica, scandita dal lavoro e dalla meditazione, completamente finalizzata al raggiungimento dell'estasi».

– La storia dell'umanità è pervasa dall'ansia del raggiungimento dell'estasi, figliolo.

– Dottore, ora che Leary è andato via… io…

– Tu?

– Io, la mia missione… insomma, che devo fare?

– Ma è chiaro, figliolo! Prenderai il suo posto ad Harvard!

E la dichiarazione fu sottolineata dall'immancabile belato di Lotte.

6.

Forse prendere il posto di Leary era un'esagerazione: Jay non possedeva certo il carisma del Maestro. Ma, in un certo senso, Kirk non era andato molto lontano dal vero. Il fatto è che, con Leary, aveva abbandonato Harvard anche la sua corte, Mickey l'irlandese in testa. E considerando che gli esperimenti con le droghe erano stati definitivamente cancellati, si apriva un serio problema di approvvigionamenti. Kirk forní a Jay un buon quantitativo di Pcb e di Lsd, e poiché Jay, dopo tutto, era uno studente di chimica, un bravo studente, oltre a diventare il monopolista della diffusione di droghe allucinogene nell'ateneo, mosse i suoi primi passi come chimico sintetizzatore della sostanza. In pratica, si può dire, prese effettivamente il posto di Leary. Ma non per questo diventò uno spacciatore. Jay non vendeva droga. Jay regalava, somministrava, cedeva, elargiva, diffondeva, dispensava. Oltretutto, non dimentichiamolo, Pcd e Lsd erano ancora sostanze legali. Quindi, in realtà, Jay Dark non era ancora un criminale. Era semplicemente Jay Dark, un tempo conte Von Drakich, aristocratico, anarchico, «dispensatore di felicità», come amava dire Brandon. Jay Dark, il brillante studente. Il ragazzo di Pam.

Già. Pam.

La sera dell'assassinio di John Fitzgerald Kennedy le televisioni di tutto il mondo rimandavano le immagini di un'America sbigottita e attonita, sgomenta e soprattutto addolorata. Flint mi fece notare come, mezzo secolo dopo, rievocando quella giornata storica, reporter del calibro di Gay Talese e Thomas Wolfe avrebbero fornito una versione leggermente diversa: quella di un Paese in cui, accanto alle manifestazioni di cordoglio, si poteva registrare una quantomeno diffusa indifferenza. Charles Bukowski, dal suo canto, in una lettera resa pubblica solo dopo la sua morte, aveva vomitato il suo livore di escluso contro la vittima e la sua iconica moglie: qualcosa di simile ai contraddittori sentimenti che Jay aveva provato a suo tempo indugiando davanti alla foto della futura coppia presidenziale. E non parliamo poi di quei conservatori col cappellaccio, nostalgici del Kkk, che la notte dell'agguato di Dealey Plaza la passarono a mollo in vasche di champagne. Ad Harvard, invece, dove almeno ufficialmente di conservatori non c'era ombra, fu lutto vero. Le lezioni vennero sospese, tutte le cerimonie accademiche rinviate a data da destinarsi, le feste delle confraternite studentesche annullate. Jay e i suoi amici, che ormai formavano un gruppo stabile, decisero di celebrare il lutto con un trip memorabile.

Fu un errore? Mah. Le vibrazioni di negatività – secondo il gergo del tempo – che emanava il corpo inerte di Jfk sembravano aver perforato l'etere, viaggiando nello spazio e nel tempo, per contagiare il loro piccolo rifugio e invaderlo con il loro carico di morte e disperazione. Erano tutti giú, insomma (Jay fingeva di adeguarsi, ovviamente) e nessuno rispose a Tracey quando lei lanciò l'angosciante interrogativo: il presidente era stato un uomo di sinistra? Per l'occasione, Jay aveva sciolto un po' di Lsd allo stato liquido in una limonata, e l'aveva caricata di zucchero per renderla piú gradevole al gusto. I tempi artigianali della maionese erano lontani, e la roba che circolava, per titolo e raffinatezza, era la migliore che si potesse trovare. Tracey fu la prima a varcare la soglia, e cominciò a dondolare su sé stessa, ripetendo ossessivamente «sinistra-destra-sinistra-destra». A dimostrazione che neanche quand'era fatta, molto fatta, la passione politica veniva meno. Brandon, occhi chiusi, mormorava una litania sull'apollinea bellezza di Jackie Kennedy. Quanto a Jay, aveva studiato a lungo, ispirandosi agli insegnamenti di Kirk.

«In ogni epoca gli uomini hanno "viaggiato" con l'ausilio di sostanze allucinogene, figliolo, e molti hanno rilasciato acute descrizioni della propria esperienza...»

E quindi Jay, attingendo a Jünger, Michaux, Baudelaire e compagnia cantante, si appropriava di ricordi altrui, li faceva suoi, li adattava e li restituiva ai suoi compagni di viaggio. Che non sospettarono mai di lui.

Pam, invece, quella sera sprofondò nel piú classico dei cattivi trip.

– Di sinistra un cazzo! Kennedy era una merda. Mio padre ci ha lavorato per anni. Era un irlandese ubriacone e puttaniere, ha fatto ammazzare Marilyn, era cinico e spregiudicato. Un bastardo, come mio padre.

Non l'avevano mai vista cosí incattivita, ai confini del selvaggio. Se Jay cercava di avvicinarsi, lo respingeva, gli occhi fiammeggianti, sudata, scomposta. Si strappò i vestiti. Cercò di incendiarsi i lunghi capelli. Prese a graffiarsi con le unghie. Jay la trascinò in bagno, sotto l'acqua fredda. Inutilmente: la roba ha il suo ciclo, e bisogna attendere che si compia. Tracey e Brandon erano troppo persi per essere d'aiuto. Trascorsero ore d'inferno, con lei che vomitava ingiurie, quei due che salmodiavano e Jay che cercava invano di ammansire una tigre infuriata. Quando infine Pam crollò, esausta, Jay pensò che se quello era il caos, gli era apparso il suo volto piú terribile. Shiva che si fa Bhairava, il demone devastatore.

Al risveglio, Pam si rifugiò fra le sue braccia.

– Sono stata insopportabile, vero?

– Ti confesso che ho avuto paura, Pam.

– Un trip cattivo può capitare a chiunque.

– Era da un po' che non succedeva. Ti va di parlarne?

– Tu mi ami, Jay Dark? Mi ami sinceramente?

La questione era mal posta. Il vero problema era un altro. Riguardava la capacità di Jay di amare, e, piú in generale, di provare sentimenti. Jay non era un pezzo di legno, ma amare era una faccenda troppo complessa per lui. O forse, semplicemente una pretesa eccessiva per un ragazzo di Williamsburg. Se si rende ciò che si è avuto, bene, Jay non aveva mai avuto amore, quindi era del tutto incapace di renderlo. Il sesso era un altro pianeta, naturalmente. Con Pam il sesso funzionava a meraviglia. Ma d'altro canto, anche a leggere la storia dal punto di vista di lei, si poteva parlare di amore? Piú il loro rapporto si approfondiva, piú Jay aveva la sensazione che lei si fosse legata perché aveva bisogno di essere protetta. Protetta dai fantasmi che la torturavano quando era sotto acido e dagli incubi che l'assalivano quando era lucida e sobria. E, a quanto pare, per un certo periodo la protezione funzionò. Dopo quel primo drammatico trip alla maionese, ne erano seguiti altri nel corso dei quali si erano ripetute le visioni che la tormentavano. In sostanza, ogni volta che prendeva l'Lsd Pam viveva una sola visione: lei bambina che entra in un bosco tetro e un'ombra minacciosa, quella di un uomo, senza volto e senza identità corporea, che la segue. Ma poi, grazie a Jay, era finalmente riuscita ad attraversare il bosco, uscendone sana e salva, e lasciandosi «lui», «l'Ombra», alle spalle. Era il padre, chiaro, quel

senatore Stagg che tutti amavano e rispettavano, il kenne-
diano convinto, il democratico che, all'occasione, sapeva
sfoderare il pugno di ferro con gli oppositori. Era il padre
esecrato. Ma ogni volta che Jay cercava di introdurre l'argomento, Pam si chiudeva come un riccio, e se le sue domande si facevano piú puntuali, era capace di scomparire
per giorni interi. E anche quella mattina, quando, dopo
averla rassicurata – sí, certo che ti amo, sei la persona piú
importante per me, sei tutto per me, Pam – Jay accennò
timidamente alla figura d'ombra, lei lo stoppò, trattenendo a stento un nuovo scoppio d'ira.

– Ho raggiunto un mio equilibrio, Jay. Rispettalo, ti prego. Non ho voglia di parlarne. Né con te né con nessuno.

Per un paio di settimane Pam si mostrò fredda, se non
scostante. Jay comprese che l'aveva pressata troppo. Rischiava di perderla. Non poteva lasciare che accadesse. Non
solo perché era la figlia di Stagg, nemico giurato di Kirk, e
quindi potenziale arma di scambio, messaggera, tramite
e quant'altro con il ferreo senatore. No, questa era solo la
minima parte della verità. Il fatto è che Jay aveva cominciato a fare dei progetti. I progetti che ci si attenderebbe
da un bravo ragazzo di Williamsburg che non dimenticava mai l'istinto della strada.

Come, ad esempio, sposare Pam e vivere felici e contenti.
Felici, contenti e ricchi.

Jay intuí che il modo giusto per starle accanto era di la-
sciarle tutto lo spazio possibile. Quando Pam aveva bisogno di lui, lui accorreva; quando attraversava la fase ag-
gressivo-depressiva, lui si faceva da parte.

La totale disponibilità offerta a Pam impressionò Tracey
e Brandon. E segnò un vero e proprio salto di qualità nei
rapporti fra Jay e i suoi amici. Loro gli uomini li cambiavano con tanta frequenza che non riuscivano mai davve-

ro a legarcisi. E avevano finito per accomunare il genere maschile in un giudizio collettivamente sprezzante. Jay faceva eccezione. Jay era uno giusto. Jay sapeva sacrificarsi. Jay sapeva amare. Tracey e Brandon sentivano di potersi fidare di lui. Non si trattava piú soltanto di condividere lo sballo o le illusioni politiche. Jay Dark irradiava calore intorno a sé, e altrettanto ne riceveva di ritorno.

«Se ti piace, piacerai».

Jay era riuscito nel capolavoro di farsi accettare, apprezzare, addirittura amare. Merito della sua capacità di simulare. Quando se ne rese conto, provò un forte, fortissimo orgoglio. Il malessere che si era insinuato dentro di lui svaní come d'incanto.

7

Il 12 maggio del 1964, a New York, dodici ragazzi bruciarono pubblicamente la *draft card*, la cartolina che li chiamava alla leva obbligatoria.

– Interessante, – fu il commento di Kirk.

Il dottore era pensieroso ai limiti della distrazione. Il capretto Gunther si era rivelato una creatura debole e malaticcia. Nonostante gli sforzi della madre, non aveva mai del tutto conquistato né l'equilibrio né una piena autonomia. Gretchen si era opposta con tutte le sue forze alla decisione di Kirk di sopprimerlo. Aveva ceduto quando il marito le aveva spiegato che era l'unica cosa giusta da fare nel rispetto delle leggi naturali. Ma per la prima volta in tanti anni di vita in comune il grande amore di lei era come incrinato. Una lieve, forse impercettibile scalfittura. Kirk, però, per quanto si sforzasse di non ammetterlo, ne soffriva. Jay Dark ascoltò in silenzio il suo sfogo, prima di tornare su argomenti che gli stavano piú a cuore.

– Si dice che il governo stia per effettuare un reclutamento massiccio per la guerra in Vietnam.

– Lo faranno, puoi starne certo. E sarà una cosa magnifica!

– Lei crede davvero che dobbiamo andare in mezzo alla giungla di un Paese del cazzo del quale non ci frega un cazzo per fermare l'avanzata dei comunisti?

– Noi non fermeremo un bel niente. Il comunismo si

fermerà da solo quando la gente ne avrà le tasche piene di
tutta quella miseria. Ma questa guerra è opportuna, figliolo.

– Non la capisco, dottor Kirk.

– Il governo chiama i giovani a vestire la divisa, e i giovani si incazzano. Questo è l'effetto positivo.

– Mi sembra di sentire la mia amica Tracey. Lei sostiene
che la guerra smaschererà il volto odioso del potere e spingerà la nostra generazione sulla strada della rivoluzione.

– La tua amica è una persona di rara perspicacia, mi pare di avertelo già detto. Io, però, al posto di rivoluzione
preferirei usare «rivolta».

– Sembra quasi che le faccia piacere.

– Senza il quasi, figliolo. La rivolta è nell'aria. È il segno
piú importante del grande cambiamento in vista.

Le manifestazioni di protesta contro la guerra, ormai
inevitabile, si moltiplicavano. Tracey aveva organizzato un
comitato di lotta che, per la verità, aveva raccolto pochis-
sime adesioni: vista dalla composta routine di Harvard, la
guerra sembrava un pericolo remoto, piú oggetto di dotte
analisi che fuoco vivo pronto a dilaniare una generazione
di ragazzi. Sí, le cose cambiavano. Leary era considerato
il guru di una nuova cultura, la cultura psichedelica, che
avrebbe inesorabilmente abbattuto le frontiere anguste di
un passato polveroso e opprimente. Le sue apparizioni te-
levisive e le sue dichiarazioni pubbliche non si contavano,
almeno quanto i suoi guai giudiziari. La droga dilagava, il
Sistema reagiva. Lo schema che avevano in mente quelli come Tracey e Brandon era elementare ma persuasivo:
da una parte ci siamo noi, i ragazzi, con le nostre utopie,
i nostri giovani corpi e la forza del cambiamento; dall'altra l'establishment, il sistema dei parrucconi e dei collet-
ti bianchi, immutabile e perverso. Era una lotta politica
e culturale che si combatteva a tutto campo. Bob Dylan

contro Frank Sinatra, Ken Kesey contro Thomas Mann.
La droga era il collante, la saldatura di tutte le speranze.
Kirk gongolava.

In tutto questo, Jay amoreggiava con la sua problematica Pam, con la quale aveva cominciato cautamente a introdurre il discorso «tu e io domani», avanzava a passi rapidi e costanti verso la laurea, era diventato abilissimo a sintetizzare un Lsd di grande potenza e cristallina purezza e solcava i venti del cambiamento sempre piú convinto dell'ineluttabile approdo.

Superato l'ultimo esame, a due mesi dalla cerimonia di laurea, fissata per l'aprile del 1965, consegnò a Kirk la sua «relazione finale» sull'esperienza ad Harvard.

Kirk lo ricevette, come al solito, davanti alla stalla. Lotte, dopo una nuova gravidanza, aveva avuto Fidelio, capretta dal carattere docile e, a quanto pareva, perfettamente sana. La passeggera ombra della delusione aveva abbandonato il volto di Gretchen, restituendole il suo eterno sorriso mite. Ora Lotte e Fidelio se la passavano alla grande immerse in un letto di copiosa, fresca, verdissima erbetta.

Kirk sfogliò distrattamente i quindici fogli dattiloscritti di Jay, sorrise, e ne fece aeroplanini che prese a far volare per la gioia delle caprette.

– Ma porca misera, dottore, ci ho messo due giorni a scrivere questa roba!

– Preferisco la sintesi orale. Piú immediata e diretta. Allora, figliolo?

– Per me la ricerca è finita. Sappiamo tutto quello che c'è da sapere su questa gente. Sono scienziati abbagliati da una fama transitoria, o forse duratura, chissà, ma comunque scienziati. Leary è mosso da scopi lodevoli. Distribuire droga è per lui un modo per dispensare felicità.

Accade anche a me, quando faccio girare l'Lsd. Ormai la diffusione è inarrestabile, qualcosa che va al di là dei miei e dei suoi sforzi.

– Su questo non posso che essere d'accordo. Ed è per questo che ti dico: fra poco si aprirà una nuova fase. Te ne parlerò al momento opportuno. Ma per quanto riguarda la felicità... chi ti dice che gli uomini la cerchino? O, meglio, forse la cercano, ma da questo a saperla apprezzare... a essere pronti per apprezzarla... un eccesso di felicità genera assuefazione, quindi noia. Gli esseri umani troppo felici si rifugiano nella paura, e la paura si fa presto terrore... e il ciclo riparte.

– Dottore, con franchezza: io credo di aver finito ad Harvard.

– E quindi?

– Un professore di Harvard mi ha proposto di restare come suo assistente.

– Uhm. Tutto qui?

– Pam e io...

– Ah! Stai pensando di sposartela?

– L'idea sarebbe piú o meno questa.

– Non pensi che legarsi a una persona come Pam potrebbe interferire con il nostro lavoro?

– Lei è sposato, mi pare.

– Certo. Ma Pam, Pam! – scattò il dottore, ridacchiando. – Hai ancora tanto da imparare! Stammi a sentire, figliolo. Anche chi vive la sua vita per mare ha bisogno di un approdo. Tutti ne abbiamo bisogno. Persino noi agenti del caos. Ma se un giorno dovrai legarti a una donna, che sia come la mia Gretchen. Adorabile, piccola, servizievole, buona, laboriosa, comprensiva. L'unica che può stare accanto a un agente del caos. Temo che con Pam tu non abbia futuro...

– Ma perché?

Kirk sospirò. Jay vide affiorare nel suo sguardo quel calore che tanto lo aveva affascinato la prima volta che si erano incontrati.

– Tu non ami Pam. Tu ami la possibilità che lei ti offre di diventare uno di loro. Ma stammi a sentire, figliolo. Tu non sarai mai come loro. Mai. Alcuni cambiano per non cambiare. Supererai tutto con leggerezza, ogni ostacolo e ogni tentazione, e alla fine tornerai a essere quello che sei sempre stato e sempre sarai: un agente del caos. Definitivamente: Pam non fa per te e tu non fai per lei.

Per la prima volta da quando era finito sotto la sua protezione, Jay Dark mandò al diavolo Kirk. Il ragazzo di Williamsburg rivendicò il suo primato. Kirk, dopo averlo plasmato a sua immagine e somiglianza, manipolato, indottrinato, infiltrato, voleva anche decidere con chi andava a letto, e per quanto tempo? E lui, per seguire i sogni di un pazzo, avrebbe dovuto dare un calcio alla piú grande occasione della sua vita?

Quella sera stessa se ne tornò ad Harvard.

Ma lo attendeva un'amara sorpresa.

Pam era scomparsa. Tracey gli disse che Stagg, accompagnato da due scagnozzi, era venuto a prendersela. La ragazza aveva lottato con tutte le sue forze. Tracey e Brandon erano accorsi in suo aiuto. Gli scagnozzi avevano sfoderato le pistole. Tracey – che aveva un occhio nero – ne aveva assalito uno, rimediando una sventola che l'aveva lasciata svenuta sul prato. Pam era stata caricata su una Chevrolet bianca. Il senatore aveva assistito alla scena, impassibile.

Piú tardi, Jay apprese da un impiegato del rettorato che andava pazzo per i suoi acidi che il prelevamento di Pam era avvenuto in modo assolutamente legale. Le autorità accademiche non avevano potuto opporsi, pur deplorando, in una nota ufficiale, le brutali modalità con le quali la ragazza era stata allontanata dalla sede universitaria. Stagg aveva fatto le cose per bene. Un medico compiacente aveva diagnosticato un disturbo schizoide della personalità aggravato dall'abuso di sostanze psicotrope. Un giudice di buoni sentimenti aveva dichiarato Pam interdetta, il che consentiva a Stagg padre, sino a che le cose non fossero mutate, di agire quale suo tutore legale e amministratore del patrimonio. Da altri beneficiari del suo Lsd Jay apprese poi che l'avevano tenuta per due settimane in una clinica dalle parti di Boston e che poi era stata ricondotta a casa del padre. Con l'aiuto di Tracey e Brandon, Jay decise di passare all'azione.

Doveva riprendersi Pam. Sposarla e vivere ricco e felice per il resto dei suoi giorni.

Beh, felice: intanto, l'agiatezza era un buon punto di partenza.

8.

Casa Stagg era a pochi chilometri a sud di Boston, una villona di ambizioni palladiane circondata da un grande parco fitto di vegetazione. A pochi passi dal cancello d'entrata c'era l'alloggio dei custodi, una coppia di colore. Il giardiniere, che abitava altrove, entrava in servizio intorno alle 10. Altre presenze umane non venivano segnalate. Oltre, naturalmente, a Stagg e a Pam. Tutto questo Jay e i suoi complici lo appurarono nel corso di un paio di giornate di appostamento: nei tre anni della loro relazione, Pam non aveva mai invitato Jay. Il suo odio per quella casa e per tutto ciò che rappresentava glielo aveva impedito.

Passarono all'azione il terzo giorno. Era un giovedí mattina: secondo il calendario parlamentare che Tracey aveva diligentemente esaminato, il senatore sarebbe stato impegnato al Congresso per una votazione. Tutto ciò di cui disponevano era una vecchia e scassata Studebaker Sedan del '53 che Tracey si era fatta prestare da un meccanico muscolare che le faceva gli occhi dolci e di una buona dose di incoscienza. L'idea, grosso modo, era di creare un diversivo che distraesse il personale in modo da permettere a Jay di arrivare a Pam e portarsela via. Alle otto in punto, la vecchia Studebaker guidata da Tracey impattò il cancello d'ingresso. Tracey finse di aver perso i sensi e si accasciò sul volante. Il clacson suonava all'impazzata. Brandon balzò fuori dal lato del passeggero e si mise a invocare aiuto a gran voce. Come previsto, il custode maschio si catapultò fuori dalla guardiola, aprí il cancello e si avvicinò alla macchina.

– Aiuto! È svenuta! Aiuto!

– Ma che succede? Signorina? Mi sente?

Aiutato dal custode, Brandon staccò Tracey dal volante e l'adagiò sullo schienale. Il clacson smise di suonare.

– Respira, – disse l'uomo.

– Dio sia lodato! – esclamò, teatrale, Brandon. E spiegò, secondo la versione che avevano concordato, che stava dando lezioni di guida alla sua fidanzata quando lei aveva perso il controllo del veicolo.

– Bisogna chiamare un dottore, – disse il custode, grattandosi la testa.

– Si riprenderà? – domandò, ansioso, Brandon.

Il custode si voltò e diede una voce alla moglie, apparsa nel frattempo sulla soglia.

– Aretha! Chiama un'ambulanza, presto!

Tracey esalò un flebile sospiro.

– Amore, come ti senti? Parlami, ti prego! – invocò Brandon, ormai perfettamente calato nella parte.

– Un po'… d'acqua, per favore…

– Portiamola dentro! – decise il custode, impietosito. E richiamò la moglie.

Nel momento in cui tutti e tre, i custodi e Brandon, si affannavano per estrarre dall'abitacolo Tracey, Jay, che si era nascosto in precedenza dietro una grossa quercia, sgattaiolò alle loro spalle, oltrepassò il cancello e corse verso l'edificio principale, che sorgeva in cima a un'ampia scalinata al fondo di un vialetto. Jay salí a passo di carica un gradino dopo l'altro. Il portoncino d'accesso era chiuso. Afferrò il battente e cominciò a picchiare, invocando a gran voce il nome di Pam.

Il portoncino si spalancò e comparve il senatore Stagg. In vestaglia. Armato di pistola.

– Guarda guarda, il cagnolino del dottor Kirk!

Due cose furono subito chiare, grazie al benvenuto di Stagg. Primo: il piano che avevano concepito era veramente una schifezza; Tracey non aveva colpa, peraltro: la seduta del Congresso era stata annullata all'ultimo istante. Secondo: Stagg sapeva tutto. Anche se lui e Jay non si erano mai incontrati di persona. A quel punto, l'unica cosa da fare era giocare a carte scoperte.

– Voglio vedere Pam.

– E chi ti dice che lei abbia voglia di vedere te?

– Non ha il diritto di tenerla rinchiusa!

– Ho tutti i diritti di questo mondo, ragazzo mio. Sono il suo tutore. E soprattutto, sono suo padre!

– Un padre che Pam odia!

Stagg puntò la pistola al petto di Jay e gli ordinò di andarsene. Jay scese due gradini, si fermò, si voltò. L'istinto della strada gli suggeriva che Stagg, il rampante politico in carriera, non poteva permettersi uno scandalo.

– Che fa, senatore, mi spara?

– Hai invaso la mia proprietà, quindi...

– Poi dovrebbe comunque dare delle spiegazioni.

Stagg sembrò pensarci un po' su, poi, sempre impugnando l'arma, raggiunse Jay. Era indubbiamente un bell'uomo, alto, atletico, con gli occhi penetranti e fluenti capelli biondi tendenti al bianco. Un replicante più tonico del defunto presidente Kennedy. Fotogenico. Ma visto da vicino comunicava una sensazione a metà fra il gelo e un senso di disturbo. Come un serpente velenoso pronto a scattare e a colpire in modo del tutto imprevedibile. Dopo aver conosciuto suo padre, Jay cominciò a capire Pam.

– Ora ti accompagno fuori dalla mia casa e non voglio mai piú vederti in giro. O racconterò a Pam chi sei e che cosa le stai facendo.

Jay sorrise. Dopo tutto, anche se il piano era andato a rotoli, forse esisteva ancora una possibilità. Era stato Stagg stesso a offrirgliela su un piatto d'argento, con la sua incauta minaccia.

– Tanto per cominciare, senatore, io non sto facendo un bel niente a sua figlia. Se non volerle bene e protegger-la dai suoi fantasmi. Visto che sa tante cose, saprà anche che Pam si drogava da prima che io arrivassi ad Harvard. È stata lei a iniziarmi all'Lsd. E posso assicurarle che, semmai, da quando stiamo insieme, le cose per lei vanno molto meglio.

– Stronzate. Pam è ancora una bambina, e tu e quel na-zista di merda la state usando per i vostri giochetti.

– Senatore, lei non dirà un bel niente a Pam. Non può permetterselo. Su tutta questa storia c'è il segreto di stato. Dica una parola e l'accuseranno di alto tradimento. Se la sente di rischiare? Su, mi porti da Pam e facciamola finita.

Colpito e affondato. Stagg ridusse gli occhi a due fessu-re colme di odio. Non era da lui tollerare lo stallo. Stagg era tutto o niente. Stagg sollevò la pistola.

– Non ti lascerò rimettere le mani sulla mia unica figlia! Lei è la mia sola ragione di vita. Deve avere il meglio di ogni cosa, e sarò io a darglielo, non un tossico di merda partorito dalle fogne di Brooklyn!

Stagg scarrellò l'arma, pronto a sparare. Jay capí che il senatore lo avrebbe fatto. Gli avrebbe sparato. Dopo aver soppesato i pro e i contro, l'anima del serpente avrebbe prevalso. Stagg era un uomo disperato, e un uomo dispera-to è un uomo pronto a tutto. Era forse da questo che Kirk aveva cercato di metterlo in guardia? Jay si vide morto.

Disse addio ai suoi sogni e si mise a correre a precipizio verso il fondo della scala, aspettando il colpo fatale.

Ma non ci fu nessun colpo.

Brandon, Tracey e i due custodi stavano sopraggiungendo proprio in quel momento.

Stagg rinfoderò l'arma. Non poteva sparare a sangue freddo davanti a quattro testimoni.

In quel momento si sentí un rumore di vetri infranti. Risuonò un grido acuto. Qualcuno volò giú da una finestra al secondo piano.

Pam.

9.

Pam sopravvisse.

Un morbido tappeto di foglie attenuò la caduta. Se la cavò con una frattura a un gomito e il fatto fu rubricato come incidente. Aveva assistito alla sceneggiata fra Jay e il padre e il suo fragile equilibrio non aveva retto. Ricomparve alla seduta di laurea. Mascherata da grandi lenti scure a specchio, i capelli raccolti in una crocchia composta, guardata a vista da Stagg e due aguzzini in abito nero. Neanche il tempo di una fugace occhiata ed era già andata via col suo diploma sotto il braccio. Jay si chiedeva se l'avrebbe mai più rivista. Non poteva dire, in tutta onestà, che perdere Pam gli aveva lacerato l'anima. Ma il disappunto, il senso di sconfitta, gli pesavano. Sentiva di aver fatto quanto in suo potere per salvarla, ma la verità era che la grande occasione era svanita.

Brandon e Tracey erano strafatti di Dmt, e Jay dovette sorreggerli mentre si avviavano al palchetto per ritirare il certificato che li proclamava dottori. Il rettore tenne un discorso pomposo e pieno di speranza, un neolaureato in materie umanistiche replicò con un discorso altrettanto pieno di speranza e di pompa. Non lontano dal discreto recinto di Harvard, si bruciavano cartoline e si organizzavano sit-in contro la guerra del Vietnam. Quella sera, l'ultima che trascorse ad Harvard, Jay divise con Tracey e Brandon le ultime gocce di Lsd. Le scorte di Kirk si erano esaurite, e senza il sale tartrato non poteva fabbricarne altre. Sul conto che Kirk gli aveva aperto presso una filiale della Chase Manhattan Bank restavano cinquanta dollari.

Jay era tornato povero. Il professore che gli aveva proposto di fargli da assistente aveva cancellato l'offerta. Stagg aveva mosso le sue leve, e intorno a lui s'era fatta rapidamente terra bruciata. Brandon gli chiese di seguirlo a Londra. Come tutti i ragazzi ricchi, la sua esistenza non contemplava il concetto di «caduta».

– Ho una grande casa. Possiamo dividercela.

– Ci penserò, Brandon.

– Prenditi tutto il tempo che vuoi, fratello.

Quanto a Tracey, aveva deciso di fermarsi ad Harvard, accettando l'offerta del suo professore di Storia delle dottrine politiche. Tracey aveva un grande progetto: trasformare Harvard in un covo di sovversivi dal quale far scoccare la scintilla della rivoluzione. Se non altro, era salda nei suoi sogni.

Quella sera, mentre i suoi amici si perdevano, o forse si ritrovavano, Jay era sempre piú schiavo della sua lucidità, e decise che aveva solo due alternative: uccidere Jay Dark, resuscitare Jaroslav Darenski e tornarsene con lui a Williamsburg, ai furtarelli e alla vita di strada, oppure arrendersi alla sconfitta e consegnarsi al suo mentore.

Naturalmente, scelse Kirk.

10

– Ti stavo aspettando, figliolo.

Jay era troppo abbattuto per prendersela. Decise di infischiarsene del suo ironico autocompiacimento e di concentrarsi sull'evidente affettuoso sfavillio che si era acceso negli occhi del dottore quando si era materializzato alle sue spalle, sorprendendolo nell'atto di strizzare con dolce energia le mammelle di Lotte. D'altronde, quel ritorno aveva qualcosa di rassicurante, se non di piacevole. Gretchen insistette per abbraccialo e, visto che le era sembrato sciupato e corrucciato, lo rimpinzò di miele grezzo, frittelle e marmellata di lamponi. Kirk gli disse che la stanza degli ospiti non era stata toccata, dal giorno in cui Jay si era concesso una piccola vacanza. E persino Lotte e la piccola Fidelio, che ormai si era fatta un'adorabile, robusta giovane capra, manifestarono con acuti belati la loro gioia per il ritorno del figliol prodigo.

Serenità, o qualcosa di simile. Jay ne fu rincuorato.

Non si parlò di cose serie sino al tramonto, quando lui e Kirk si ritrovarono alla stalla con una bottiglia di distillato alle prugne, ultima trovata di Gretchen.

– Il momento è difficile, figliolo. Ho pessime notizie.

«Pessime» era persino un eufemismo. Qualche giorno prima Kirk si era presentato alla Base per i consueti esperimenti ed era stato accolto da un imbarazzato Garreth Senn e da uno Stagg in assetto di guerra. La linea dura del senatore aveva prevalso. L'operazione Mk-ultra era stata sospesa a tempo indeterminato. A Kirk avevano concesso 48 ore per smantellare i laboratori.

– Ho cercato di sintonizzarmi sulla lunghezza d'onda di Stagg, figliolo, credimi, ma è stato tutto inutile. Mi sono sforzato di parlare la sua lingua, ma quell'uomo... quell'uomo ha qualcosa di malato dentro!

– Me ne sono accorto, dottore.

– So, so, mi è stato riferito.

Secondo Stagg, gli esperimenti offendevano la coscienza morale dell'America e, quel che è peggio, conferendo una parvenza di dignità «scientifica» alla droga, indebolivano gli sforzi dell'amministrazione per combattere l'autentico flagello rappresentato dalla diffusione dell'Lsd fra i giovani. Kirk aveva replicato con argomenti solidi. I rossi non si sarebbero fatti certo scrupoli morali, e avrebbero continuato la ricerca. Quindi, ci avrebbero superati, e i militari se ne sarebbero presto resi conto. Stagg rischiava di lasciare dunque al nemico un'arma potentissima. Inoltre, la diffusione della droga era un dato di fatto ineluttabile, quindi invece di proibirla bisognava incoraggiarla.

– Lui mi ha detto, figliolo: dobbiamo fermare a tutti i costi quel pazzo di Leary. E io ho risposto: al contrario, dobbiamo aiutarlo!

– E naturalmente, lui ha dato di matto!

– Ci puoi giurare!

Stagg era ossessionato dal pericolo che la sinistra, le sinistre tutte, trovassero nella droga il cemento per riunire le forze sparpagliate e muovere l'attacco finale al Sistema. Stagg era ossessionato da ciò che Kirk considerava un'autentica manna dal cielo. Perché, secondo Kirk, proprio la diffusione della droga avrebbe distrutto le sinistre, anziché

rafforzarle. E presto, dopo qualche insignificante fiamma-
ta, le velleità rivoluzionarie si sarebbero spente.

– E sai cos'ha fatto quel demente quando gli ho esposto
questa lucida ed elementare teoria? Mi ha dato del nazista!

Kirk era convinto di avere ragione, e che presto il tempo avrebbe riconosciuto la sua lungimiranza. Ma per il
momento, era sconfitto. Come Jay. Quando il ragazzo gli
fece notare che appartenevano entrambi alla categoria piú
detestata d'America, quella dei perdenti, il dottore esplose
in una fragorosa risata. I suoi occhi si accesero di un lampo maligno. Aureolato dalla luce rossastra del sol calante,
con un bicchiere in una mano e la pipa nell'altra e due cu-
riose ali di capelli a forma di corna che si dipartivano dalla
sommità del cranio, Kirk sembrava un diabolico folletto.

– Mi hanno dato 48 ore di tempo e io le ho sfruttate.
Gli ho portato via da sotto il naso tutto l'Lsd e il tartrato su cui ho potuto mettere le mani, figliolo. Ce n'è
quanto basta per inondare l'intera Europa!

– Perché proprio l'Europa, dottore?

– Perché l'America si è dimostrata terra ingrata, figliolo. Ma il caos, come ti ho insegnato, non conosce confini. E dunque, in attesa che quel pavone di Stagg scenda
a piú miti consigli, noi proseguiremo la nostra opera da
un'altra parte. Com'hai detto che si chiama quel tuo amico inglese, l'artista?

– Brandon.

– E dove vive?

– A Londra.

– Ecco. Appunto. A Londra.

Roma, oggi

Flint mi aspettava per un brunch domenicale nel giardino dell'*Hotel Locarno*. Mi presentai con venti minuti di ritardo e rifiutai il calice che mi offriva.

Avevo deciso di chiudere con lui.

– L'ultima volta mi ha raccontato un sacco di balle.

– Davvero?

– Non è stato facile, ma mi sono procurato gli elenchi degli studenti di Harvard negli anni '62-65. Non c'è nessun Dark o Von Drakich che dir si voglia. Nessuna Tracey Deveraux. Nessun Brandon Hadley.

– Lei continua a fidarsi troppo delle apparenze.

– E dunque? Avrebbero truccato i registri? E chi? La Cia? Avrebbero fatto scomparire le tracce della presenza di tutte queste persone per occultare...

– Potrei semplicemente averle dato dei nomi di copertura, non crede?

– Oh, la pianti! Neanche Stagg è mai esistito! Anche il suo è un nome di copertura?

– Alcune vicende sono destinate a restare riservate. Si sta addentrando in un mondo complicato, e le ripeto...

– Che cosa mi ripete? Che lei c'era? E dove sono le prove?

Flint mi stava prendendo in giro. Non mi era chiaro perché lo facesse, ma a quel punto aveva smesso di interessarmi. Sosteneva di esserci stato, snocciolava episodi come se ne fosse stato testimone, ma non mi aveva detto niente di concreto, e niente di risolutivo. Riferiva cose che gli erano state raccontate da Jay Dark, secondo lui. Ma, per quanto mi riguardava, poteva averle inventate di sana pianta. Stavo solo perdendo tempo. Feci dietrofront e lo piantai in asso. Ero certo che non ci saremmo mai più né visti né sentiti.

Dopo *Blue Moon*, il mio editore sollecitava un nuovo romanzo.

«Una robina più semplice, centoquaranta pagine, ma tirate a lucido, eh. E mi raccomando: grande attenzione alle figure femminili. Ricordati: il parterre dei lettori è composto all'ottanta per cento da donne. Se non acchiappi quelle, puoi scordarti di finire in classifica!»

Mi tuffai nel lavoro.

Abbozzai la trama di un legal-thriller all'italiana. La storia di un medico rude e antipatico, reazionario e maschilista, ma bravissimo nel suo lavoro e moralmente inattaccabile. Un autentico paladino della sanità pubblica. Nemico giurato delle camarille che i suoi colleghi usano impiantare con le cliniche private. Il tipo che arriva in ospedale all'alba ed è capace di farsi tre notti di fila per salvare vite umane. Il tutto senza vantarsene, e anzi maltrattando gli amici, il personale e le famiglie dei malati. Un robot efficiente ma un disastro umano. A un certo punto un collega invidioso scambia i vetrini di un paziente e lo induce a compiere un'operazione sbagliata. Il paziente ci resta secco. Un pm ambizioso lo incrimina per omicidio preterintenzionale: il dottore ha operato senza necessità, per puro narcisismo, uccidendo così, se non deliberatamente, «quasi», l'ammalato. Roba da dieci anni di galera, carriera alle ortiche, vita rovinata. Il caso è sorretto dal consueto caravanserraglio mediatico molto sensibile alla pornografia del dolore. A capeggiare l'orda la firma di punta di un aggressivo quotidiano specializzato in scandalismo e lotta alla malasanità. A fianco dell'insopportabile, ma innocente, imputato, scende una coraggiosa avvocata (ecco l'elemento femminile tanto invocato!) Una lesbica tostissima. Non avevo le idee chiare su come sviluppare lo spunto iniziale. Sapevo però che, alla fine, la verità avrebbe trionfato, e il nostro medico sarebbe stato riabilitato con tutti gli onori. Avevo anche in mente l'epilogo. Il giornalista che si era accanito contro il dottore resta vittima di un grave incidente. La sua vita è appesa a un filo. Tutto dipende da un delicatissimo e difficilissimo intervento che solo un uomo è in grado di praticare: il nostro protagonista. Le ultime righe del romanzo avrebbero descritto i preparativi dell'operazione. L'ultima frase sarebbe stata dedicata al sorriso enigmatico del dottore mentre impugna il bisturi. In modo da indurre il lettore, pardon, la lettrice, a chiedersi: resterà fedele a sé stesso e salverà lo stronzo, o cederà all'impulso di vendicarsi?

Raccontai la storia all'editore, che si mostrò perplesso.

– Ma senti, secondo me un medico cattivo funziona meglio di uno buono, la gente sta dalla parte dei malati, mica dei professori! E poi, perché l'unica donna deve essere lesbica? Non ha senso. La storia nel complesso non è male, ma con qualche aggiustamento funzionerebbe meglio.

– Tipo?

– Tipo... il dottore è un bastardo e il giornalista un coraggioso Don Chisciotte. La ragazza, l'avvocatessa, parte male, cioè sta dalla parte del bastardo, ma poi s'innamora del giornalista e insieme scoprono che già in passato il dottore aveva mandato al creatore altri malati. Il lettore deve desiderare la punizione di quel bastardo. Lui naturalmente deve essere difeso da un avvocato squalo, un tipaccio turpe. Il lettore dovrà odiarlo almeno quanto il suo cliente. Dammi retta, e facciamo il botto!

Ripiegai assicurandolo che ci avrei pensato. Se gli avessi detto, in quel momento, ciò che pensavo di lui, i nostri
rapporti ne sarebbero rimasti pregiudicati per sempre.

Con piú calma, qualche giorno dopo, finii per rassegnarmi al suo punto di vista.

I libri si scrivono per essere venduti. Il successo non è
una bestia da scansare a ogni costo. Gli scrittori che pre-
dicano simili idiozie sono dei mentitori.

Mi rimisi al lavoro sull'ipotesi dell'editore.

D'accordo. Significava accettare un compromesso, rin-
negare una parte di sé, dare un calcio nel culo allo stereo-
tipo dell'autore impetuoso «vissi d'arte vissi d'amore»
che lotta contro le depravazioni del mercato. Ma il fatto
è che avevo sempre guardato con sarcasmo a quella sorta
di titanismo sciamanico che affligge molti dei miei colleghi scrittori. Io e le mie verità soli contro il mondo intero.
Menzogne. Menzogne. Volevo tornare in classifica con un
bel successo, e magari ne fosse venuto fuori un bel film o,
meglio ancora, una serie!

Il motivo che mi spinse a rimpiangere Flint non fu, dunque, di carattere etico, e non conteneva in sé niente di nobile.

Fu un motivo squisitamente tecnico.

La storia, cosí come l'aveva immaginata il mio editore,
non funzionava.

O forse io non ero adatto a scriverla.

Per quanto mi sforzassi, il periodare che partorivo risul-
tava arruffato e contorto, e il dialogato, da sempre il mio
punto di forza, di un trivialità vergognosa.

La verità è che Jay Dark si era piantato nella mia testa
e non intendeva dividere con nessuno lo spazio che si era
appena conquistato.

Avevo mandato al diavolo Flint, e ora mi mancavano le
nostre conversazioni.

Mi maledissi per essere stato cosí stupidamente impulsivo. Anche se avevo pensato, in perfetta buona fede, di essermi imbattuto in un ciarlatano, tuttavia avrei dovuto far prevalere la razionalità sull'emotività. Avrei dovuto ascoltare la sua storia sino in fondo, e solo dopo, semmai, mandarlo al diavolo. Ci avrei in ogni caso guadagnato materiali interessanti, o comunque utilizzabili magari in un diverso contesto. Noi scrittori viviamo delle storie degli altri, e con l'esperienza impariamo a non scartare mai niente. Ciò che oggi ci appare privo di senso potrebbe diventare, domani, la base del romanzo della vita. Sembrerà cinico, ma è cosí che vanno le cose: ogni scrittore lo sa benissimo. Ogni scrittore degno di questo nome è un vampiro affetto da un'incurabile forma di opportunismo.

Dovetti riconoscere che avevo bisogno di Flint.

Stavo per scrivergli una mail di scuse, quando lui si fece vivo. Mi spedí un pacco. Conteneva una chiavetta Usb e una «Tabella di Persepoli».

Tabella di Persepoli

fate	potete	fa	può	farà	non deve
giudicate	vedete	giudica	vede	giudicherà	non è
credete	udite	crede	ode	crederà	non c'è
dite	sapete	dice	sa	dirà	non deve
spendete	avete	spende	ha	spenderà	non ha
non	tutto quel che	perché chi	tutto ciò che	sovente	quel che

Un tempo avevo frequentato una ragazza animata da passioni esoteriche, il tipo che vive coi gatti, mangia macrobiotico e si inonda di patchouli. Espressione da manuale del lato piú pittoresco degli anni Settanta. Ogni mattina, prima di mettersi a cercare un lavoro che immancabilmente non trovava – ma era nata ricca e poteva permetterselo – consultava la sua Tabella di Persepoli. Le trentasei caselle vanno lette secondo un ordine che muove dall'ultima frase in basso a sinistra («non») e poi procedendo per righe orizzontali fisse. Ne deriva una precettistica che mescola buon senso popolare e venature New Age:

> Non giudicate tutto quel che vedete perché chi giudica tutto ciò che vede sovente giudicherà quel che non è.

> Non credete tutto quello che udite perché chi crede tutto ciò che ode sovente crederà quel che non c'è.

E via dicendo. Flint evidentemente non intendeva demordere. Il senso del messaggio era chiaro: io ti sto raccontando cose che tu non sei in grado di comprendere perché il tuo giudizio è viziato dal preconcetto. E mi stava chiedendo di dargli un'altra possibilità. Gli scrissi per ringraziarlo, e infilai la chiavetta nel computer.

Nel biglietto manoscritto di accompagnamento, Flint si raccomandava di visionare i tre file contenuti nella chiavetta secondo l'ordine progressivo che lui aveva stabilito. Il primo file era un video girato – supposi – nel suo studio. Flint era seduto dietro una grande scrivania e indossava la classica grisaglia da avvocato.

«Buongiorno, sono contento che abbia accettato di riprendere la nostra collaborazione. Le assicuro che questa volta non resterà deluso. Il file numero 2, che fra poco visionerà, contiene un film girato nel 1965 dal regista inglese Peter Whitehead. Può controllare su Wikipedia, se

crede. Il film racconta per immagini una manifestazione
di poesia intitolata *Wholly Communion*. Il poeta Allen
Ginsberg, del quale una volta, se ben ricorda, fu proprio
lei a parlarmi, si trovava a Londra per un ciclo di letture
e decise di noleggiare la Royal Albert Hall, la piú grande
sala disponibile. L'11 giugno 1965 si tenne un reading di
poesia ufficialmente denominato *International Poetry In-
carnation*. Ma per tutti, da subito, fu *Wholly Communion*,
Comunione Totale. Lessero i loro componimenti Gregory
Corso, Lawrence Ferlinghetti, Allen Ginsberg, Michael
Horowitz, Ernst Jandl, Christopher Logue, Adrian Mitchell
e Alexander Trocchi. Harry Fainlight e Simon Vinkenoog
ci provarono, ma erano troppo fatti per riuscirci. Assistet-
tero all'evento, destinato a consacrare la nascita ufficiale
della Controcultura, settemila giovani. Osservi il film e
faccia attenzione a un cerchio rosso che talora vi compa-
re. Quel cerchio l'ho aggiunto io. Ingrandisca l'immagine
e la confronti con le fotografie di Jay Dark al tempo. Poi,
dopo aver visionato il film, passi al file numero 3. Buona
visione e buon ascolto!»

Non avevo bisogno di controllare su Wikipedia per sapere che *Wholly Communion* era universalmente considerato l'atto di nascita della cultura psichedelica degli anni
Sessanta. E quanto al cerchietto rosso, il confronto con
le rare immagini (non piú di quattro, tre delle quali ruba-
te e una proveniente dall'arresto di Jay in Italia negli anni Settanta) confermò che quel ragazzone alto, dai lunghi
capelli e dal sorriso ammaliante che si vedeva fare capoli-
no fra un poeta e l'altro, fra una coppia che fumava e due
amanti che si baciavano, rassomigliava in modo impressionante a Jay Dark.
L'avvocato Flint segnava indubbiamente un punto.

Comunione totale

1

Wholly Communion fu una serata eccezionale. Una pietra miliare nella costruzione della carriera di Jay Dark.

La chiamata alle armi era stata spontanea. Quei ragazzi non aspettavano altro che di abbeverarsi alla fonte dei loro poeti. Volevano immergersi in quel torrente di parole perché si riconoscevano in una lingua comune. E quella lingua era nata di là e oltre le intenzioni di chiunque. Era lo spirito del tempo. Era Dioniso che scendeva fra i mortali e faceva scoccare la scintilla da cui nasceva l'incendio. E Dioniso, pensò Jay Dark, altro non era che il caos di Kirk.

Jay Dark distribuiva acidi. Brandon aveva garantito per lui. I ragazzi facevano la fila per una dose.

E Jay Dark si godeva lo spettacolo.

Ginsberg, ubriaco perso, cantò un mantra, accompagnandosi con le bacchette. Il povero Fainlight, la lingua impastata dall'anfetamina, fu accompagnato giú dal palco da un premuroso Trocchi: mentre cercava di leggere, Vinkenoog, piú fatto di lui, l'aveva interrotto urlando «Love love». Piú tardi, Jay Dark rivide Vinkenoog: stava spiegando a una ragazza, una bionda in estasi con sigaretta fra le dita, che quando sentiva di essere in punto di morte si rifugiava in un cinema e si faceva una sega. La star della serata fu Adrian Mitchell, un inglese alto ed elegante, in completo bianco coloniale e cravatta. Lesse una poesia contro la guerra del Vietnam che sarebbe diventata famosa (e che non avreb-

be mancato di aggiornare, nella sua lunga vita, sostituendo
alla parola Vietnam quella del Paese periferico di volta in
volta oggetto dell'aggressione imperialista di turno): «Cosí
foderatemi le orecchie di burro | riempitemi gli occhi d'ar-
gento | imprigionate le mie gambe nel gesso | ditemi bugie
sul Vietnam». O sull'Iraq, sull'Afghanistan, e via dicendo.
Alexander Trocchi, alto, dinoccolato, due bellissimi occhi
ardenti, voce profonda e impostata, faceva da maestro di
cerimonia. Lui e Jay Dark diventarono amici. Fu grazie a
Trocchi che Jay riuscí a entrare in contatto, un paio d'anni
dopo, con Debord e i situazionisti parigini. Trocchi piaceva a Jay. Era mezzo scozzese e mezzo italiano, discendente
di cardinali della Santa Romana Chiesa. Si era consegnato
mani e piedi alla droga da anni, un pioniere. Si racontava-
no sue imprese leggendarie, tipo spararsi una dose in vena
sdraiato sul Lincoln Memorial. Quasi certamente era una
balla, originata da una poesia di Leonard Cohen, *Alexander Trocchi, tossico conclamato, priez pour nous*. Non fosse stato per la vena autodistruttiva che sempre piú spesso
lo paralizzava, Trocchi avrebbe meritato il Nobel. Era un
ragazzo con una sua dolcezza disperata, ricco di amore e
di follia, qualità che Jay, in fondo, gli invidiava. Trocchi
regalò a Jay una poesia autografa:

£SD
(AMORE, SESSO, MORTE,
STERLINE, SCELLINI, PENCE,
ACIDO LISERGICO)

Luccicano foglie di ferro,
quando irrompe il vento,
rosso marciume nella pioggia
la mia morte è piombo,
spaccato da una lenta,
tagliente di radio pinna di squalo.

Nel mio morbido tronco d'albero
sanguina perla,
si spande la traccia
di piscio, non famelico,
frenetico topo di campagna.

Una fine al blu e al verde
e melodia;
non più delizia
nell'antro oscuro
della tua notte femminina.

Esile si spande
il povero limo dei miei anni...
dopo che sarò morto «Margarina»
diranno
«che scambiava per burro».

Una fine al sole,
luna, cielo,
non più giovane donna mentirà
nel suo top bollente
sulla gravidanza.

... giovani streghe,
vecchie zoccole,
argentata resilienza
di cosce luminose
calde, roche grida,
occhi di mascara,
tutti i modi di essere fatto,
atrocemente artificiali.

Poche virtú,
logora attribuzione...
indizi: tristezza
           rimorchiare
                debiti insoluti;
Platone scaricato

come una patata bollente;
non poteva funzionare:
hashish turco…

C'era una porta fra
sé e sé stesso.
Fuori, come il sacco da pugni
dopo il colpo,
il limite teso,
piedi sprofondati nel cemento,
viaggiò oltre sé stesso,
un cardine serrato;
sé stesso qualcosa che non poteva tenere sotto controllo.

Trocchi era una persona intelligente. Aveva colto il punto. Il fatto che Jay fosse sempre perfettamente capace di tenere tutto sotto controllo e invidiasse quelli come lui: il «qualcosa che non si poteva tenere sotto controllo».

Va detto, peraltro, che la poesia interessava Jay Dark sino a un certo punto. Il fatto è che quella sera, e precisamente dopo circa quaranta minuti dall'inizio delle performance, prese ufficialmente l'avvio la sua carriera di spacciatore di droga. Cominciò tutto con un paio di ragazzi di Liverpool, in trasferta a Londra. Un lui e una lei, giovanissimi e imbarazzatissimi.

– Sei tu quello che ha la roba? L'Americano?

– Certo, ragazzi.

– E… quanto la metti? Una dose, dico?

– Che vuoi dire?

– Questi bastano?

Jay rimase e non rimase sorpreso. Sapeva benissimo, lo sapeva sin da prima di diventare Jay Dark, che la droga era (è, e sempre sarà) una merce come tutte le altre. Qualcuno dispone di qualcosa che altri desiderano, e per soddisfare quel desiderio sono pronti a pagare. Una normale compravendita. Solo che non si era mai immaginato nella parte del venditore. Osservò le banconote, perfettamente ordinate, che i ragazzi gli porgevano. Non era ancora abbastanza pratico della moneta inglese, ma a occhio e croce, valutò, dovevano essere una ventina di sterline. Non aveva la piú pallida idea di quanto potesse valere, sul mercato, una dose di Lsd. Ma sapeva, per averlo appreso da Brandon, che in giro si trovava solo robaccia scadente. Il vero problema era un altro. Sino a quel momento Jay aveva dapprima consumato la roba di Mickey l'Irlandese, e poi, sempre seguendo le istruzioni di Kirk, aveva cominciato a distribuirla. Ma non ne aveva ricavato mai un utile personale. Mk-ultra non era una branca della Mafia s.p.a., non era un clan di spacciatori. Jay sapeva che avrebbe quanto meno dovuto consultarsi con Kirk. Ma Kirk era lontano. I ragazzi erano lí, a due passi da lui, e stavano perdendo la pazienza. La voce dell'istinto, la voce della strada, gli diceva: ma sí, fallo, abbandona gli scrupoli, fallo, e stiamo a vedere che succede. E c'era dell'altro. Tutti erano cosí felici, cosí appagati nel loro sballo. E lui restava l'eterno escluso. Beh, se non poteva condividere, se la comunione totale non era cosa per lui, almeno avrebbe raggranellato un po' di quattrini. Le cose in America erano incerte, Kirk esortava alla prudenza. Ma Kirk era lontano. La droga diventava una carta da giocare nell'esclusivo interesse di Jay Dark. Cosí, si può dire meccanicamente, e di certo senza rendersi conto delle implicazioni che quel passo comportava, intascò le banconote e passò loro due dosi. I ragazzi ringraziarono con un cenno del capo e si allontanarono. Ma evidentemente, parlarono con qualcuno, e questo qualcuno parlò con qualcun altro, e mentre il tedesco Ernst Jandl dissezionava un suo poemetto, trascinando la folla in una sorta di jam-session orgiastica, davanti a Jay si era già formata una fila di acquirenti.

A fine serata, quando si ritrovarono nel loft che i ricchi genitori divorziati avevano attrezzato per Brandon nella zona di Camden Town, nelle sue tasche ballavano cinquecento sterline.

I primi soldi guadagnati dai tempi dei furti a Manhattan.

Una buona base di partenza.

2.

Nei sei mesi che seguirono *Wholly Communion*, grazie allo spaccio, Jay aveva accumulato abbastanza da potersi permettere un appartamentino di tre stanze nel quartiere popolare di Hackney: una zona calda, ma lui si era guadagnato un certo rispetto allungando qualche dose ai capetti della mafia giamaicana che controllava i commerci della strada. La mostra di Brandon aveva avuto un grande successo. L'inglesino della Cornovaglia si avviava a diventare l'artista del momento. La droga, che assumeva regolarmente, faceva esplodere la sua creatività. Vendeva disegni, quadri, sculture, che produceva a un ritmo impressionante, e cominciava a pensare a un edificio, una sorta di tempio da edificare secondo i principî della controcultura.

– Ti costerà uno sproposito, amico mio.

– Troverò i finanziamenti, ne sono certo!

La sua casa era frequentata dalla crema dei musicisti e dei poeti. Si organizzava una festa dopo l'altra, e l'immancabile finale a base di sesso consegnava puntualmente Jay Dark a un indomani gaio, colorato e, sí, osava persino dirlo, felice. Jay stava con due ragazze, May e Flo. Le quali stavano fra di loro. Avevano lunghi capelli, unghie laccate, e il triangolo amoroso funzionava a perfezione, senza né gelosia né senso di esasperato possesso. I rumori dell'America erano un'eco lontana. A Londra si creava, si inventava, si faceva musica, e si progettava una rivoluzione per la quale erano tutti perfettamente consapevoli che nessuno di loro avrebbe versato una sola goccia di sangue. Erano ribaldi, benestanti, qualcuno decisamente ricco. Propugnavano una sovversione teorica e tutto sommato innocua. Jay era considerato uno dei loro. La sua abilità nel farsi benvolere, persino amare, aveva toccato vette di altissima raffinatezza. La roba che dispensava ne faceva il motore primo degli eventi mondani.

Quando le scorte cominciarono ad assottigliarsi, chiese aiuto a Brandon, e lui gli presentò Jerry Brown, un giovane chimico. Jerry conosceva il ciclo di produzione dell'Lsd e garantí a Jay che, con il poco sale tartrato che gli aveva fornito, sarebbe stato in grado di produrre, in breve tempo, una buona quantità di roba eccellente. Ma Jerry Brown non era un semplice chimico. Jerry Brown era un genio della chimica. Molto, molto piú avanti di chiunque nella ricerca.

– Sto lavorando a una nuova sostanza. Se riuscirò a risolvere l'ultima equazione, e, ti giuro, Jay, sono a un passo dalla soluzione... avremo qualcosa di sbalorditivo. Una droga perfetta. Il veicolo finale per l'allargamento dell'area della coscienza. Dio non avrà piú segreti per noi. Noi saremo Dio!

Kirk, intanto, continuava a esortare alla calma: si stava adoperando per rimettere le cose a posto, e presto, sperava, avrebbe avuto buone notizie. E poi concludeva ogni conversazione con brevi cenni sull'ordinata vita dello Schloss: Lotte invecchiava, ma Fidelio era in età fertile, ed era incinta. Presto Lotte avrebbe avuto una nipotina, o un nipotino. Kirk era ansioso di veder spuntare dal ventre materno la creaturina dalle morbide, piccole corna.

Jay si sentiva molto lontano da tutto questo. Rassicurava Kirk, si fingeva annoiato della vita londinese e desideroso di tornare in pista. Ma, naturalmente, sperava che le buone notizie non arrivassero mai. Sperava che col tempo si sarebbero dimenticati di lui e gli avrebbero permesso di vivere la sua vita. May e Flo erano incantevoli, il tempo era un'autostrada percorsa da fili elettrici ad alto voltaggio che conduceva verso un futuro senza limiti e senza controlli.

Era giovane, onnipotente, immortale.

Che idiota!

Kirk lo convocò una mattina del marzo 1966 con un telegramma laconico.

> Rientra immediatamente. Grossi problemi.

Cercò di tergiversare, ma il tono della sua ultima telefonata, perentorio e nello stesso tempo angosciato, lo obbligò a schiodarsi dalla sua piccola Xanadu.

Salutò Brandon e le ragazze, lasciò un altro migliaio di sterline a Jerry Brown e partí, deciso a liquidare rapidamente Kirk per poi riprendere la sua corsa verso la felicità.

3

Kirk era di pessimo umore. Mordeva il cannello della pipa e aveva buttato giú mezza bottiglia di distillato in un'unica sorsata. Lanciava occhiate distratte alla stalla. Le capre non si mostravano. Kirk era anche amareggiato. Non era da lui. Le cose dovevano davvero andargli male.

– Fidelio ha avuto una gravidanza isterica. Gretchen ne ha fatto una malattia. Ma anche Fidelio non è piú la stessa. È diventata nervosa, intrattabile. Ha sviluppato una specie di odio per la madre. Ho dovuto separarle. Povera Lotte, invecchia giorno dopo giorno, e ha smesso di darci latte. E Fidelio... bah!

Ma il peggio doveva ancora venire.

– La polizia inglese sta indagando su di te. Sei stato avventato.

Dunque, Kirk sapeva tutto. Senza dargli il tempo di giustificarsi, disse a Jay che, sí, prima o poi si doveva passare alla commercializzazione del prodotto. Il problema si sarebbe posto quando avrebbero messo fuori legge l'Lsd, cioé molto presto.

– Quindi, da un certo punto di vista, la tua idea di saggiare il mercato non è priva di una sua logica. Tuttavia, sei stato intempestivo. Gli inglesi non gradiscono che un ragazzo americano si metta a trafficare in casa loro.

Il vero guaio era che la notizia era giunta alle orecchie di Garreth Senn. Il bastardo che sembrava avere come unico scopo quello di rovinare la vita di Jay Dark. Senn aveva convocato Kirk e gli aveva ricordato che Mk-ultra, anche se sospesa a tempo indeterminato, era pur sempre un'operazione segreta. Qualche fogliaccio di controinformazione aveva cominciato a spargere veleni, accennando a oscuri progetti per intossicare la gioventú. Sinora nessuno aveva preso sul serio queste dicerie, se non qualche testa calda dei movimenti giovanili. Ma Senn l'aveva messo in conto, e non se ne curava. Il problema era un altro. Se gli inglesi avessero minimamente sospettato che un agente americano si era messo a spacciare droga sul loro territorio avrebbero armato un casino leggendario. E gli inglesi erano alleati preziosi ma bizzarri. Non li si doveva irritare.

– Ma a Londra non sto mica lavorando per loro, dottore!

– Un dettaglio irrilevante, per la mentalità paranoica di quelli come Senn.

Temevano che Scotland Yard sbattesse Jay Dark in qualche oscura galera e, soprattutto, temevano che spifferasse tutto.

– Anche se mi prendessero, non direi una parola. Non sono pazzo.

– Certo. E ho anche spiegato a Senn che, tenuto conto della legislazione inglese, te la caveresti con una multa e magari con il rimpatrio. Ma non c'è stato niente da fare.

– E quindi?

Quindi, addio Londra. Almeno sino a nuove istruzioni. Una catastrofe, in altri termini. Kirk aveva rimediato per Jay una casa e un'automobile. La casa era un trilocale sulla 33ma strada all'angolo con la Settima, a Manhattan. L'automobile una Chevrolet Corvette del '63. Un modello rosso fuoco a due porte che faceva la sua figura. Sia il bene immobile che quello mobile appartenevano a un qualche conoscente di Kirk che – il dottore fu evasivo sul punto – si era preso una vacanza. Si trattava, in realtà, di un commercialista affetto da manie depressive che Kirk curava privatamente con Pcb e Lsd. Invece di percepire il dovuto onorario, si era fatto prestare casa e macchina per Jay. Era l'ennesimo segno di attenzione, di affetto del suo mentore. Ma Jay era troppo frustrato per apprezzarlo a dovere. Si sentiva in gabbia, e anche se gli avessero offerto una suite al *Waldorf-Astoria* li avrebbe mandati a quel paese. Voleva essere libero, per la miseria.

– Ma tu sei libero, Jay!

– Con tutto il rispetto, dottore, questa è una panzana!

– La vera libertà consiste nell'accettare le condizioni ineluttabili.

– Se mi offrissi volontario per il Vietnam? Sarebbe una manifestazione di libertà, dottore? – lo sfidò.

– La tua domanda verrebbe respinta, figliolo.

– Se mi buttassi dalla finestra?

– Non lo farai, – sorrise Kirk, – l'istinto della strada te lo impedirà. Scalpiterai, protesterai, commetterai errori. Ma alla fine capirai. E accetterai.

Insomma, avevano fatto di lui una specie di soldato. Un soldato che doveva obbedire e basta. E non gli concedevano nemmeno una cartolina da bruciare, come i suoi amici che si battevano contro la guerra, perché si era offerto volontario. Però, su una cosa Kirk aveva ragione. La guerra gli faceva schifo, non coltivava, né avrebbe mai coltivato in seguito, alcun istinto suicida. E non rimpiangeva la miseria di Williamsburg.

– Ma insomma, che ne sarà di me?

– Presto questo assurdo embargo cadrà e Mk-ultra verrà ripresa.

– E se non dovesse accadere?

– Il dono che possiedi fa comunque di te una risorsa preziosa. Se dovessero persistere nella loro stupida ostinazione, ci lanceremo su qualche altro progetto. Per il momento, però, devi startene tranquillo.

4.

Non restava che adattarsi. Jay telefonò a Brandon e alle sue due fidanzate. Disse loro che doveva risolvere certe
questioni ereditarie e che si sarebbe trattenuto per qualche
tempo a New York. Percepí delusione, ma anche affetto.
Flo e May si sarebbero trasferite a Hackney per evitare che
qualche bello spirito occupasse l'appartamento, credendo-
lo abbandonato. Cercò Jerry Brown: gli esperimenti procedevano alla grande, presto ci sarebbero state sorprese.
    Poi Jay andò ad Harvard, in cerca di Tracey. Il suo con-
tatto al rettorato, ammorbidito da un paio di dosi, raccontò che Tracey era stata licenziata per condotta indegna e
sconveniente.
    – Tracey? Ma che ha combinato?
    – Beh, sai com'è, se ne andava in giro nuda, insieme a
quell'altra, la figlia del senatore...
    – Pam? Hai visto Pam?
    – Due belle pazze, te lo garantisco, amico!
    Pam era riuscita a eludere la sorveglianza degli angeli
custodi che il padre le aveva assegnato, ed era andata a
sballarsi ad Harvard con l'amica del cuore. Lo scandalo
era stato notevole. Tracey si era presentata al processo di-
sciplinare con i capelli rasati a zero e un saio da penitente,
come Giovanna d'Arco in quel vecchio film. Aveva ascoltato con aria beffarda la lettura dei capi d'accusa e invece
di scusarsi aveva cominciato a insultare ferocemente l'in-

tero senato accademico. Li aveva definiti «una banda di fascisti arroganti e ipocriti», assicurando che, quando sarebbe scoppiata la rivoluzione, sarebbe stata in prima fila a godersi lo spettacolo delle loro teste che finivano nella cesta. Anzi. Si sarebbe offerta volontaria come esecutrice della sentenza. Poi si era sfilata il saio ed era uscita nuda dall'aula.

– Sai come rintracciarla?

– Prova da Chuck.

Chuck era il meccanico muscolare che aveva rimesso in sesto, e infine ceduto a Tracey, la vecchia Studebaker usata in occasione della fallimentare irruzione nella villa del senatore Stagg. Si era trasferito a Kittery, a metà strada fra Boston e New York, dove gestiva un'officina. Lui e Jay si fecero un paio di birre.

– Non sento Tracey da mesi, amico.

Dal tono esitante, dallo sguardo sfuggente, Jay ebbe la netta sensazione che mentisse.

– Se dovesse farsi viva dille di chiamarmi a questo numero.

– Ok, ma non credo che si farà viva.

Passarono così una, due settimane. Kirk lo cercava in continuazione, evidentemente poco convinto della sua apparente arrendevolezza. Aveva tutte le ragioni per dubitare. Jay era un vulcano sull'orlo dell'eruzione.

– Presto le cose si risolveranno…

Presto. Presto. Tutto doveva accadere presto, secondo loro. Presto un cazzo! Mai il tempo gli era sembrato così esasperatamente eterno. Un pomeriggio si spinse sino alle vecchie strade di Williamsburg. Avram lo Zoppo era sempre dietro il bancone della sua bottega. Entrò e si fermò a scambiare quattro chiacchiere con lui. Non fu riconosciuto. Il giovane Darenski era davvero morto e sepolto. Comperò una catenina d'oro, di quelle che un tempo rubava nelle case dei ricchi, e la rigirò a lungo fra le dita, contemplando il fiume mentre calava la sera.

Jay Dark, che ne sarà di te?

Mangiò una pizza da *Lombardi's* e ripiegò rassegnato nel suo inutile covo.

Pam era irraggiungibile. Gli amici lontani a Londra. Tracey veleggiava chissà dove.

Non si era mai sentito cosí solo. Ed era una solitudine nuova e molto piú amara di quella del ragazzo di Williamsburg. Perché allora non sapeva che là fuori esisteva un mondo ricco e pieno di occasioni che aspettava solo di essere afferrato, scosso e posseduto. Lui quel mondo l'aveva conosciuto, si era illuso di poterlo fare suo, e adesso veniva ricacciato indietro. Escluso, tagliato fuori. Una volta di piú.

Poi, nel cuore della notte, una telefonata.

– Chuck mi ha detto che mi stavi cercando.

– Sono felice di sentirti, Tracey. Vorrei tanto rivederti. Come stai?

– Una merda, JD, una vera merda.

La prima cosa che Tracey gli chiese, quando Jay raggiunse la topaia al sesto piano di una stamberga sulla 125ma, nel cuore di Harlem, fu se era certo di non essere stato seguito.

– Perché qualcuno dovrebbe seguirmi, Tracey?

– Per lui, – rispose, indicando un ragazzo nero, alto, dagli occhi vagamente a mandorla che se ne stava sulla punta di un divanetto a tre zampe (la quarta era sostituita da un'edizione rilegata del primo tomo del *Capitale*) e lo fissava con un'aria fra l'interrogativo e lo speranzoso.

«Lui» si chiamava George Washington Trudd III ed era ricercato dalla polizia della California per omicidio e detenzione illegale di armi.

E questa è la sua storia.

Storia di George Washington Trudd III

Campione di football americano, brillante studente di Storia contemporanea all'Ucla, partito ambito dalle figlie della migliore borghesia nera di Los Angeles. George Washington Trudd III era l'orgoglio di mamma Linda, insegnante di lingua inglese, e di papà George Washington II, pastore battista e autore di pregevoli versi a sfondo religioso. Un erede degno di figurare nell'albero genealogico dei Trudd, inaugurato da un George Washington Trudd (il fondatore), violinista di talento, schiavo affrancato e eroe unionista della guerra di secessione. Il figlio modello. Peccato che fosse tutta una finzione. George Washington, «Wash» per gli amici, gettò la maschera la sera dell'assassinio di Kennedy. Proprio mentre Jay, ad Harvard, assisteva al peggior trip della vita di Pam, lui mandava al diavolo suo padre e una folta schiera di parenti e membri della comunità riuniti davanti allo schermo e in lutto per la fine del presidente. Kennedy era un bianco come gli altri. Non aveva fatto un bel niente per i neri. Era solo un ipocrita attaccato ai suoi privilegi. E via dicendo. Concetti analoghi a quelli espressi da Pam, ma nessuno avrebbe mai saputo come e quando il giovane e pacato studente e asso del football si fosse radicalizzato. Le cattive compagnie, come sosteneva la madre, o la mancanza di senso morale tipica delle nuove generazioni, come tuonava il padre, cipiglio severo e pugni stretti? Nessuno, forse nemmeno

Wash aveva una risposta. Quelle parole gli erano venute
dal cuore. Era da un po' che si sentiva insoddisfatto, in-
gabbiato, condannato a un destino obbligato che gli era
improvvisamente apparso angusto. La morte di Kennedy
gli aveva fornito l'occasione giusta. Wash ruppe con la famiglia e mollò gli studi. In tasca aveva mille e cinquecento dollari, dono di mamma Linda in lacrime. Si traferí a
Watts, il quartiere popolato al novanta per cento da neri.
Neri incazzati. L'idea era quella di impiantare una sorta
di scuola popolare per insegnare le cose giuste ai bambini
poveri. Il tipico atteggiamento del borghese carico di sensi
di colpa che va verso il popolo, avrebbe proclamato, anni
dopo, al tempo della militanza nelle Pantere Nere. Affit-
tò un garage fatiscente, lo sistemò sommariamente, girò
per rigattieri comperando vecchi banchi di legno tarlato e
una lavagna, gessetti, matite, quaderni e qualche libro di
nozioni generali. Dormiva nel garage, e al mattino tirava
su pochi spiccioli lavorando in un banchetto di hot dog.
Nel frattempo, bussava alle porte delle case piú miserabili
e offriva a sfatte matrone e mocciosi aggressivi lezioni gra-
tuite di Storia, Inglese, Matematica. Ma nessuno si faceva
vivo, e il garage restava sempre deserto. Una sera, dopo
l'ennesimo pomeriggio trascorso nella vana attesa del suo
primo alunno, mentre se ne stava sulla soglia con una lat-
tina di Coca e una sigaretta, quattro ragazzi dall'aria decisa lo circondarono e cominciarono a spintonarlo. Dalle
spinte si passò in breve agli sputi, e infine partí un vero e
proprio pestaggio. I ragazzi erano membri degli Stings, i
pungiglioni, una delle piú temute bande della zona. Il messaggio contenuto nei pugni e nei calci, e accompagnato da
ogni sorta d'insulto, era chiaro e inequivocabile: fuori dai
coglioni, questo è il nostro territorio. Wash, anche se cercava di difendersi come meglio poteva – dopo tutto, era

un atleta – se la sarebbe vista davvero brutta se un grido imperioso non avesse fermato la furia degli aggressori. L'uomo che aveva urlato «Basta!» e che adesso si chinava su Wash e lo aiutava a tirarsi su era Marcus Grove, il capo degli Stings. Un pezzo di nero alto due metri con il volto deturpato da una cicatrice trasversale. Grove mandò via i suoi ragazzi e accompagnò Wash nel garage. Mentre Wash si ripuliva alla bell'e meglio, restò a osservare l'intonsa, improvvisata aula scolastica, sfogliò qualche libro, poi si accese uno spinello e chiese una birra.

– Non bevo alcolici.

– Cazzo, fratello, lo capisco che qui ti considerano un poco strano. Con quell'aria da maestrino l'aria è pesante per te, a Watts!

– Me ne sono appena reso conto.

– Beh, le cose potrebbero cambiare.

– E come?

– Tu davvero credi di poter insegnare qualcosa ai nostri piccoli? Qualcosa che non siano in grado di apprendere dalla strada?

– Io li voglio tirare fuori dalla strada, i vostri piccoli.

Grove sorrise, e se ne andò senza dire una parola. Il pomeriggio successivo, al ritorno dal suo lavoro di venditore di salsicciotti, Wash se lo ritrovò davanti. Attendeva fuori dal garage. E con lui c'era un bambino di forse otto anni, con i calzoncini corti e l'aria torva.

– Ho deciso di darti una possibilità, uomo. Questo è mio fratello Elias. Dimostrami che puoi tirarlo via da questa merda e potrai continuare il tuo lavoro.

– Posso provarci, uomo.

Come diceva quel vecchio film: era l'inizio di una magnifica amicizia.

Elias era una peste, ma non ancora abbastanza guastato

dalla strada da potersi definire irrecuperabile. Wash, che era evidentemente portato per l'insegnamento, piantò il lavoro e si dedicò anima e corpo al piccolo. Elias era una peste, ma una peste intelligente. Quando, al primo tentativo di fuga, realizzò che Grove aveva lasciato due Stings di guardia per controllare che il fratellino non facesse casino, si rassegnò. Si rassegnò al punto da diventare una specie di allievo modello. E quando una sera recitò a tutta la famiglia:

> Aggrappati ai sogni
> Perché se i sogni muoiono
> La vita è un uccello dalle ali spezzate
> Che non può volare.
> Aggrappati ai sogni
> Perché quando i sogni se ne vanno
> La vita è un campo sterile
> Gelato di neve.

c'è chi giura di aver visto il truce capo degli Stings versare una lacrima.

– Sí, credo proprio che tu tirerai questi piccoli fuori dalla merda, fratello. Aggrappati ai sogni, cazzo, è geniale!

– Sono versi di Langston Hughes, un nostro grande poeta.

– Beh, di chiunque siano, benvenuto a Watts!

Nei mesi che seguirono, la scuola diventò una piccola istituzione a Watts. Grove finanziò nuovi lavori nel garage e l'ambiente assunse l'aria di una vera aula d'insegnamento. I ragazzini accorrevano cosí numerosi che Wash fu costretto a reclutare un paio di assistenti, studenti che, nelle ore libere, prestavano la loro opera con notevole entusiasmo. Quando Grove insistette per pagarli, loro risposero che non intendevano accettare soldi da uno spacciatore. Grove s'incazzò.

– Ho fatto delle indagini, – disse a Wash, – due di loro
sono musulmani, gli altri radicali. In questo cazzo di quartiere ce ne sono molti, degli uni e degli altri. Parlano di rivoluzione, di nazione nera, bah! Mi sto rompendo le palle,
fratello.

Grove li affrontò a viso aperto.

– Lui li accetta i miei soldi, e mica gli fanno schifo! Sono io che pago tutto questo, rotti in culo.

– Comprendiamo, – risposero gli studenti, – e siamo di-
sposti a una qualche forma di compromesso. Ci sta bene
se paghi Wash, ma noi lo facciamo per la causa. Se ti va,
è cosí, sennò cercati qualcun altro.

Il fatto che Grove non li avesse sbudellati seduta stante, e avesse anzi deciso di accettare il patto, passando sopra all'evidente offesa, provocò un certo malcontento fra
gli Stings. Che il capo si fosse rammollito? Che stesse diventando finocchio? Ma le critiche non andarono oltre.
Molti degli Stings avevano, a loro volta, fratellini e sorel-
line che frequentavano la scuola, e ne erano colpiti. La
prospettiva di una vita diversa da quella della strada, tutto sommato, non dispiaceva neanche a loro. Bastava solo
non darlo troppo a vedere. Intanto, l'amicizia fra Wash
e Grove si consolidava. Wash gli parlava dei grandi poeti e della musica nera, e Grove ricambiava insegnandogli
i rudimenti della vita di strada. Come caricare un'arma e
usarla contro i porci, per esempio. Dove «porci» stava per
sbirri, gli odiati poliziotti.

– Ma tu che intendi fare della tua vita, Grove?

Erano sdraiati su un tetto, una notte di giugno. Fuma-
vano uno spinello (alla fine, Wash aveva ceduto alle insistenze dell'amico, e la cosa si era rivelata piacevole).

– Che intendi dire?

– Il futuro, fratello. Il futuro.

– A me già arrivare a domani senza beccarmi una pallottola in testa basta e avanza, Wash!

– No, dico, pensa alla Nazione Nera, e anche ai radicali... loro hanno un progetto! Non so se mi spiego...

– Ti spieghi benissimo. È solo che a me non me ne frega un cazzo di tutte queste stronzate politiche. Sono troppo vecchio.

– Ma se hai venticinque anni!

– Allora diciamo che sono troppo marcio. Piantala con la filosofia e passami 'sta canna.

Qualche giorno dopo, Wash partecipò a una manifestazione di protesta contro la guerra del Vietnam. Fosse dipeso da lui, sarebbe rimasto alla larga. La sua coscienza politica, diciamo cosí, non era ancora giunta a completa maturazione. Ma il fatto è che in quei giorni aveva riavviato i contatti con una sua vecchia fiamma dei tempi dell'Ucla, Debbie. Definita da Grove, con ammirazione, «un culo parlante». Debbie era qualcosa di simile a un'attivista, e cosí Wash si ritrovò seduto in un circolo di studenti, metà bianchi e metà neri, a battere le mani a tempo cantando *Blowin' in the Wind* mentre tutt'intorno un battaglione di sbirri in assetto da combattimento affilava le armi. E gli sbirri, si sa, non sono tipi pazienti.

– Ne ho prese tante, ma tante, fratello!

Grove gli passava olio canforato sulle spalle e ridacchiava, scuotendo il testone.

– La prossima volta piazzagli una palla in fronte e vedi se non ti senti meglio, fratello!

– La violenza... cazzo, fai piano! La violenza non risolve un bel niente!

– E questa chi l'ha detta? Quel tuo amico indiano?

– Sí. Gandhi.

– Gliel'hanno ficcata a lui una palla in testa, no, o mi sbaglio?

Sí. La violenza. Prima o poi tutti dobbiamo fare i conti con la violenza. L'11 agosto del 1966 il ghetto di Watts esplose in una clamorosa rivolta. Quale fu la scintilla? Gli storici ancora non hanno le idee chiare. Forse non ci fu una sola scintilla. Forse esistono combinazioni chimiche ineluttabili. Forse, avrebbe detto Kirk, il caos aveva battuto un colpo. Sta di fatto che per una settimana la Los Angeles nera divenne il teatro di una battaglia combattuta con ferocia e senza esclusione di colpi. Le mamme ritirarono i piccoli dalla scuola di Wash e si chiusero in casa, mentre uomini e ragazzini, chi armato, chi a mani nude, affrontavano l'odiato nemico di sempre. Gli sbirri. Lo Stato.

– Vieni anche tu, Wash, fa' vedere di che stoffa sei fatto.

– Io sono contro la violenza, Grove.

– Vaffanculo. Al ritorno ne riparliamo. Ora ho sete di sangue bianco, fratello!

Grove tornò. Bussò al garage poco dopo la mezzanotte del giorno di ferragosto. Era coperto di sangue e si reggeva un fianco squarciato da una pallottola. Wash lo adagiò sul suo letto e gli sfilò delicatamente l'arma dalle mani.

– Vado a chiamarti un medico.

– Fanculo, fuori c'è l'inferno, non arriveresti all'angolo. Sbarra le porte e portami da bere, fratello.

Wash eseguí. Grove sorseggiò un po' d'acqua, poi chiuse gli occhi. Il suo respiro era affannoso. Wash prese uno straccio, mercurio cromo e acqua e cominciò a disinfettare la ferita. Grove riaprí gli occhi.

– Stai perdendo tempo. Giurami che porterai Elias lontano da questa merda!

– Lo faremo insieme, Grove.

In quel momento risuonò uno schianto, la porta del garage si abbatté al suolo e due poliziotti armati fecero irruzione.

Wash alzò le mani, in un gesto istintivo di difesa.

I poliziotti aprirono il fuoco senza dire una parola.

Wash vide il corpo di Grove sussultare, straziato dalle pallottole.

Reagí d'istinto. Afferrò la pistola e sparò al primo poliziotto.

Corse verso l'uscita, si voltò, sparò ancora, si precipitò in strada.

Corse, e corse, mentre intorno a lui Watts bruciava, corse nel tappeto sonoro delle sirene impazzite, corse scavalcando corpi ammassati e sparando a ombre indistinguibili.

Da un angolo sbucò una vecchia Studebaker azzurrina del '53.

La vettura accostò con uno stridio di freni. Uno sportello si aprí. Una mano bianca si sporse. Una voce di donna lo esortò: sali, presto!

5.

Il racconto di Wash fece riflettere Jay sulle teorie del
dottor Kirk. Quante possibilità c'erano che lungo quella
strada di Watts, proprio quella notte, si trovasse a passare
proprio Tracey? C'era lo zampino del caos? In ogni caso,
quei due ragazzi avevano un disperato bisogno di aiuto.
Tracey era smagrita e quasi irriconoscibile. Una specie di
ghirlanda di crisantemi appassiti le cingeva la fronte. E appassiti, stressati, quasi rassegnati apparivano anche i suoi
lunghi capelli. Wash, poi, esaurito il racconto, sembrava
essersi afflosciato come un pallone sgonfio. Tracey disse
che avevano trovato ospitalità in una comune hippy nella contea di Marin, ma che, dopo alcuni mesi di relativa
tranquillità, uno dei ragazzi aveva riconosciuto Wash da
una foto segnaletica pubblicata su un quotidiano. E aveva minacciato di rivelare tutto, se Tracey non fosse andata a letto con lui.

– Bel pezzo di merda.

– Il lato oscuro di pace&amore&musica. Credimi, esiste e fa paura.

Erano fuggiti in fretta e furia. Avevano vagato per un
po' senza meta, cercando lavoretti saltuari. Con gli ultimi
soldi, il ricavato della vendita della Studebaker, Tracey
aveva preso in affitto la topaia.

– Scusami, Tracey, ma perché non hai chiesto aiuto ai
tuoi?

I suoi, spiegò, avevano divorziato. Il padre si era rispo-
sato e la matrigna aveva messo le mani sul patrimonio.

– Potrei risolvere le cose se tornassi a Montreal, Jay.
Ma non mi fido a lasciare Wash da solo. Per il momento ho solo Chuck che mi dà una mano. Ma anche lui non
nuota nell'oro.

In definitiva, erano davvero nei guai.

– Ok, vedo quello che posso fare, ragazzi. Intanto, fa-
tevi questo trip alla mia salute.

Jay colse una specie di bagliore luccicare nei loro occhi, mentre si calavano ciascuno la propria dose. L'Lsd li
aveva rianimati. Con la scusa di impegni urgenti, che ren-
devano necessaria la massima lucidità, si astenne dall'u-
nirsi al trip. La verità è che non aveva voglia di fingere.
L'incontro con Tracey e Wash lo aveva scosso. Prima di
tornarsene a Manhattan, lasciò loro i pochi dollari che
aveva in tasca.

La mattina dopo chiese aiuto a Kirk.

– Non so, pensavo che lei potrebbe chiedere a Senn di
ritirare le accuse contro Wash. Oppure procurargli un passaporto falso. Facciamo qualcosa insomma.

– Lodevole compassione, – mormorò Kirk. E promise
che avrebbe cercato una soluzione.

Ma non ci fu nessuna soluzione. Per la verità, Kirk non
ci provò nemmeno. Dal suo punto di vista, non si poteva
biasimarlo. I rapporti con Senn erano al minimo storico,
e non se l'era sentita di rischiare per due perfetti scono-
sciuti, per quanto utili potessero rivelarsi, in seguito, per
i suoi piani. Ma dal punto di vista di Jay le cose precipitarono. A determinare la svolta degli eventi fu una telefonata di Jerry Brown.

– Eureka, Jay! L'ho trovata! È la sintesi perfetta! Sono
Dio, amico, D-I-O! Ho strappato il segreto della creazio-

ne al suo autore. Devi tornare subito, Jay. Devi assolutamente provare questo dono fantastico!

Fu esattamente ciò che fece. Fu il suo istinto a decidere, in un baleno. Vendette a Chuck – che non si fece
troppi problemi – la Corvette del commercialista, rastrel-
lò tutti i dollari che possedeva e consegnò l'intera somma
a Tracey e Wash.

– Trovatevi un alloggio migliore. Io vado a Londra. Cercherò di trovare una soluzione ai vostri problemi.

In realtà, quel che piú gli stava a cuore, con un'urgenza
dolorosa, era ritrovare sé stesso.

Ciò che accadde, invece, fu che, almeno per una volta,
riuscí a perdere sé stesso.

La stessa sera del suo arrivo a Londra, ancora intontito dal
jet lag, Jerry Brown gli fece provare la sua nuova sostanza.

Jay inghiottí due pillole bianche, anonime. Disposto,
a parole, a sopportare l'ennesima delusione e tuttavia acceso dalla segreta speranza che gli accadesse, finalmente,
qualcosa di nuovo.

Bene. A un certo punto il suo cuore varcò i confini del
petto e lui lo vide svolazzargli intorno, pulsante e vivi-
dissimo nella sua piccola consistenza color carminio. Si
alzò da sé stesso mentre l'altro sé stesso restava sdraiato,
una mano su Flo e l'altra su May, e lui fluttuava leggero
nel salone di Brandon, sullo sfondo ogni nota di *Satisfac-
tion* era il trillo argenteo di un campanello gentile, e il Jay
Dark volante e quello statico si scambiavano sorrisi pieni di
amore. E Lotte la capra teneva fra le mascelle un secchio
colmo di latte. Lui ne bevve un sorso e poi lo offrí a Flo,
che lo offrí a May che lo offrí a Brandon che lo offrí agli
altri due, e fu cosí che avvenne la comunione della capra.

E poi un Jay Dark salí in cielo e l'altro sprofondò all'inferno. E il primo Jay vide il padre che non aveva mai co-

nosciuto e la madre che non lo aveva amato: gli sorride-
vano, e un istante dopo le loro facce si mutavano in or-
ride maschere. Mentre il secondo Jay vedeva la Marilyn
serigrafata da Andy strizzargli l'occhiolino e improvvisare
per lui uno strip. Un Jay fu aquila e l'altro un verme cieco che si agitava nelle viscere della terra, un Jay nuotò fra
onde oceaniche e l'altro discese nel Maelstrom, e infine,
con dolce esasperante lentezza, i due Jay si ricongiunsero.

Jay Dark si era acceso. Sintonizzato. Era uscito da sé
stesso.

Poteva accadere anche a lui.

Ce l'aveva fatta.

Esisteva al mondo una sostanza in grado di dominare
Jay Dark.

Dono, fottiti.

Era uno di loro.

6.

Il prodotto elaborato da Jerry Brown era ancora imperfetto. Gli effetti dell'assunzione duravano molto meno di quelli di una «normale» dose di Lsd, due ore scarse contro le otto-dieci ore di un acido qualunque. L'ingresso e l'uscita erano repentini, immediati. Prendevi una pasticca – Jerry Brown ne aveva prodotte una quindicina, in tutto e per tutto simili a un'ordinaria aspirina – ed eri subito fatto. E l'effetto cessava di colpo. Per qualche misteriosa ragione, poi, alcune dosi, invece dello stato di stordimento tipico degli allucinogeni, producevano una fulminea accelerazione dei processi reattivi: poteva capitare di sentirsi attraversare da un fremito incontenibile, quasi un terremoto interiore, e il bello, o il brutto, era che anche i movimenti di chi stava intorno diventavano, di colpo, assurdamente veloci.

– Ma che ci hai messo dentro, Jerry?

– La formula è un mio segreto, amico.

Se era legittimo che Jerry andasse orgoglioso della sua scoperta, il fatto che intendesse mantenere segreta la formula irritò non poco Jay. Dopo tutto, erano soci. E per la verità, senza il finanziamento iniziale di Jay, la sua «pillola di Dio» non sarebbe mai esistita. Jerry Brown aveva dimenticato che anche Jay era un chimico. Fece qualche analisi. Accanto alla base del consueto acido, rinvenne tracce di scopolamina, l'alcaloide della Datura che i russi, si diceva, usavano per far confessare i prigionieri, anfetamine,

Pcb e Thc, il principio attivo della cannabis. Ma c'erano almeno un paio di ingredienti che sfuggivano a ogni protocollo. A un certo punto sospettò che si trattasse di un qualche fungo andino o addirittura di veleno di serpente, ma tutti i tentativi di scoprire la natura segreta della «pillola di Dio» risultarono vani. Jerry Brown mostrò anche, nella circostanza, un aspetto sgradevolmente avido.

– Non si è mai visto niente di simile, Jay! Faranno a pugni per prendere una dose! Io sono in grado di produrre, a pieno regime, una cinquantina di pasticche al giorno. Forse anche cento. Con la tua abilità nella vendita, diventeremo ricchi. Direi di fissare il prezzo a dieci, no, quindici sterline ogni dose. Quando il prodotto avrà preso piede, raddoppieremo. Ah, per inciso, la formula è mia. Voglio il settantacinque per cento di tutti gli incassi. Spese a tuo carico.

– Scherziamo? La formula sarà anche tua, ma senza il sale tartrato non vai da nessuna parte.

– Sessanta e quaranta?

– Cinquanta e cinquanta.

– E le spese?

– Si dividono anche quelle. Mi sento generoso e mi accollo il finanziamento iniziale.

– Affare fatto, fratello!

Sí, fratello un cazzo! Quando ci sono gli affari di mezzo, la fratellanza va a farsi benedire. Kirk, intanto, lo tempestava di telefonate alle quali Jay non si sognava di rispondere. Ma per produrre la «pillola di Dio» servivano grossi quantitativi di sale tartrato. Le scorte erano in via di esaurimento. E anche l'ergotamina era quasi finita. Kirk avrebbe potuto procurare l'uno e l'altra? Ne era ancora in grado? Kirk, poi, poneva un altro e diverso problema. Nonostante i recenti dissapori, la fuga, la consapevolezza di essere manipolato da lui, di essere, in sostanza, una sua creatura, Jay provava qualcosa per quel bizzarro dottore. Nei suoi confronti aveva, se non altro, un indubbio obbligo morale. Se era arrivato a uscire da sé stesso, se aveva smesso di essere il ragazzo strano perennemente fuori dal mondo, era anche per merito suo. Ma come avrebbe reagito Kirk se gli avesse comunicato la sensazionale scoperta di Jerry? E poi Kirk voleva dire l'America, la Cia e l'Fbi, Stagg e Garreth Senn, e tutta quella merda che voleva lasciarsi una volta per tutte alle spalle.

Insomma, non riusciva a decidersi.

E quando non riesci a deciderti, c'è qualcuno che decide per te.

Una sera – due settimane dopo il primo trip – Jay, Flo e May partirono per un altro viaggio con le «pillole di Dio». Erano nella casa di Hackney. Fecero l'amore. L'effetto svaní troppo presto. Presero un'altra dose, e poi un'altra e un'altra ancora. Era da poco passata l'alba quando telefonò Jerry Brown. A un suo conoscente, un coltivatore, era andata a male una partita di segale, infettata dal famoso fungo cornuto. Non vedeva l'ora di disfarsene. Jerry gli aveva offerto 500 sterline, e l'uomo aspettava per consegnare un camion pieno della preziosa sostanza.

– Sto arrivando, fratello. Fatti trovare giú!

– Ok, dammi un quarto d'ora.

Jay si fece una doccia, depositò un bacio sui capelli delle ragazze e si avviò. Mentre varcava la soglia, squillò nuovamente il telefono. Jerry era già di sotto che aspettava. Decise di non rispondere.

Non gli sarebbe stato facile, dopo, perdonarsi.

Quando tornò a Hackney, erano le prime ore del pomeriggio, il posto brulicava di ambulanze e poliziotti.

La casa bruciava.

Flo e May erano morte nel rogo.

7

Il primo pensiero di Jay fu di presentarsi ai poliziotti. Ma fra la gente che stazionava nei paraggi individuò una faccia nota. Era uno dei ragazzi che frequentavano la Base, la sede di Mk-ultra in America. Un uomo di Garreth Senn. Ripensò alle parole di Kirk, e capí che stavolta era veramente finito nei guai. Si allontanò, confondendosi nella folla, e si precipitò a casa di Brandon. Il suo amico era sconvolto. La polizia era appena andata via, dopo una minuziosa perquisizione. Cercavano Jay. Un sergente, con cui Brandon aveva parlato, gli aveva raccontato che, secondo le prime ricostruzioni, in preda allo sballo Jay aveva dato fuoco alla casa, uccidendo le ragazze.

– Ma è assurdo! Ero a Reading, con Jerry Brown! Lui potrà confermarlo.

Jerry Brown non confermò. Ai poliziotti che lo interrogavano raccontò che a Reading c'era andato da solo, perché quando era passato a prenderlo Jay gli aveva detto di aver cambiato idea, che sarebbe rimasto a casa con le ragazze. Per colmo di sfortuna, mentre Jerry, dietro versamento di altre cinquanta sterline, convinceva l'agricoltore a consegnargli a domicilio il carico, Jay se ne era rimasto in macchina, a fare progetti per il futuro. Il testimone, dunque, non lo aveva visto, e neanche lui avrebbe potuto confermare la versione di Jay. Quanto a Jerry, beh, avrà pensato che, tolto di mezzo Jay, sarebbe diventato il monopolista delle «pillole di Dio».

Da casa di Brandon chiamò Kirk. E seppe tutta la storia. La telefonata a cui non aveva risposto quella mattina era di Kirk. Il dottore aveva saputo che Senn, furioso per la fuga di Jay, aveva mandato a Londra due ragazzi per fargli la pelle. L'ordine era di simulare un incidente. Quei due avevano silenziosamente dato fuoco alla casa, convinti che Jay si trovasse dentro. E avevano ucciso Flo e May.

La mattina dopo, su tutti i giornali campeggiava la sua fotografia, e i titoli dicevano, piú o meno: spacciatore americano, in preda alle allucinazioni, dà fuoco alla sua casa e uccide due ragazze. La polizia è sulle tracce di Jay Dark...

Brandon lo accompagnò in una sua proprietà a Penzance, in Cornovaglia. Jay aveva i capelli rasati a zero, un migliaio di sterline e la morte nel cuore. Brandon era pieno di dubbi.

– Ma perché ce l'hanno tanto con te? Chi è questo dottor Kirk? Perché non me ne hai mai parlato?

– Mi stanno dietro sin dai tempi di Harvard, Brandon. Sono i fascisti. I nostri nemici. Non sopportano ciò che stiamo facendo...

Era una spiegazione debole, confusa, del tutto ideologica. Brandon gli credette perché voleva credergli. Perché aveva conosciuto il Jay Dark dispensatore di felicità e non voleva nemmeno prendere in considerazione l'idea che fosse qualcosa di diverso. Un altro non avrebbe rischiato tanto, e lo avrebbe consegnato immediatamente agli sbirri. E in altri tempi e in altre circostanze, forse lo stesso Brandon si sarebbe comportato diversamente.

Ma quelli erano i tempi, quelle le circostanze, e quello era Brandon.

Nei due mesi che seguirono, Jay imparò ad amare la Cornovaglia. La gente era discreta, taciturna, e si faceva gli affari propri. Brandon aveva sparso la voce che ospitava uno scrittore in cerca di ispirazione, e tanto bastava alla brava gente del posto per concedergli, al piú, un sorriso o un cenno del capo, nelle rare volte in cui faceva la sua comparsa nella cittadina. Dai notiziari Jay apprese che, dopo una lunga battaglia, l'Lsd era stato messo fuorilegge in America. Il che significava, piú o meno, in tutto il mondo. Gli adepti avevano festeggiato con un mega-trip di massa. I Grateful Dead si erano esibiti in un rito orgiastico di dolore e speranza.

Jay faceva lunghe passeggiate sui promontori battuti dal vento, aspirava l'odore penetrante del mare, cercava di leggere, inutilmente, dentro sé stesso. Si era acceso e sintonizzato, era riuscito a perdersi, ma non a ritrovarsi. E piú il tempo passava, piú si convinceva che quel momento di perfetta comunione era stato effimero e illusorio. Gli risuonavano nella testa le parole di Kirk: «Tu non sarai mai come loro, mai. Alcuni cambiano per non cambiare. Supererai tutto con leggerezza, ogni ostacolo e ogni tentazione, e alla fine tornerai a essere quello che sei sempre stato e sempre sarai: un agente del caos».

Brandon venne a trovarlo. Con una notizia e un barattolo con ventisei «pillole di Dio».

– Jerry Brown è morto. Overdose. Questo è tutto ciò che si è salvato.

Jerry Brown era morto, e con lui la formula della «pillola». Jerry Brown, che avrebbe potuto salvarlo e non era riuscito a salvare sé stesso.

Brandon disse che il nome «pillola di Dio» non gli era mai andato giú.

– Dio non venderebbe droga, ti pare? Semmai, la donerebbe.

– Hai ragione. Chiamiamola Kaos.

– Kaos? Mi piace!

Presero ciascuno la propria pasticca, e brindarono alla

memoria di Jerry Brown. Un figlio di puttana, ma un figlio di puttana geniale.

Brandon si stese sulla nuda terra e cominciò a viaggiare fra le costellazioni. La sua voce calma e sognante faceva da contrappunto all'eco impetuoso della risacca.

Jay non provò nessuna sensazione.

Prese un'altra pillola.

E non provò ancora niente.

Il breve varco si era richiuso. I recettori avevano ripreso il sopravvento. Il dono rivendicava il suo primato.

Qualche giorno dopo, Jay ricevette una visita inattesa. Il senatore Stagg.

– Vengo in pace, Dark, – disse.

E gli tese la mano.

Roma, oggi

Non esiste niente di paragonabile al senso di felicità leggera e immensa che prova uno scrittore quando sente di aver messo le mani sulla storia giusta.

Forse soltanto il senso di liberazione che lo stesso scrittore prova quando ha scritto la parola magica:

FINE.

Tutto sembrava acquistare un senso, nella versione di Flint. Il ragazzo povero, la sua tenace lotta per sopravvivere, l'ansia di libertà. La delusione che Jay aveva provato quando la sua macchina genetica aveva metabolizzato anche le «pillole di Dio», riconsegnandolo alla perversa unicità del suo dono, mi aveva percosso dolorosamente. Cominciavo a provare per Jay una singolare empatia. Il suo disadattamento si era «sintonizzato» con ricordi personali che credevo di aver seppellito per sempre in fondo a qualche rigagnolo periferico della memoria. Quel suo desiderio di essere accettato, di ritrovarsi al proprio posto in mezzo agli altri... quante volte l'avevo provato io stesso? Quante volte mi era accaduto di sentirmi rifiutato, estraneo, trasparente? Avevo fatto dietrofront davanti a innumerevoli porte chiuse, terrorizzato dalla prospettiva che improvvisamente qualcuno, dall'altra parte, le spalancasse, e fissandomi con l'aria severa mi domandasse: e tu che ci fai qui? Non sei stato invitato, fila via.

O, peggio, che mi lasciasse entrare. E scoprisse, subito

dopo, che non avevo niente da offrire. Che aveva aperto la sua porta a una maschera vuota.

Spedii a Flint una nuova mail. Gli chiedevo di sentirci via Skype. Avevo comunicazioni urgenti per lui. Rispose a stretto giro con un'altra mail. Mi avrebbe chiamato l'indomani. Intanto, potevo sfruttare il link che mi inviava. Incuriosito, ci cliccai sopra. Rimandava a un file audio con rare incisioni di Leonard Cohen. Sapeva anche questo di me, Flint! Da anni, tanti, innumerevoli anni, coltivavo una passione totalizzante per le canzoni e le poesie di Cohen. Il giorno in cui era morto qualche amico mi aveva fatto le condoglianze. Neanche fossimo stati parenti. E dire che non l'avevo mai incontrato! Gli inediti erano davvero sorprendenti. Per lo piú registrazioni amatoriali dal vivo: fu una fortissima emozione sentire Cohen che cantava *Red River Valley* o *Streets of Laredo*, o *Blues by the Jews*. E persino la mitologica – era il caso di dirlo – *Chelsea Hotel #1*, una lunga ballata per Janis Joplin della quale, negli anni successivi, negli anni in cui io diventavo un giovane uomo e lui era già un guru, sarebbe circolata una versione modificata. *Chelsea Hotel #2*, appunto. Il file durava oltre un'ora. Lo sentii due volte, per intero. Erano anni che mi interrogavo sul perché di questa mia passione coheniana. Era iniziato tutto al liceo. Avevo letto su un giornale che il cantante Leonard Cohen aveva vinto un premio letterario per una raccolta di poesie. La cosa mi colpí. Si può essere poeti, poeti laureati, e nello stesso tempo fare della buona musica. Fu un'autentica rivelazione.

Ne misi al corrente i miei genitori. Entrambi erano professori di vecchia scuola. Entrambi scettici: la poesia è una cosa seria, dicevano, la canzonetta è, lo dice la parola stessa, canzonetta. Cohen era la smentita vivente di questo assunto. Cohen. Passò qualche tempo. Una sera uscimmo

in quattro – due ragazzi e due ragazze. Amori adolescen-
ziali, era un sabato sera d'inverno. In un negozio di dischi
vidi un Lp di Cohen, e mi ricordai del poeta e folksinger.
Il disco si chiamava *Songs of Love and Hate*, canzoni d'a-
more e di odio. Sul retro c'era una foto dell'autore, un giovane uomo con la barba, sorridente. E c'erano dei versi.
Dicevano «Hanno messo in galera l'uomo che voleva go-
vernare il mondo | pazzi | hanno preso l'uomo sbagliato».
    Comperai il disco. Il giorno dopo venni convocato dai
genitori dell'amico con cui mi ero accompagnato. Era
scomparso. Lo cercammo per mari e monti per un mese.
Tornò qualche tempo dopo, improvvisamente. Era stato
da qualche parte. Aveva scoperto di essere figlio adottivo
ed era andato in tilt. Avrebbe voluto perdersi, ci disse,
ma non ne era stato capace. Dal viaggio riportò un film
porno in Super 8. Dopo aver lasciato la nostra piccola città, non avrei saputo mai piú nulla di lui. Non so perché,
questa mi è sempre sembrata una storia molto coheniana. Ascoltai e riascoltai migliaia di volte quel disco. Mi
feci regalare una chitarra e imparai a strimpellarla al solo
scopo di riprodurre quelle canzoni. Perché? Perché sulla
chitarra Cohen aveva costruito il suo mito. Sí, ma qual
era il motivo reale? Perché questa passione? Non so, non
l'ho mai capito sino in fondo. Forse perché volevo essere come lui? Essere lui, con la sua bellissima musica e le
sue bellissime donne? Ma era un desiderio cosí feroce da
annullare tutto il resto o era solo uno dei tanti miei desideri. Un desiderio, diciamo cosí, gentile. O forse… compatibile, se non compromissorio. Sta di fatto che il dono
di Flint mi riportò tutto questo alla mente. Cominciavo
a sentire una strana attrazione per quel bizzarro avvocato. Ma non tanta da abbattere la diffidenza che ancora
albergava in me.

Cosí, quando finalmente ci collegammo via Skype, il mio tono oscillava fra il deferente e il contrito. Perché, decisamente, gli dovevo delle scuse.

– Grazie per Cohen, avvocato.

– Niente di che. Tutta roba che si trova facilmente in rete.

– L'ha mai incontrato?

– Oh, certo. Piú volte. Un uomo piccolo, amabile, gentile, elegantissimo. Se gli si vuole trovare un difetto, un po' freddo. E lei? L'ha mai incontrato?

– No. Sono stato a qualche suo concerto, ma mi è mancato il coraggio di farmi avanti.

– Meglio cosí. Magari sarebbe rimasto deluso. In ogni caso, ormai è troppo tardi. Pace all'anima di Lenny e veniamo a noi. Ci ha ripensato?

– Sí, e devo scusarmi con lei. Sono pronto a riconsiderare le mie posizioni sull'origine di Jay. Forse era davvero Darenski, il piccolo delinquente di Williamsburg, come sostiene lei. Oh, non significa che sono ormai convinto che lei mi stia dicendo tutta la verità, ma...

– Ah, quanti giri di parole! Guardi che l'avvocato sono io, mica lei! Ah, ah! La dica tutta, su: s'è innamorato del vecchio bastardo. La capisco. È difficile restare immuni a tanto fascino!

– Ma no, – protestai, – non si tratta di amore. È che... gliela dico da scrittore. La storia funziona. Altroché se funziona. E quindi, se lei avesse del materiale, o se...

– O se?

– O se le andasse, per esempio, di scriverla insieme, a quattro mani...

Il collegamento s'interruppe di colpo. Non per una qualche bizzarria delle onde che governano la banda, ma perché fu Flint a staccarlo. Ma che diavolo, si era forse offeso? Dopotutto, gli avevo solo offerto di dividere con me la fatica, e semmai, se fossimo stati assistiti dalla sorte, il successo... Stavo cercando di riconnettermi, ma lui fu piú veloce.

– Scusi, scusi, – si affrettò a precisare, – ma avevo bisogno di un goccio di whisky...

– La mia proposta è cosí sconvolgente?

– No. È tipica.

– Ma non dica stronzate! – insorsi. – Tipica un paio di palle! Mi trovi un altro scrittore che è pronto a prendere a schiaffoni il proprio ego e a mettersi a totale, completa disposizione della storia. Sino a condividerla con...

– Pace, fratello! – rise Flint. – È proprio questo il punto. Lo scrittore è lei, e la responsabilità di quel che verrà fuori da tutta questa vicenda è unicamente sua. A me interessa solo ristabilire la verità, gliel'ho detto. E vedrà che col tempo anche lei si convincerà che quanto le ho detto sinora è la verità. Fra una settimana ci vediamo a Roma. Stasera le manderò qualcosa su cui riflettere. Mi stia bene.

E in serata, puntuale, arrivò una mail. C'era allegato un video.

Il video si apriva con Flint in tenuta da anziano hippy, con una parrucca bionda e una chitarra al collo.

In piedi davanti alla sua scrivania, cantava:

Se stai andando a San Francisco
assicurati di metterti dei fiori nei capelli.
Se stai andando a San Francisco
incontrerai gente gentile.
Per chi viene a San Francisco
l'estate sarà un «love-in».
Nelle strade di San Francisco
gente gentile coi fiori fra i capelli.

California Dreamin'

Jay Dark, Tracey e Wash. Su un vecchio pullmino Dodge ridipinto con grandi corolle di fiori, schizzi della classica foglia di canapa incistata nel cerchio dell'amore, qualche segno rosso e nero che ricordava vagamente i simboli dell'anarchia e una bandiera bianca con la scritta «pace, amore & musica», che appendevano quando si imbattevano in una pattuglia della polizia. Il biglietto da visita. La Carta d'identità del movimento. In pratica, si erano autoproclamati hippy. Furono fermati ripetutamente. Da sbirri gentili che chiudevano un occhio e da sbirri bifolchi bianchi che cercavano qualunque pretesto per gonfiarli di botte e ammutolivano, oscillando fra disprezzo e ammirazione, quando, non visto dai suoi compagni, Jay esibiva al capopattuglia il lasciapassare a stelle e strisce. E poi, dopo essersi rimessi in marcia, raccontava a Wash e Tracey, tra il serio e il faceto, che ogni uomo ha un prezzo. Persino i poliziotti. E loro si mettevano a discutere, fatti sino alla radice dei capelli, intorno alla cruciale questione: uno sbirro poteva considerarsi un uomo?

Fu cosí che senza incidenti arrivarono a Haight-Ashbury.

Nel giro di diciotto mesi, San Francisco era diventata la capitale mondiale del movimento hippy. I ragazzi con barba e le ragazze dai lunghissimi capelli e dalle ghirlande di fiori avevano stabilito il quartier generale a Haight-Ashbury, dove le case costavano poco e la gente era tollerante. Il personaggio di spicco della comunità era un giovane eccentrico milionario di nome Augustus Owsley Stanley III. Il 13 e 14 gennaio del 1967, per iniziativa di Stanley e dei suoi piú stretti collaboratori, venne organizzato un grande Human Be-In. Stanley era definito «il sindaco di Haight-Ashbury». È verosimile che la sua grande popolarità derivasse dal fatto che finanziava la produzione in grande stile di Lsd. Quanto all'espressione *human be-in*... un umano esserci? Un raduno creaturale? Non esiste traduzione che possa rendere adeguatamente, oggi, il senso che, allora, si voleva dare al tutto. In ogni caso, ventimila ragazzi trascorsero la notte sui prati del Golden Gate Park, mentre sul palco si avvicendavano gli oratori, da Ginsberg a Leary a Jerry Rubin, leader degli studenti contro la guerra del Vietnam, e band come Big Brothers, Jefferson Airplane, Grateful Dead. Tutte le anime del movimento hippy erano presenti: i mistici seguaci di Hare Krishna, gli studenti rivoluzionari, i creativi.

Un notevole fritto misto, tutto sommato rappresentativo dello spirito del tempo. In effetti, a Haight-Ashbury c'erano ragazzi capaci di intonare per ore e ore un mantra degno della piú riuscita कुम्भ मेला, la Kumbh Mela, la festa induista destinata a culminare nell'immersione rituale nel Gange. Li guidavano Ginsberg e il suo guru del momento, Bhaktivedānta Svāmī. Ti circondavano in dieci, dodici e prendevano a salmodiare la «vibrazione sonora trascendentale», in pratica un prolungato *om* su note basse. Se ti univi al coro, eri il benvenuto, altrimenti pace, fratello, ce ne andiamo a cercare un altro. Una religiosità, in definitiva, alquanto laica. C'era di tutto, insomma: attivisti dei diritti civili, bianchi e neri, artisti, aspiranti rivoluzionari e generici fattoni arrapati.

In mezzo a quel gran casino, Jay Dark aveva un obbiettivo preciso.

Ritrovare Pam.

Quando era venuto a sapere della bravata di Harvard (Pam e Tracey fatte come zucchine che scorrazzano nude per i vialoni dell'austero tempio del sapere) il senatore Stagg aveva rispedito la figlia nella solita clinica per ricchi alienati. Pam aveva capito che rischiava di diventare un'ospite abituale, ed era scesa a più miti consigli. Questo, almeno, aveva fatto credere al padre. Si era persino concessa un flirt con un giovane avvocato, uno con le carte in regola, capello corto, giacca d'ordinanza, cravatta reggimentale e distintivo degli «Skull and Bones» all'occhiello (per chi ancora non lo abbia appreso da film e romanzi dell'ultimo mezzo secolo: gli Skull and Bones sono membri di una società studentesca riservata a pochi eletti dell'università di Yale, una specie di setta ultrasegreta dove le élite allevano e poi pescano i cooptandi della classe dirigente). Le cose sembravano funzionare, al punto che paparino si era fidato e aveva allentato la sorveglianza. A un certo punto si era parlato persino di matrimonio. La giovane coppia si era concessa una vacanza italiana. A Roma Pam e il suo ignaro fidanzatino avevano preso alloggio all'*Hotel Eden* in via Ludovisi. Due giorni dopo il loro arrivo, Tom era sceso per comperare il classico pacchetto di sigarette, approfittando di una doccia che Pam si era concessa dopo un pomeriggio di shopping negli eleganti negozi del centro. Al suo ritorno, la suite che avevano affittato era deserta. Tom, sulle prime, aveva pensato che Pam lo attendesse al bar, o al ristorante. Visto che lí non c'era, aveva chiesto sue notizie al concierge. «La signorina è uscita poco dopo di lei, senza lasciar detto niente». Sarà andata a prendere una boccata d'aria, si era detto il ragazzo, disponendosi ad attenderla al bar. Ma dopo un'oretta e due Martini cocktail aveva cominciato a preoccuparsi, e si era messo a per-

lustrare i dintorni. Ricerca vana. Cosí come vana era stata
la notte trascorsa al telefono a informarsi presso ospedali e
commissariati. Pam era scomparsa. E si era portata dietro
i documenti, i gioielli e tutti i contanti. Compresi quelli
dell'aspirante marito. Stagg, naturalmente, aveva mosso
mari e monti per cercare la figlia. Era riuscito a scoprire
che Pam era rientrata in patria dopo un lungo giro nei Paesi
europei, e che i gioielli erano stati venduti, in maniera del
tutto regolare, a certi gioiellieri di bocca buona della costa occidentale. Le ricerche si erano dunque concentrate
sulla California, terra d'elezione degli hippy e di tutti gli
alternativi. Stagg gli disse di essere convinto che la figlia
si fosse unita a qualche gruppo di sbandati. Probabilmente aveva vissuto o viveva ancora in una di quelle comuni dove si praticavano l'abuso di droghe e il sesso libero.
Aveva ingaggiato i migliori detective privati. Si era reso
protagonista di un grottesco tentativo di infiltrazione in
una di queste comuni, scappando a gambe levate davanti a
due ninfette nude che gli offrivano sesso e sballo. Niente.
Tutto vano. Alla fine si era convinto che una sola persona
avrebbe potuto rintracciare la fuggitiva.

Quella persona era Jay Dark.

Perciò Stagg era volato in Cornovaglia. Non gli era stato difficile rintracciare il nascondiglio di Jay, dati i mezzi
di cui disponeva. Brandon era stato levato di mezzo con
un finto arresto, e Stagg e Jay si erano ritrovati l'uno di
fronte all'altro. Stagg apparve a Jay molto diverso dall'ar-
rogante bellimbusto di un tempo, pronto a farlo fuori senza nessuna remora. Era, piú o meno, un uomo affranto.
Un padre distrutto.

«Va bene, lei vuole che le riporti Pam. Ma perché dovrei farlo? Perché cosí lei la rinchiuda in una clinica per
malati di mente?»

Jay era consapevole di trovarsi, come la volta precedente, in una situazione di stallo. Stagg avrebbe potuto rispondergli: bello mio, sei con il culo per terra, gli inglesi ti cercano per sbatterti in galera per i prossimi trent'anni, e questa sarebbe la soluzione migliore, perché i nostri ragazzi risolverebbero la questione con pochi grammi di piombo. Io sono la tua unica risorsa. Quindi, mettiti al lavoro o per te è finita.

Ma Jay sapeva anche che il senatore sarebbe stato più mite. Mite e arrendevole. Lo aveva intuito durante il loro primo incontro. Quando si trattava di Pam, Stagg diventava un altro uomo. Nel bene e nel male.

«Pam è una ragazza fragile. Ha molto sofferto, posso dirti che non si è mai ripresa del tutto dalla tragedia».

«Quale tragedia, senatore?»

«Siete stati insieme per anni e lei non ti ha parlato di Daisy?»

«Sí, certo che me ne ha parlato. Era sua madre, no? È morta, e lei ha sofferto».

«Ma non ti ha detto come è morta?»

«Un incidente, vero?»

Stagg sospirò, un velo di melanconia nei suoi occhi.

«Questa è la versione ufficiale. In realtà, Daisy soffriva di disturbi mentali, si è suicidata. Purtroppo, quando decise di farsi saltare le cervella, Pam era con lei. Le è toccato in sorte, era ancora una bambina, di vegliare per ore il cadavere. Io... io ero a un comizio... Ora, la mia più grande paura, la mia unica paura, è che anche Pam, come sua madre...»

Sí, certo, la storia era commovente. E Stagg sapeva come raccontare una storia commovente. E, sí, quando parlava di Pam diventava un uomo diverso eccetera. Ma era sempre Stagg. Snake Stagg, il serpente. E quel giorno in Cornovaglia, svelò a Jay solo una parte della storia. Quella che gli conveniva. Una storia che gli assegnava la parte dello stronzo, ma, in definitiva, non quella del cattivo.

Jay Dark gli credette? Che importa? In quel momento, proprio per via dello stallo e del culo a terra, credergli era l'unica cosa intelligente che un ragazzo di Williamsburg potesse fare. Credergli e stringere un accordo.

Finí che si strinsero pure la mano.

Accordo è forse una parola persino nobile, per definire il patto che Jay stipulò con Stagg. Gli avrebbe riportato Pam. Lui, in cambio, oltre a cancellare tutte le accuse, si impegnava a fornire a Jay documenti e soldi. E, soprattutto, Jay sarebbe stato libero. Libero di andarsene in giro per il mondo con una nuova identità e senza piú dover sottostare a Kirk, a Senn e a tutta la compagnia di giro.

Libero, per la miseria!

«Allora, ragazzo, affare fatto?»

«Un ultimo dettaglio, senatore».

«Sentiamo».

«Ho bisogno di un paio di collaboratori».

«E che problema c'è?»

Beh, un problema c'era e riguardava, ovviamente, Wash. Jay era disposto a vendere Pam all'odiato padre. Perché di questo si trattava, in fondo. Di una vendita. Di un tradimento, se preferite. Ma in fondo al suo cuore, che talora si illudeva di possedere qualcosa di simile alla sensibilità, c'era l'affetto per Wash e Tracey. La condizione era che Wash tornasse un uomo libero.

E che altro poteva fare Stagg, il padre affranto, se non accettare?

Quando, due giorni dopo, Brandon si ripresentò a Penzance, Jay era già in volo per New York. Al suo amico aveva lasciato un laconico biglietto: «Grazie per tutto quello che hai fatto per me. Sappi che comunque vadano le cose resterai per sempre nel mio cuore. Tuo fratello Jay».

2.

Jay comunicò a Wash che le accuse contro di lui erano state ritirate.

Gli disse che qualcuno aveva soffiato agli sbirri che se cercavano l'autore dell'omicidio del poliziotto non dovevano prendersela con il candido maestrino pacifista, vittima di un'odiosa calunnia, ma con un certo Samson T. Gli sbirri avevano dato credito alla pista ed erano andati a controllare. Si erano imbattuti in un cadavere in avanzato stato di decomposizione e in una pistola semiautomatica «compatibile» con l'arma del delitto. In realtà, Samson T. era un confidente dei federali e il cadavere era appartenuto a un ladruncolo vittima di un regolamento di conti fra bande rivali. I ragazzi di Stagg avevano fatto un ottimo lavoro. Cerchio chiuso, dunque, e cosí Wash era di nuovo un uomo libero.

– Il piccolo Elias ti saluta tanto!

– Un giorno lo porterò via di là.

– Intanto, goditi la libertà!

– Puoi dirlo forte, fratello!

Ma se Wash era fuori di sé dalla gioia, Tracey si mise a fissare Jay con aria stranamente sospettosa.

– Jay, ma tu non avevi qualche problema a Londra?

L'istinto della strada gli trasmise una scarica di adrenalina. Jay, ovviamente, si era guardato bene dal rivelare a Wash che dietro la sua libertà c'era il suo intervento. Ma

la domanda era un'altra: come faceva Tracey a sapere dei
fatti di Londra? E perché lo guardava con sospetto?

– Oh, beh, immagino che abbiate letto i giornali, no?
Era tutto un colossale equivoco. E ora è tutto a posto.

– Sí, ma è strano, non ti pare?

– Strano cosa, Tracey?

– Voglio dire... tu sei nella merda con gli sbirri e Wash
è nella merda con gli sbirri. Tu torni e sei pulito e ci porti
una carta che dice che anche Wash è pulito...

– E quindi?

– E quindi, qualcuno potrebbe pensare male.

– Piantala, Tracey, – s'inserí Wash. – Facciamo festa,
piuttosto! Oggi è un giorno memorabile!

– No, no, Wash, lasciala parlare. Che cosa intendi dire
esattamente, Tracey?

Lei si prese una pausa, poi sganciò la bomba.

– Girano voci, Jay. Ho letto un articolo che parlava di
una divisione segreta della Cia che ha sguinzagliato agenti
per infiltrare il movimento...

– E allora? – la incalzò.

– E allora niente, cazzo!

Wash perse la pazienza. Afferrò per un braccio Tracey e
le disse di piantarla. Stava diventando paranoica. Era colpa della latitanza. Vedeva pericoli e agguati dappertutto.
Ma era il momento di lasciarsi tutto alle spalle. Che cazzo
voleva dire, che Jay poteva essere un infiltrato? E da dove
le veniva questa idea insana?

– È Jay, cazzo, nostro fratello! Ci ha dato i suoi soldi
e la sua roba quando eravamo disperati! Si è sbattuto per
noi! Ma di che stai parlando, Tracey?

Lei ribatté che le voci erano serie, che ci controllavano, che il Sistema stava reagendo all'ondata rivoluzionaria,
che aveva visto con i suoi occhi un opuscolo che parlava

di una guerra non convenzionale che i tizi di Washington stavano armando contro il movimento.

– Sí, va bene, ma che cazzo c'entra Jay con tutto questo?

Qui, per sua fortuna, Tracey non seppe che cosa rispondere. Fissò per un'ultima volta Jay, poi chinò il capo.

– Scusami, Jay, fratellino. È stato come un cattivo trip. Per un attimo ho creduto di sentire qualcosa di... qualcosa di sbagliato. Perdonami, se puoi.

– Certo che ti perdono. Wash ha ragione. La clandestinità gioca brutti scherzi. Ma ora è tutto finito, amici miei.

Beh, scampato pericolo. Ma chapeau, Tracey! A Jay questa storia dell'intuito femminile era sempre sembrata una di quelle balle razziste inventate dai maschi per svilire le abilità dell'altro sesso.

Tracey gli fece cambiare idea.

Esiste l'intuito femminile.

Esistono le streghe.

Tracey, in altri tempi, sarebbe sicuramente finita sul rogo. Esiste un insondabile terreno vago della percezione che è esclusivo dominio dell'elemento femminile, un terreno nel quale i maschi sono destinati a soccombere. Jay lo riconobbe con sincera ammirazione, con un pizzico d'invidia e con una totale, assoluta devozione. E, per vostra fortuna, sorelle, pensò, mentre la tensione con Tracey si scioglieva in un caldo abbraccio, i roghi, almeno in molte parti del mondo, sono stati banditi. Anche se non si può mai dire. In ogni caso, su Tracey, il dottor Kirk aveva colto nel segno. Lei era veramente una creatura dotata, molto dotata. Tracey fu la prima a intuire che Jay Dark puzzava di marcio. Ma intuire e credere con tenacia sono cose diverse. Tracey si lasciò abbindolare. E Jay capí che non era ancora cosí forte, cosí calato nel ruolo, da padroneggiare, come gli sarebbe accaduto negli anni successivi, le situazioni ad alto rischio.

Ma seppe far tesoro dell'esperienza.

La serata finí in acido e vino rosso di Borgogna.

E quando Jay chiese agli amici di aiutarlo a ritrovare Pam gli dissero di sí.

Con fraterno entusiasmo.

3

Eccoli, dunque, a Haight-Ashbury. Avevano cercato Pam invano in tutta la California, e il piú grande raduno hippy di tutti i tempi era, si può dire, la loro ultima speranza. Jay non voleva nemmeno prendere in considerazione le ipotesi catastrofiche che Stagg ventilava ogni volta che si sentivano per il periodico resoconto della caccia alla pecorella smarrita. È morta e giace in fondo all'Oceano, cibo per pesci; è fuggita a New Orleans con un musicista negro (capito, il senatore progressista?) che le fa battere il marciapiede e la picchia ogni santo giorno...

No. Pam era viva e vegeta. Si nascondeva e lui l'avrebbe stanata. E poi sarebbe stato libero.

Jerry Rubin, il leader degli studenti rivoluzionari, salí sul palco e prese a declamare la sua

Sceneggiatura per il futuro: *Yippieland*.

Tutte le scuole superiori e universitarie d'Amerika verranno chiuse dopo sommosse e sabotaggi, e file serrate di poliziotti circonderanno i campus. Le scuole appartengono ai porci. Milioni di giovani si riverseranno nelle strade di ogni città ballando, cantando, fumando droga, scopando in pubblico, «viaggiando», bruciando cartoline di richiamo, bloccando il traffico. Il Pentagono manderà i soldati a combattere le guerre di guerriglia che si andranno espandendo nel Laos, in Thailandia, in Indonesia, in India, nel Congo, in Bolivia, nel Sudafrica, in Brasile, in Francia. Alti funzionari governativi si arrenderanno agli yippie. Il dipartimento di Stato scoprirà nei suoi piú alti ranghi sintomi di contagio yippie.

Poliziotti negri si uniranno per le strade all'esercito di liberazione composto di bianchi e di negri. Studenti delle superiori occuperanno, in tutto il Paese, le sedi della radio, della Tv, dei giornali. Le stazioni di polizia salteranno in aria. I rivoluzionari irromperanno nelle prigioni e libereranno tutti i carcerati...

Se davvero Pam era a Haight-Ashbury, pensava Jay, non si sarebbe persa per niente al mondo gli sproloqui di Rubin. I tre cacciatori si sparpagliarono sul territorio, i sensi all'erta – divieto assoluto di sballo fino all'avvistamento della preda – fissando come meeting point la tenda di un tizio che si faceva chiamare Il Profeta. L'avevano scelta perché era la tenda piú alta, colorata, inconfondibile. Jay cominciò a girare fra la gente, nel settore di sua competenza. Intanto, Rubin continuava a concionare.

Gli impiegati fermeranno i loro computer e metteranno gomma da masticare negli ingranaggi. Unità dell'esercito e la Guardia Nazionale diserteranno per unirsi, fucili compresi, ai rivoluzionari. Gli operai occuperanno le fabbriche e cominceranno a gestirle in proprio, senza profitti. Di colpo, chi porta i capelli corti diventerà un capellone. I piloti degli elicotteri yippie bombarderanno le postazioni della polizia con gas all'Lsd. Il Pentagono bombarderà le basi yippie, e noi spareremo agli aerei su nel cielo.

L'esaltazione della folla montava. Jerry era sempre piú infervorato, le sue parole assumevano la cadenza ritmica di una marcia di guerra. Un paio di volte a Jay parve di intravvedere la sagoma di Pam, i suoi capelli color del mogano, il suo fisico asciutto. Ma erano falsi allarmi. Tornò dagli amici, che aspettavano accanto alla tenda del Profeta, i volti sconsolati.

I ragazzi cacceranno di casa i genitori, trasformando i quartieri residenziali in basi per i guerriglieri, in depositi di armi. Irromperanno nelle banche e insieme con i cassieri preleveranno tutti i soldi per bruciarli in giganteschi falò di gioia al centro della città.

Ripresero la perlustrazione scambiandosi i ruoli. Jay si
avviò verso il settore che inutilmente aveva battuto Tracey.
Doveva trovarla, maledizione.

Le rivoluzioni precedenti miravano a impadronirsi della piú
alta autorità dello Stato e subito dopo dei mezzi di produzione.
La Rivoluzione Internazionale della Gioventú comincerà con un
massiccio crollo dell'autorità, ribellione di massa, anarchia totale
di ogni istituzione del mondo occidentale. Prenderanno il sopravvento bande di capelloni, tribú di negri, di donne armate, di operai, contadini e studenti. Il mito yippie s'infiltrerà in ogni struttura d'Amerika. Per la rivoluzione sarà uno shock scoprire di avere
amici ovunque, amici che aspettavano solo il Grande Momento.

Mille voci presero a scandire «gran-de mo-men-to, grande mo-men-to». Qualcuno cominciò a ballare. Molti lo seguirono. Jay faticava ad aprirsi un varco in mezzo al deli-
rio. E le speranze si affievolivano.

Nei raduni comunitari di tutto il Paese Bob Dylan sostitui-
rà l'inno nazionale. Non ci saranno piú prigioni né tribunali né
polizia. La Casa Bianca diventerà un dormitorio pubblico per
chiunque, a Washington, non abbia un posto dove andare. Il mondo diventerà un'immensa comune, cibo e alloggio gratuiti, tutto
diviso con tutti. Orologi e sveglie verranno fatti a pezzi. I bar-
bieri saranno mandati nei campi di riabilitazione dove si faranno
crescere i capelli. Il reato detto «furto» non esisterà piú, perché
tutto sarà gratuito.

In preda alla disperazione, Jay cominciò a entrare in
ogni tenda, ignorando proteste e sorrisi. Dal crescendo di
urla e battimani intuí che Jerry Rubin stava per attaccare il gran finale. Schiantato, tornò mestamente alla tenda
del Profeta. D'improvviso si fece un gran silenzio. Jerry
Rubin lanciò l'ultimo messaggio.

Il Pentagono verrà sostituito da una fattoria sperimentale per
la produzione di Lsd. Non ci saranno piú scuole né chiese perché
il mondo intero diventerà una chiesa e una scuola. La gente al mat-

tino lavorerà nei campi, si dedicherà alla musica nel pomeriggio, scoperà in qualsiasi momento e dovunque voglia.

L'omelia rivoluzionaria era finita. E Jay aveva fallito. Il Profeta, un ex giocatore di pallacanestro alto due metri, gli offrí una canna. Jay rifiutò con un cenno distratto. Il Profeta adocchiò una ragazza che proprio in quel momento gli stava passando davanti.

– Ehi, bellezza, ti va un tiro?

Lei si voltò e accettò con un sorriso incantevole.

Aveva lunghi capelli color mogano.

Lei e Jay si fissarono.

La ragazza era Pam.

– Jay! Che ci fai qui?

4.

Quando si ritrovarono nel pulmino, Pam volle abbracciarli e baciarli a lungo tutti, compreso Wash, che, dopo essersi calato una doppia dose, sorrideva come un ebete.

Tracey e Wash si scambiarono un'occhiata e borbottando una scusa lasciarono Jay e Pam da soli.

Ci fu uno sguardo.

Ci fu un primo bacio.

Ci fu l'amore. La furia selvaggia di un tempo si era mutata in una nuova dolcezza, venata di remissività.

– Pam... – prese a dire lui, quando venne il tempo delle parole.

– Ssst, – lei gli sigillò le labbra con un bacio e un sorriso. Sbadigliò. Chiuse gli occhi.

Jay sospirò di sollievo. Almeno la fase lunghe spiegazioni, diciamo pure bugie, gli sarebbe stata risparmiata.

Come si sentiva Jay in quel momento? Una merda? Francamente, sarebbe stato chiedere troppo alla sua asfittica coscienza. Era la vecchia questione del mors tua, vita mea. Se non avesse consegnato Pam al padre, per lui non ci sarebbe stato futuro. Era una scelta obbligata. Certo, era difficile vederla come Stagg, Pam non sembrava la ragazza fragile e traumatizzata descritta dal padre. Al contrario, sembrava in ottima forma, gli ultimi mesi avevano cancellato dai suoi occhi ogni traccia di quell'inquieto dolore che l'aveva ossessionata ai tempi di Harvard.

Ma, indubbiamente, lei era una creatura debole, e a Jay parve subito chiaro che non avrebbe resistito a lungo sulla strada. Prima o poi, come l'intera massa dei coglioni che osannavano la gente come Leary e Rubin, avrebbe dovuto fare i conti con le dure necessità dell'esistenza. E quella è una partita da vinci o muori. In ogni caso, libera sulla strada o nelle mani del padre, la sorte di Pam era segnata. Perciò, in definitiva, Jay non si fece nessuno scrupolo. L'indomani avrebbe condotto Pam in un caffè di San Francisco, con la scusa di una ricca colazione, e da lí avrebbe chiamato Stagg. Lui avrebbe mandato una squadretta di ragazzi allenati e la storia sarebbe finita.

Fra l'altro, se pure Jay avesse avuto degli scrupoli, ci avrebbe pensato la stessa Pam a cancellarli.

Per dirla tutta, Jay commise un grave errore. Si addormentò abbracciato a lei. Al suo risveglio, invece di Pam, si vide davanti il Profeta, una birra in una mano e una canna nell'altra.

– Sai, amico, quella ragazza di ieri, come si chiama…

– Pam.

– Sí, Pam. Beh, amico, mi ha detto di salutarti.

Jay riemerse all'istante dalle nebbie del sonno. Era incredibile! Beffato come un principiante dalla gatta morta!

– E naturalmente non ti ha detto dove…

– No che non me l'ha detto. Ma il Profeta è furbo, amico. Il Profeta ha capito che quella ragazza ti interessa e cosí il Profeta ha seguito la ragazza…

– E?

Il Profeta si sfilò la camicia e si voltò di spalle.

– Leggi, amico.

– Leggo cosa, amico?

– Il tatuaggio, leggi il tatuaggio…

Jay si avvicinò per guardare meglio. Il Profeta aveva ta-

tuato sulla schiena il volto di Gesú, accompagnato da un
testo che cosí recitava:

> RICOMPENSA a chi fornirà informazioni che possano portare alla
> cattura di Gesú Cristo. Ricercato per sedizione, anarchia criminale,
> vagabondaggio e cospirazione per rovesciare il Governo in carica. Si
> veste poveramente. SI DICE che faccia il falegname. Malnutrito, ha
> idee visionarie. Frequenta gente comune, disoccupati e vagabondi.

– Bello. Una vera opera d'arte. Ma che c'entra con Pam?
– Gesú Cristo era povero, amico. E il Profeta è povero
come Gesú Cristo.

Il messaggio era chiaro.

– Quanto vuoi per l'informazione?
– Il Profeta non si vende per il vile denaro, amico. Ma
un po' di quella roba che tu e i tuoi amici vi siete calati
ieri aiuterebbe la memoria del Profeta...

Mezz'ora dopo, recuperati Wash e Tracey, Jay era nuovamente sulle tracce di Pam.

L'atteggiamento di Pam sarebbe rimasto per sempre un
mistero. Aveva fiutato, come Tracey, odore di marcio, ed
era fuggita perché si era resa conto che Jay stava per tradir-
la? C'entrava di nuovo lo sfuggente, e stregonesco, «intuito
femminile»? O era semplicemente la solita Pam preda del
vento delle emozioni del momento, come tanti in quegli anni, Pam che se n'era volata via spinta da un insopprimibile
impulso? Il Profeta disse che era montata sulla Harley Da-
vidson di un biker grasso e peloso. Il dettaglio era inquietante. Che ci faceva un biker a Haight-Ashbury? I biker
erano piú o meno fascisti, rissosi attaccabrighe, organizza-
ti in bande, come gli Hells Angels, sempre a caccia di qualche testa da sfasciare. Che diavolo avevano a che fare quei
tizi con Pam e con il movimento? La destinazione, invece,
che il barbuto nuovo centurione di Pam aveva proclamato
a gran voce, era già piú congrua: Millbrook.

5

Dopo l'espulsione da Harvard, Leary e la sua corte si erano trasferiti in una villa di 65 stanze alla periferia di Millbrook, una cittadina di quasi duemila abitanti a due ore da New York. Proprietario della villa, e di mille ettari di terreno circostante, era William Mellon Hitchcock, quarantenne agente di borsa e miliardario, discendente di William Larimer Mellon, fondatore della Gulf Oil, e di Andrew Mellon, segretario di Stato durante il proibizionismo. Bill Hitchcock era la pecora nera della famiglia, l'eccentrico, lo sballatone. Ciò non gli aveva impedito di realizzare, nella prima parte della sua vita, utili per 60 milioni di dollari (questione di Dna, si potrebbe dire), né gli avrebbe impedito, quando intorno a Leary si sarebbe fatta terra bruciata, di assestargli un dolente calcio nel culo. Ma, per il momento, Hitchcock offriva a Leary, alla sua tribú, e all'intera *intelligencija* radical americana un rifugio dorato e sicuro. I problemi, per Jay, erano due. Millbrook si trovava dall'altra parte dell'America.

E Tracey e Wash consideravano strana la fuga di Pam.

– Le hai detto qualcosa di sbagliato, Jay?
– Hai fatto qualcosa di sbagliato, fratello?
– Se le hai torto un capello ti uccido, Jay!
– Ma che cazzo dite? Voleva fare un figlio, l'altra notte!
– È strano, però.
– Altroché se è strano!

– Forse non è cosí felice come dice di essere.

– Credete a me, amici, anche se sono l'ultimo arrivato, credetemi: quella ragazza si è sballata troppo. Si è fusa il cervello. Se la ritroviamo, dovremmo fare qualcosa per lei.

– Tipo, Wash?

– Non so, una disintossicazione, qualcosa di simile.

– A volte penso che tu sia un fascista, Wash.

– E tu una stronza, Tracey.

Quando arrivarono a Millbrook, si resero subito conto che Leary e i suoi non godevano, diciamo cosí, della massima popolarità. Furono fermati e perquisiti almeno cinque volte nel breve tragitto che separava l'ingresso della cittadina dalla Villa. Jay rimpianse di non aver fatto una telefonata a Stagg: evidentemente, i ruvidi sbirri di questa contea non erano al corrente della sua missione. Fortunatamente, Tracey aveva trovato il modo giusto per occultare l'Lsd, e quanto alla scorta personale di Kaos, fu scambiata per normale aspirina. Infine, dopo due giorni di viaggio, stanchi e inquieti, accompagnati dagli sguardi malevoli dei bravi cittadini di Millbrook, giunsero alla Villa.

Nella sua autobiografia, anni dopo, Leary avrebbe correttamente definito la Villa, che la gente del posto chiamava *Alte Haus*, casa vecchia, degna del sogno di un qualche Re Ludwig americano. Era un complesso imponente, lussuosamente arredato, circondato da una distesa sterminata di campi, prati, radure, il tutto puntellato da piccoli, incantevoli laghetti artificiali.

Leary e i suoi avevano trasformato quella meraviglia della natura e dell'ingegneria umana in un troiaio.

A Millbrook poteva capitarti d'incontrare Charlie Mingus che suonava *Goodbye Pork Pie Hat* al contrabbasso, o Gregory Corso che declamava la sua *Bomba*, un grande reporter che si sottoponeva a un acid-test per poi ricavarne un best seller, o il piú innocuo degli sballati in cerca di sesso gratis. Esattamente come a Haight-Ashbury, ma, decoro a parte, in modo, per cosí dire, piú concentrato, se non elitario. Comunque, Millbrook era un autentico porto di mare. Tutti si facevano allegramente i fatti propri e nessuno faceva domande.

A Millbrook, Jay incontrò un vecchio amico.

Mickey l'irlandese.

Jay lo avvistò mentre se ne stava a discutere con un tizio corpulento in tenuta da biker. Aspettò che il tizio si allontanasse, chiese a Wash di seguirlo – se era, come pensava, proprio quello che aveva caricato Pam a Haight-Ashbury, forse avrebbe potuto condurli da lei – e salutò Mickey.

– Jay, fratello!

Si abbracciarono. Mickey era dimagrito e, per dirla tutta, puzzava un po'. Come chi ha bisogno di una ricca doccia. Jay gli chiese che cosa ci facesse, in un posto come Millbrook, il biker.

– Ah, quello. È uno sballatone della costa occidentale. Dev'essere completamente andato, fratello. Pensa che vuole proporre a Leary di mettersi in affari.

– Leary e un biker?

– Non un biker. Tanti biker. Una setta, una chiesa, qualcosa di simile. Una confraternita, ecco come si chiamano. Confraternita dell'amore eterno. Gli ho detto di ripassare. Leary non c'è. È andato a smaltire la depressione in Europa. Ma la vera stranezza sai qual è?

– No. Dimmi.

– Beh, sai chi c'era con questo biker, John e qualcosa, non ho afferrato bene...

– Dài, Mickey, non tenermi sulle spine...

– Pam! La nostra Pam! Ti ci porto. Sarà felice di rivederti, Jay. Come ai vecchi tempi, proprio come ai vecchi tempi!

6.

Pam se ne stava a meditare nella posizione del loto. Mickey l'aveva sistemata in una stanzetta tutto sommato accettabile, al secondo piano della Villa. Nella stanza c'era un acre odore di incenso. Pam sorrise a Jay come se si fossero lasciati un minuto prima.

– Jay! Che bello che tu sia qui!

– Pam, mi spieghi perché...

– Volevo vedere se lo stesso vento che mi ha spinta qui avrebbe spinto anche te. Ora lo so.

Wash non aveva tutti i torti. Forse l'apparente serenità di Pam non era che il bozzolo di una dimensione immaginaria nella quale lei stava galleggiando, al di fuori e al di là da ogni contatto con la realtà. Se le cose stavano cosí, anche Stagg aveva le sue ragioni e Jay, nel riconsegnargli la figlia, poteva considerarsi, se non assolto, almeno amnistiato. Questa volta avrebbe fatto le cose per bene, e lei non gli sarebbe sfuggita. Disse a Mickey che con lui c'erano anche Wash e Tracey e lo pregò di andare a cercarli. Non intendeva lasciare Pam da sola nemmeno per un istante. Quando gli amici sopraggiunsero, con un pretesto si portò Mickey fuori dalla stanza e gli chiese dove poteva trovare un telefono.

Mickey gli indicò una specie di cabina. Jay si chiuse dentro e chiamò Stagg. Il senatore quasi scoppiò in lacrime e gli disse che la cosa si sarebbe risolta rapidamente. Mickey portò Jay in una cucina incredibilmente lurida.

– Adesso ci spariamo una cosa insieme, eh, fratello? Sai, a Leary hanno regalato del rhum eccezionale. Pare che sia un dono personale di Fidel Castro...

– Per quanto ne so io, Mickey, quelli come Castro, a uno come Leary, lo impiccherebbero in piazza.

– Tu sottovaluti la forza della rivoluzione, Jay.

Mickey l'irlandese cercava di pescare i due bicchieri meno lerci in un coacervo di stoviglie incrostate di avanzi, rovistando con una mano in un lavello otturato stracolmo di piatti affogati, mentre con l'altra mano lottava invano contro un'interminabile processione di grosse formiche.

– Mi sa proprio che il tuo famoso rhum cubano di contrabbando dovremmo bercelo alla canna, fratello Mickey!

Mickey allargò le braccia.

– Ehm, sí, qua è proprio un casino... Sai che cosa mi ha detto una volta la madre di Nena, Jay? Mi ha detto: «Mickey, puoi comunicare al professor Leary, guru della controcultura nonché, sciaguratamente, mio genero, spero momentaneo, che la sua rivoluzione è morta prima di nascere. E sai perché, Mickey? Perché qua nessuno lava i piatti».

– Nena sarebbe lady Leary?

– Ex, fratello, ex.

Leary aveva sposato la donna piú bella del mondo, Nena von Schlebrügge, un metro e ottanta di vertigine in tacchi a spillo, modella, artista, aristocratica, insomma le sette perfezioni fatte femmina.

– Discende da un'antichissima famiglia teutonica, sai?

– Mi stai dicendo che Leary ha sposato una nazi?

– Al contrario. Il padre era un fervente oppositore del regime!

«Ma durante la luna di miele, un viaggio in India che non ti dico, dev'essere successo qualcosa, perché lei lo ha piantato. E Leary è andato in depressione, come ti dicevo. La profezia della regina madre si è avverata! – concluse Mickey, con una risatina astiosa.

L'astro di Leary, intuí Jay, cominciava a declinare.

Il rhum era davvero eccellente. Per gustarlo meglio, Jay si lavò un bicchiere.

– Mickey, qualcuno ha spiegato a Leary e alla madre di Nena che oggi esiste un elettrodomestico chiamato «lavastoviglie»?

– Ma le macchine sono contrarie alla nostra filosofia della condivisione.

– Potreste sempre ripiegare sugli schiavi.

Quando ne ebbe abbastanza di quel cocktail di gossip e nostalgia, Jay piantò Mickey e tornò da Pam. Wash e Tracey dovevano averla sottoposta, durante la sua assenza, a un serrato interrogatorio. E gli esiti dovevano essere stati preoccupanti. Perché Pam manteneva la sua aria serafica, o meglio, assente, e gli amici erano decisamente in allarme.

– Non sta bene. Anzi, sta di merda, Jay, – sintetizzò Tracey.

– È come in quel film, *L'invasione degli ultracorpi*. Deve esserle entrato dentro un baccellone o qualcosa di simile, – azzardò Wash.

Pam continuava a sorridere. Sorrideva e recitava un silenzioso mantra, dolce, triste, perduta.

Se prima non aveva provato nemmeno il minimo scrupolo, ora Jay avvertí in pieno la sua assoluta, totale carognaggine. Certo, Pam stava male. Ma se si era rinchiusa in questo suo illusorio mondo a parte, lo aveva fatto per sfuggire a un'altra oppressione, quella del padre. E lui gliela stava riconsegnando.

Forse le cose avrebbero preso una piega diversa, se proprio in quel momento la polizia non avesse fatto irruzione a Millbrook, arrestandoli tutti.

Li portarono in una stazione di polizia, Jay, Pam, Wash, Tracey e una ventina di ospiti di Millbrook. Divisero i maschi dalle femmine, ma quando Pam fu isolata anche dalle altre ragazze, ebbe come un attimo di lucidità. Si aggrappò a Tracey con tutte le sue forze, e i suoi occhi si bagnarono di lacrime. Dovettero intervenire due erculee donne poliziotto.

– Jay! Non lasciarmi! Non lasciare che mi riportino a casa! Jay, ti scongiuro!

Era straziante. Persino per Jay Dark.

Ma, d'altro canto, presto sarebbe stato libero. Libero davvero. Libero per sempre.

Stagg fece la sua comparsa in scena poco dopo l'alba. Entrò nella cella, scortato da un ossequioso sceriffo, e strinse la mano a Jay.

– Questo è per avermela riportata, ragazzo.

Poi, subito dopo, gli sferrò un diretto al mento.

– E questo è perché te la sei sicuramente scopata, stronzo!

Ma che importanza aveva? La partita era chiusa. Era libero. Perciò, si massaggiò il mento dolente, fece un sorriso di circostanza e si avviò a uscire dalla cella.

Lo sceriffo gli sbarrò il passo.

– Che cazzo significa, senatore? Avevamo un accordo.

– Le cose cambiano, Dark.

Scortato da Stagg e dallo sceriffo, Jay venne caricato su una berlina nera senza contrassegni.

Tre ore dopo entrava nella Base.

Kirk lo attendeva nel suo vecchio ufficio. Con lui c'era Garreth Senn.

– Bentornato, figliolo.

Roma, oggi

Un misto di nostalgia e acre rimpianto mi invase quando varcai la soglia del piccolo hotel *Genio*, a due passi da piazza Navona. Flint mi attendeva sprofondato in una poltrona di velluto rosso, sorseggiando un whisky. Il *Genio* era il primo albergo nel quale avessi dormito. Non sono nato a Roma, ma avevo dei parenti che ci vivevano. A tredici anni salii nella capitale coi miei, per un matrimonio di famiglia. Dormimmo appunto all'hotel *Genio*. Ricordavo quel matrimonio. In mezzo a tanta gente elegante, estranea, ciarliera, mi ero sentito inadeguato, goffo. Per la cerimonia mi avevano fatto confezionare un vestito grigio da un sarto. Ero già alto, e avevo quella peluria indefinita della prima adolescenza, capelli cortissimi, da bravo ragazzo, e un corpaccione del quale non sapevo che fare. Un incubo. Curioso, pensai, molto curioso. Oggi potevo guardare con distacco a quegli anni lontani. E per un verso, un verso oscuro e indecifrabile, li rimpiangevo.

Flint mi fece portare un whisky.

– La vedo pensieroso.

– Mi è successa una cosa strana.

– Me la racconti.

– È troppo intima, lasciamo perdere.

– Beh, mettiamola cosí: se continueremo a frequentarci, di cose strane ne scoprirà parecchie... ma mi dica: le è piaciuto il video?

– La parte in cui lei canta *San Francisco* è irresistibile!

– Sia serio, – ridacchiò Flint, – parlo del resto...

– Sí, mi è piaciuto. Lei c'era, vero?

– Altroché se c'ero! Ero un ragazzo, e c'ero dentro con tutti i piedi, la testa, il cuore... erano anni incredibili, sa? Unici, forse irripetibili...

– Me ne parli ancora...

Flint sembrava non aspettare altro. E, diavolo, era un intrattenitore formidabile. Mi disse che si era fatto tutti i giorni di Haight-Ashbury, «fatto» in tutti i sensi, e che su quella notte furiosa e sul movimento hippy circolano un mucchio di dicerie, quasi tutte false e distorte.

– Gli hippy sarebbero stati liberal? Balle. È un modo sottile, molto anglosassone, per dire che sí, contestavano il Sistema, ma non erano comunisti. Altrimenti, li avrebbero definiti «radical». Intendiamoci: qualche comunista c'era pure. Ma doveva sentirsi a disagio, in quella baraonda. I comunisti, in fatto di droga, erano piuttosto in sintonia con gente del calibro di Garreth Senn. Repressori e militaristi. Nemici giurati dello sballo. Sana gioventú operaia contro molle borghesia degenerata. Lei è mai stato comunista?

– Quando vado in America, avvocato, e mi dànno da compilare quel ridicolo modulo, scrivo sempre «no», per evitare problemi.

– Ok, ok, non vuole parlarne.

– Non mi dica che ha votato Trump!

– I rossi dovrebbero fare un monumento a Trump. Sarà grazie a lui se la sinistra tornerà a contare qualcosa, in questo mondo. Dovrei tirare in ballo Kirk, ma avremo modo di parlarne. No, gli hippy non erano comunisti. Nemmeno Rubin lo era. Sa che con il passare degli anni moderò la sua iniziale spinta rivoluzionaria? Verso i quaranta si fece

apostolo – perché la vena misticheggiante non l'avrebbe
mai abbandonato, questo gli va riconosciuto – di un capitalismo dal volto umano. Il suo nuovo idolo divenne Steve
Jobs, quello di Apple. Questa è una storia di cambiamenti, mi creda. Di cambiamenti e di confusioni. La moglie
di Leary, per esempio, la bellissima Nena… lasciò Leary e
sposò un certo Thurman. Per il bene dell'umanità, generò
una figlia di nome Uma. Uma Thurman. E anche questa
è storia, può controllare…

– Ho smesso di farlo. Ho deciso di seguire la sua… narrazione?

– Le ripeto: non è una narrazione. È storia. Ma ci ar-
riverà col tempo.

Dal confortevole rifugio del *Genio* finimmo nella solita trattoria kosher, dove ormai Flint era salutato e riconosciuto come un vecchio cliente. Il suo appetito restava
formidabile. Cosí come la sua sete: quella sera, di botti-
glie benedette dal rabbino capo se ne scolò tre. E senza
mostrare nessun segno di cedimento. Ribadí che mi stava
raccontando assolute, perfette verità. Il piccolo Elias, per
esempio, esisteva realmente. Si era tirato fuori dal ghetto,
era ancora vivo, lavorava come avvocato dei diritti civili
a Lexington nel Kentucky. Mi allungò persino il suo biglietto da visita. Mi disse anche che Bill Hitchcock, il miliardario che aveva protetto e ospitato Leary a Millbrook,
in seguito era tornato all'ovile, scalando le vette di quella poderosa e potente entità sovranazionale che abbiamo
imparato a conoscere come Big Oil, in pratica la lobby dei
petrolieri americani.

– Ma questo non significa che fosse già allora un petro-
liere cazzuto. Bill, al tempo, credeva davvero nella controcultura. Quindi, non è là che si annida il complotto.
Lo stesso raduno di Haight-Ashbury… se ne sono scritte

e dette di stronzate! I blog che lei ama consultare, quella spazzatura... dicono che fu una sofisticata operazione della Cia per far venire allo scoperto i figli dei fiori e valutare la reale consistenza del movimento. Ma andiamo! In quel momento le operazioni segrete erano sospese. Non esistevano infiltrati, se anche fossero esistiti, non sarebbero stati in grado di montare un casino come lo Human Be-In del 14 gennaio 1967. Il movimento era spontaneo. Quelli come Kirk e Jay Dark avevano soltanto dato una spintarella. Il resto l'hanno fatto tutto da soli. Il tempo del gioco sporco, anzi, sporchissimo, non era ancora arrivato. Quella notte si respirava davvero un'aria autenticamente, genuinamente freak!

Lo riaccompagnai in hotel. Era lucidissimo. Continuava a canticchiare «If you go to San Francisco». Come uno spiritello balzano e senza età.

– Nei prossimi giorni ho qualche affaruccio da sbrigare. Intanto, si guardi questo.

Intascai la chiavetta Usb e lo salutai con una stretta di mano.

Lo confesso: quell'uomo mi stava conquistando. Ero disposto persino a prendere in considerazione l'eventualità che mi stesse raccontando la verità.

Prima di arrendermi al sonno, riascoltai *San Francisco*.

Lungo tutta la nazione
una strana vibrazione
gente in movimento
un'intera generazione
con una nuova spiegazione
gente in movimento
gente in movimento...

Una canzone vecchia di mezzo secolo. Ma se a «nuova spiegazione» sostituivo «nuova narrazione», non stava

forse parlando di noi, del nostro tempo? Di me, del narratore? Narrazione. Significa, piú o meno, che non conta
quello che fai, né come lo fai. Conta unicamente come riesci a narrarlo, raccontarlo, mitizzarlo, spiegarlo.

Qualcuno ha sicuramente idee rivoluzionarie, ma la massa non segue le idee. Segue la nuova spiegazione. Segue il
mito. È come nella fiaba del pifferaio di Hamelin.

Ma all'origine di ogni mito non si rinvengono forse dati concreti, eventi naturali, ambizioni e ossessioni che affondano le radici nella natura umana?

In altre parole: mentre legioni di ingenui si mettono in
fila soggiogati dalla melodia, e vanno a perdersi nelle caverne del sogno impossibile, il pifferaio fa i fatti. Cioè accumula soldi e potere. Le sole cose che abbiano una reale
concretezza a questo mondo.

Perché gli americani compivano un mucchio di azioni
orrende? Per il denaro e il potere, ovvio. E i russi non erano diversi. Solo piú poveri.

Ma dal racconto di Flint emergeva prepotente il ruolo di
Kirk. E Kirk sembrava considerare tutto questo un primo
livello, una sorta di descrizione del grande gioco. Secondo lui, ogni cosa dipendeva da un unico motore: il caos.

A Kirk interessava solo l'aspetto caos.

Ma chi manovrava chi? Erano Senn e Stagg i veri padroni, e Kirk il servo consapevole, o le cose stavano al contrario, e Kirk era il demone e politici e spioni i suoi burattini? Forse erano cosí strettamente collegati da risultare
interdipendenti, necessariamente legati, come molecole di
una combinazione ineluttabile.

Inesorabilmente, cominciavo a percepire tutto intorno
i segni del caos.

Li sentivo scalpitare dentro di me.

Agente del caos

1

Garreth Senn sciorinò a beneficio di Jay Dark l'imitazione di un sorriso. Talmente ampio e fasullo che all'Actors Studio lo avrebbero fucilato sul posto.

– Per farla breve: le obiezioni metodologiche sollevate in passato dal senatore Stagg circa la missione Mk-ultra sono state definitivamente accantonate. Quindi, benvenuto a bordo, agente Dark!

– Agente Dark?

Kirk fece cenno di proseguire, e Garreth Senn, sempre piú mellifluo, chiarí il quadro della situazione. Quei due figli di puttana, Kirk e Stagg, si erano messi d'accordo sulla testa di Jay. Altro che soldi, passaporto, comodo riparo nella vecchia Europa. Quando era venuto a sapere della scomparsa di Pam, era stato Kirk a suggerire a Stagg che Jay era la sua ultima speranza. Gli aveva detto che Jay sarebbe stato ben lieto di aiutarlo a recuperare la figlia, ma, sfortunatamente, quel cattivone di Garreth Senn aveva avuto la pessima idea di condannarlo a morte per un alto tradimento che Jay non aveva mai nemmeno lontanamente immaginato di commettere. Stagg aveva fatto il contropelo a Senn, che si era presentato a capo chino da Kirk. Il patto era stato suggellato col sangue di Jay.

Aveva tradito Pam per niente.

Quanto all'«agente» Dark, significava che, da collaboratore precario e semiclandestino del dottor Kirk, Jay diventava un agente operativo a tutti gli effetti. Senn gli dette un distintivo che non corrispondeva a nessuna divisione interna di nessuna agenzia governativa e un tesserino plastificato cosí segreto che se l'avesse mostrato, per dire, a un collega qualunque della Cia o dell'Fbi lo avrebbero arrestato seduta stante.

– E allora a che cazzo serve?

– Non si può mai sapere, ragazzo.

Mk-ultra riprendeva, e riprendeva «alla grande» (parole di Senn), ma riprendeva con una segretezza tale che, a parte i presenti in quella stanza e pochi altri, nessuno era al corrente della cosa. Poi, mentre Kirk manteneva una maschera di impassibile distacco, Senn chiese a Jay di giurare fedeltà alla Costituzione e al Governo.

– Almeno uno dei due giuramenti è autentico, – chiosò Senn, con un sorrisetto sarcastico.

– Devo supporre che non siano la stessa cosa, – osservò Jay, freddo.

– Governo e costituzione? A volte coincidono, ragazzo, ma non sempre.

Jay avrebbe disposto di un notevole budget, del quale avrebbe dovuto rendere conto non all'amministrazione, di solito piuttosto arcigna e meschina quando si trattava di spese, ma al solo Kirk. In caso di arresto o di qualsivoglia interferenza di autorità giudiziarie o di polizia, interne o esterne, bisognava negare l'appartenenza alla Ditta (sí, ragazzo, ti è concesso di usare questa espressione, ora che sei dei nostri) che, a sua volta, nel malaugurato caso dell'emergere di un qualche collegamento, avrebbe negato di aver mai non tanto affiliato, ma nemmeno conosciuto un tizio di nome Jay Dark.

– Io avrei finito, direttore Kirk…

Kirk annuí e pregò Senn di uscire per un istante dal suo ufficio. L'agente eseguí. Jay ebbe la sensazione, quando restarono soli, che Kirk cercasse di sfuggire il suo sguardo. Forse era consapevole di averla fatta grossa. Lui sapeva benissimo che da un pezzo Jay voleva rompere i ponti con il suo passato. E lo aveva deliberatamente consegnato ai carnefici. Proprio come lui aveva fatto con Pam. Sapeva che Jay non l'avrebbe presa bene.

– Figliolo, sarai stanco. Abbiamo predisposto per te un appartamento sulla 57ma strada, molto ampio e spazioso e confacente alla tua nuova attività... domani ti ci potrai installare con la massina calma. Ma per oggi vorrei trattenerti qui. C'è la necessità di sottoporti a qualche analisi, e poi stasera vorrei che salutassi Gretchen...

– Sono davvero molto stanco. Credo che me ne andrò a dormire quanto prima.

– Ci terrei davvero ad averti a cena, figliolo.

– Dottore...

– Ti prego...

Kirk che pregava era una novità. Jay lasciò che insistesse ancora un po', poi si fece convincere. Kirk apparve rinfrancato. Jay lo salutò comunque con una certa freddezza e raggiunse Senn, che attendeva per accompagnarlo in un ambulatorio medico per il prelievo del sangue e qualche altro controllo che la burocrazia rendeva necessario. Strada facendo, Senn gli disse che era dispiaciuto per la morte delle sue amiche a Londra. Non erano certo loro il bersaglio, e quelli che avevano commesso l'errore erano stati puniti.

– Già, Garreth, il bersaglio ero io.

– Senza rancore, ragazzo?

Si fermò al centro di un lungo corridoio e gli tese la mano. Jay fissò i suoi occhi limpidi, occhi nei quali luccicavano il fanatismo di chi crede ciecamente di trovarsi dalla parte del giusto e l'arroganza di chi non tollera l'esistenza stessa del concetto di dubbio. Quel figlio di puttana aveva fatto ammazzare due innocenti perché non era riuscito ad ammazzare lui. E adesso, di colpo, Jay da merdina diventava «ragazzo».

Jay era consapevole di non essere migliore di lui. Un altro traditore. Era diventato Jay Dark ma non era ancora riuscito ad affrancarsi dalla miseria in cui era nato. La puzza di Williamsburg se la sarebbe portata per sempre addosso, perché per lui non ci sarebbe mai stata libertà.

– Senza rancore, eh? – ripeté Senn, un po' spazientito ma ancora speranzoso.

Jay Dark decise in quel momento che se voleva sopravvivere in mezzo a quei figli di puttana, doveva diventare piú figlio di puttana di loro.

Il piú gran figlio di puttana che si fosse mai visto in America, e non solo.

Afferrò la mano di Senn e la strinse con forza.

– Ma certo, Garreth, senza rancore. Ti capisco benissimo. Anch'io avrei fatto lo stesso, al tuo posto!

2.

Gretchen aveva preparato zuppa di ceci, melanzane ripiene alla turca, uno sformato di zucchine e uno strudel in onore del quale Kirk stappò una notevole bottiglia di Riesling renano. La cena fu eccellente, la conversazione discreta e colta, nella cucina c'era un piacevole tepore e insomma tutto sembrava essere rimasto uguale, allo Schloss. Tutto uguale, perché allo Schloss, per volere del dottor Kirk, signore, padrone e castellano, nulla doveva mai accadere. Cosí, nel gelo della notte, Jay e il dottore si ritrovarono, come al solito, davanti a Lotte. Kirk portò una fiaschetta della «nuova creazione» di Gretchen – un distillato di noci – e due bicchierini. La vecchia capra faceva ormai fatica persino a belare, ma quando si avvicinarono riuscí comunque a trascinarsi vicino alla staccionata, e porse la testa in attesa speranzosa della carezza di Kirk.

– E Fidelio?

– Fidelio è fuggita. Ha scavalcato il cancello, non so come diavolo abbia fatto, forse l'estro, forse esistono creature che è impossibile tenere sotto chiave...

– Dovevo nascere capra per essere libero, dottore.

– Te l'avevo detto, figliolo, non si può uscire a proprio piacimento da questo gioco! Mi verseresti del liquore di noci, per favore? Con questo freddo le mie articolazioni cominciano a soffrire...

A Jay venne un'idea. Mentre Kirk gli volgeva le spalle, sciolse nel suo bicchiere una pasticca di Kaos. Poi versò da bere anche per sé e porse a Kirk il bicchiere drogato. Il dottore non bevve subito. Posò distrattamente la bevanda su un grosso sasso, carezzò un'altra volta sulla testa Lotte, le sussurrò paroline dolci, e poi cominciò a spiegare l'evoluzione di Mk-ultra. Mentre Kirk parlava, Jay non perdeva d'occhio per un solo istante i due bicchieri. Quando, alla fine della spiegazione, brindarono e finalmente Kirk vuotò il suo bicchiere, Jay si dispose, con un vago sorriso, ai fuochi d'artificio. Perché va bene accettare tutto, va bene vendersi, tradire, va bene la schiavitú, ma lo spettacolo di Kirk fatto di Kaos almeno gli era dovuto. Sarebbe stato un ben misero risarcimento per la sua vita scippata, ma bisogna pure sapersi accontentare. E invece, passati dieci minuti buoni a tirare tranquillamente dalla sua pipa, Kirk, di punto in bianco, gli chiese che sostanza avesse messo nel bicchiere.

In quello che lui, Jay Dark, aveva bevuto, si divertí a precisare.

– Non è possibile! I bicchieri io non li ho persi di vista un solo istante! Non può averli scambiati!

– Da giovane, – ridacchiò Kirk, – mi dilettavo di giochi di prestigio. Ne ho imparati alcuni molto divertenti. Sul serio, Jay, che cosa c'era nel liquore alle noci?

– Lsd, – mentí. Non era il caso di parlare a Kirk della «sua» sostanza, Kaos.

– Va bene, – sorrise, paterno, – volevi farmi uno scherzetto, lo accetto, figliolo. Sí, da te lo accetto.

– Dottore, posso farle una domanda?

– Certo, Jay, di' pure.

– Non l'ho mai vista assumere una delle nostre sostanze.

– Giusta osservazione. Io ricerco, indago, studio, somministro, ma non assumo.

– E perché?

– Figliolo, – rispose Kirk, versandosi un'altra dose di liquore, – a me le droghe hanno sempre fatto una fottuta paura!

3.

Le nuove linee strategiche della missione Mk-ultra erano fissate in un documento redatto di suo pugno dallo stesso Kirk, una sorta di memorandum a uso interno ma anche di impegno reciproco a futura memoria, visto che era controfirmato da Senn e da Stagg. Il che stava a significare che tutti e tre erano corresponsabili, quindi non avrebbero potuto tirarsi indietro. In pratica, Mk-ultra entrava in una seconda fase, definita «operativa» per distinguerla dalla precedente, di mero studio. Lo scopo di questa seconda fase era di incrementare la circolazione delle droghe psicotrope, prima fra tutte l'Lsd, in America e in alcuni Paesi europei nei quali si aprivano scenari che Kirk definiva «di grande interesse». Kirk intendeva dire «di grande interesse caotico», ma nel linguaggio di Senn e Stagg «grande interesse» stava per «aiuto, i comunisti, facciamo qualcosa». I Paesi erano Italia, Francia, Inghilterra. Che cosa avevano in comune con gli Usa? La nascita recente di movimenti giovanili ostili al Sistema e la diffusione delle droghe. Occorreva aumentare la seconda (diffusione) per valutarne poi gli effetti sui primi (i movimenti giovanili).

Si trattava, dunque, di riversare un'ondata di roba sui giovani inglesi, francesi, italiani e, ovviamente, americani. Questa era la politica occulta di una parte dell'amministrazione nei confronti della droga. Quella ufficiale era all'insegna del proibizionismo. E siccome la politica ufficiale doveva apparire, mentre quella occulta doveva restare, appunto, occulta, si poneva un problema di fonti di approvvigionamento. In altri termini, Kirk non poteva continuare a produrre legalmente Lsd o ad acquistarlo dai laboratori chimici autorizzati, per la semplice ragione che non esistevano piú laboratori chimici autorizzati.

– E allora, dottore?

– E allora, figliolo, faremo da noi.

Jay, con l'aiuto della «ditta», avrebbe impiantato laboratori un po' dappertutto, e curato la produzione del prodotto sin dall'unità base, l'ergotamina tartrato. Per procurarsi i locali, i materiali e le sostanze necessarie sarebbero occorsi grossi capitali di partenza. Kirk aveva pensato anche a questo.

– Nei prossimi mesi ti toccherà un viaggetto a Ginevra, figliolo.

Per l'immediato, gli toccava un addestramento supplementare.

– Ora che fai parte a pieno titolo della Ditta, ragazzo, bisogna provvedere ai muscoli. Il cervello non ti manca, ma quanto al resto siamo scarsini, eh!

Cominciò un lungo mese di palestra, combattimento corpo a corpo, tiro con la pistola, difesa personale. La base minima di partenza per un agente operativo che doveva sapersela cavare, preferibilmente da solo, senza mai tradirsi. Jay fu anche sottoposto ripetutamente, al poligrafo, ma lí non ci furono problemi: la sua abilità nel simulare era tale che la macchina si beveva, senza protestare, assurdità del tipo «domani non sorgerà il sole» e «Marilyn è viva e sta girando un film con John Wayne». Fu anche sottoposto a qualche prova piú particolare: una sera due tizi dal volto incappucciato fecero irruzione nella sua casa, si qualificarono come aderenti a un fantomatico «Esercito rivolu-

zionario dell'East End» e gli ingiunsero di confessare che
era un agente al soldo della Cia. Lo picchiarono e per due
giorni interi gli negarono cibo e acqua. Jay li mandò ripetutamente a fare in culo. Quelli gli iniettarono un siero
alla scopolamina, e lui continuò a prenderli in giro. Il terzo giorno si tolsero le maschere, si scusarono e gli dissero
che la prova era stata superata.

Nel frattempo, grazie a Garreth Senn, che ormai si at-
teggiava ad amicone, Jay seppe che Wash e Tracey, dopo essere stati scarcerati, erano stati spediti lontano da
Millbrook con un foglio di via. Lo fece revocare, e chiese
a Senn di rintracciarli. Telefonò a Brandon. Si scusò per
la precipitosa fuga dalla Cornovaglia, gli disse che lo considerava suo fratello per la vita e che, se avesse mai avuto
voglia di farsi un giretto a New York, «*mi casa es tu casa*».

Tre giorni dopo Brandon bussava alla sua porta.

4.

– Sei venuto sino a New York per vedere un cazzo di film?
– Non «un cazzo di film», amico mio. Il film. Quello che sta cambiando la storia del cinema. Al confronto, *Blow-Up* è roba da ragazzini!
Brandon, come tutti gli artisti, era alquanto volubile. Cambiava spesso gusti e convinzioni. Su *Blow-Up*, il film di Antonioni sulla Swinging London, aveva versato fiumi di eccitazione, nelle settimane che avevano preceduto il «problemino» londinese di Jay. Ora si era infatuato di *Chelsea Girls*.
– È il capolavoro di Andy Warhol e della sua Factory!
Jay non condivideva tanto entusiasmo. Le quasi quattro ore trascorse al cinema Regency, sulla Broadway angolo 68ma, in compagnia dei deliri warholiani erano equivalse a una raffinata forma di tortura. Anche perché Brandon non riusciva proprio a tacere, eccitato dalla struttura «singolare e rivoluzionaria» del film, e si sentiva investito della missione di spiegarne il senso piú profondo.
– Vedi? Lo schermo diviso in due significa che siamo in ambito di sincronicità, un concetto junghiano, non so se ti ricordi…
– L'abbiamo fatto insieme quel seminario, Brand.
– Ecco, appunto. Scorrono due capitoli alla volta. Nico in cucina, Nico è quella bionda, l'avrai vista nella *Dolce vita* di Fellini.

– Anche quella volta eravamo insieme al cineclub di
Harvard, fratello.

– Bene. Allora, qui Brigid parla al telefono, si fa tagliare i capelli e si spara una dose... cos'è, accidenti, non rie-
sco a vedere bene.

– Dalla pupilla dilatata si direbbe mescalina.

– Forse è solo un trucco... ah, ecco, qui Mary Might,
quella è Mary Might, cazzo, una potenza, fratello, lesbica dominatrice che tiene legata una donna e ne assale, ma
solo a parole, un'altra... qui Ondine si buca...

– Ma la volete piantare, stronzi? Non ci fate capire un
accidente!

Warhol.

Chi non conosceva il piú celebrato artista d'avanguardia del tempo? Jay e Warhol si erano sfiorati, senza ap-
profondire, in un paio di occasioni. Jay sapeva però che
alcune feste alla Factory, il laboratorio, appartamento,
l'happening-house a Union Square dove tutta la New
York che conta sognava di mettere piede almeno una volta, erano andate magnificamente grazie alla roba che lui
aveva procurato. Ma questo accadeva prima di Londra.
Al momento, dubitava che una star del peso di Warhol
serbasse la minima memoria di J. Dark di Harvard, quello che ha roba ok. Sul piano squisitamente artistico, non
si esprimeva. Alcune invenzioni della pop art lo convin-
cevano – Lichtenstein e Rauschenberg, per dire – altre
trovate lo lasciavano perplesso. Brandon diceva che tutto era preferibile alle tele imbrattate dallo sperma creativo di un Pollock. Warhol aveva, però, un insospettabile
fan: il dottor Kirk.

– Interessante, innovativo. L'idea delle serigrafie se-
riali, Marilyn e compagnia, per dire, o Elvis... davvero, è
roba importante, figliolo.

– Facciamo un patto: lei mi spiega questo suo improvviso amore per l'arte d'avanguardia e io le procuro un autografo di Warhol.

– Ih ih, figliolo! Pensa che Senn e i suoi volevano fare un'irruzione alla Factory con annessa retata. Li ho convinti a soprassedere.

– E come ha fatto? Gli ha detto che quella banda di froci, lesbiche e pervertiti è l'avanguardia nella lotta al comunismo?

– Qualcosa di simile. Oggi Marilyn e Elvis, domani, chissà, Mao.

– Non colgo il nesso.

– Vedi, Warhol perpetua il mito, ma lo fa attraverso la sua riproducibilità. Epperò l'essenza del mito non è forse la sua unicità? Serializzare significa secolarizzare il mito, scardinarne la sacralità. In altri termini, Warhol smantella il mito.

– E questa è una cosa giusta, secondo lei?

– Giusto, ingiusto... dovresti aver imparato che sono categorie prive di senso, ai miei occhi... il fatto è che, figliolo, l'uomo ha bisogno di miti, per sopravvivere. Così, appena ne perde uno, si affanna a cercarne un altro per rimpiazzarlo. In questo sta la grandezza del caos. E in questo il senso di Warhol. Mitoclastia mitopoietica, tienilo a mente. Per chi non è in grado di comprendere tutto ciò, è sufficiente il livello «propaganda».

– A volte lei sa essere oscuro, dottore.

– Propaganda l'arte americana nel mondo, fa innamorare una generazione delle stelle e strisce. Ai loro occhi, intendo dire agli occhi dei Garreth Senn, questo è ciò che conta...

– E ai suoi occhi, dottore?

– Dovresti studiare il mito del re Indra, anzi, dei tanti re Indra. Poi ne riparleremo. Per tornare a Warhol, potrà rivelarsi utile.

– Utile come, dottore?

– Prima di lanciare sul mercato il prodotto, vale a dire l'Lsd, dobbiamo lanciare il produttore, cioè te, figliolo. Occorre costruire intorno a te una solida reputazione alternativa...

– Ma mi conoscono tutti. Da Harvard sino a Londra! Sanno tutti chi sono e...

– Non sopravvalutare te stesso e soprattutto l'attenzione sociale, figliolo. Sei stato via un bel po' di tempo. Può darsi che ti abbiano dimenticato. Rinfreschiamo loro la memoria, sí?

Kirk era stato autorizzato a produrre un certo quantitativo, in modo da non lasciare il mercato scoperto. L'aggancio con la Factory avrebbe procurato il giusto lancio.

Jay si presentò alla «Factory» con il miglior biglietto da visita: un blister con una trentina di dosi di acido di ottima qualità. Fu accolto con riconoscenza, ma sarebbe entrato lo stesso, anche a mani vuote, perché quella sera si trovavano a passare di là un paio di stelline della scena londinese che avevano conosciuto qualcuno che aveva conosciuto qualcun altro che aveva conosciuto uno degli Stones che gli aveva parlato bene di questo pittore-scultore-performer gay, cioè Brandon, e quindi, in ogni caso, via libera.

Brandon aveva stretto in un angolo l'esile e annoiato Warhol e gli stava parlando di qualcosa che, dato il brusio di fondo e gli scoppi di risa di modelle strafatte e gay in caccia, Jay non era in grado di percepire.

Brandon passò qualcosa a Warhol, un piccolo oggetto lucido. Warhol rigirò l'oggetto fra le dita, e disse qualcosa che accese Brandon di entusiasmo. I due si avviarono verso una stanza interna, parlottando. Jay afferrò un bicchiere con rhum e cola e si appartò in un angolo. C'era fervore creativo, agitazione sessuale, narcisismo, gioia e anche un

po' di disperazione, tutto intorno a lui. Corpi belli e corpi
sfatti. Acrobazie immaginate, fumisterie ostentate. Tutto
il meglio della scena newyorchese dell'anno domini 1967.
Offrí Lsd a una mora dallo sguardo spento. Lei accettò
senza sorridere. Poi si allontanò. Tornò con due amici e
un giovanissimo frocetto. Si unirono al trip. Ricomparve
Brandon, eccitatissimo. Warhol aveva apprezzato il mo-
dellino, che lui gli aveva mostrato, della sua nuova scultura, Kaos, guarda caso. Si sparse la voce che Jay distribuiva roba buona. Warhol era scomparso. Irruppero tre drag
queen chiassose, e ci fu roba anche per loro. Tutti erano
molto, molto carini e gentili con Jay.

Le cose erano cambiate, anche per lui. Quel senso di
appartenenza che aveva provato a Londra era svanito,
confermandolo nella sua diversità. Ma nello stesso tempo
gli aveva infuso una nuova, energica determinazione. Lui
era diverso? Ne avrebbe fatto il suo punto di forza. Tutti
credevano in ciò che facevano ed erano sorretti, nelle loro
azioni, da una qualche forma di fede: Senn nel Sistema,
Tracey nella rivoluzione, Kirk nel caos. Lui non credeva in
niente. E anche di questo avrebbe fatto un punto di forza.

Jay Dark, il cavaliere solitario al servizio di sé stesso.

Le serate si susseguivano, gli inviti si moltiplicavano,
e in breve, grazie alla sua disponibilità di Lsd, Jay divenne una figura popolare. Non era stato difficile crearsi una
«solida reputazione alternativa», secondo i desiderata di
Kirk. Andava regolarmente a letto con Diana X., un'ex
modella, un tempo favorita di Warhol, ora oculata ammi-
nistratrice del lato finanziario dell'impresa. Una donna
tosta, dotata di una grande forza di volontà. Una notte
– avevano da poco fatto l'amore, in pieno trip – Diana gli
chiese se fosse un ragazzo ricco.

– Perché vuoi saperlo?

– Semplice curiosità. Vedi, Jay, qua tutto si riduce ai
bei ragazzi dell'Ivy League, alle checche intelligenti che
li amano e alle belle debuttanti che i bei ragazzi della Ivy
League desiderano. È un contesto tribale, non so se rendo
l'idea. Tu a che tribú appartieni?

– Harvard.

– Dove tutto è cominciato, no?

– Si direbbe.

Diana gli piantò addosso due occhi inquieti.

– Da dove vieni?

– Da là fuori, – rispose Jay, vago.

– Perché venite tutti a New York, Jay?

– Dimmelo tu, Diana.

– Io sono di Palo Alto, California. Andy è di Pittsburgh.
Ma eccoci qui tutti insieme. A New York. Siamo tutti la
crema della crema, belli e belle, ricchi e ricche, e tutti molto pazzi. Pazzissimi! Ma quando ci chiudono in quei cazzo
di college tutto ciò che riusciamo a pensare è: siamo cosí
annoiati, siamo cosí stufi di andare a lezione, vogliamo entrare nella vita vera! E sai cos'è la vita vera, Jay?

Jay aveva una gran voglia di farsi una bella risata. Proprio a lui veniva a parlare di verità, quella tipa? Se sapeva
cos'era la vita vera… ecco, quella fu una delle non rare situazioni in cui provò il desiderio di venire allo scoperto.
Raccontare le cose come stavano. Vedere che effetto faceva sugli altri: sapete, sono J. Dark, spione, non sono ricco
per un cazzo, è tutta una finzione, e come vi muovete vi
fotto, fratelli. Sintetizzò riflessioni e desideri impossibili
in una laconica negazione.

– No.

– Entrare nella vita vera vuol dire avere delle fotografie e dei servizi su di me pubblicati dalle riviste. Tu non
sogni di avere un numero di «Vogue» tutto su di te, Jay?

– Non ci ho mai pensato, sinceramente.

Diane affondò i denti nel suo braccio, e rise di cuore.

– Sei grande, Jay. Tu te ne fotti, questa è la verità. A volte mi chiedo se tutto quello che ti passa sotto il naso ti interessi davvero, o se la tua sia solo una posa. Ma chi se ne frega. Stammi a sentire: ci sono due tipi di ragazzi ricchi. Quelli che cercano sempre di fare i poveri e di provare che sono proprio come tutti gli altri e quelli che si rilassano e se la godono, perché sono ricchi e felici di esserlo. Questi sono divertenti, gli altri fanno piangere.

Era uno dei primi giorni di primavera, la partenza era imminente. Jay piantò Diana nel suo loft sulla 33ma e se ne tornò a piedi verso casa. Venti isolati di gran carriera, aveva voglia di camminare, sentirsi la faccia sferzata dal vento. Mangiò un hot dog sulla 49ma e lo accompagnò con una birra ghiacciata. Lasciò una mancia generosa al ragazzone nero che trascinava il suo carretto. Chissà se anche lui sognava di finire, un giorno, sulla copertina di «Vogue».

La chiacchiera con l'ex musa warholiana lo aveva fatto riflettere. Non solo perché gli aveva fornito l'ennesima dimostrazione dell'intuito femminile (doveva imparare a fingere meglio, con le signore), ma per la domanda di fondo: era davvero tutta una questione di ragazzi ricchi, élite che si annoiavano e cercavano il modo piú eccentrico e originale per far parlare di sé? L'idea che comunicava quella congrega di artisti non era certo quella di un club di austeri cospiratori impegnati a complottare per cambiare il mondo. Non certo nel senso di Lenin o di Mao. Piú il tempo passava piú l'idea che si era fatto di loro a Londra sembrava rafforzarsi: erano innocui divertenti un po' coglioni e magari, quando fosse passato il loro momento, sarebbero sprofondati nella depressione. Si respirava un'aria molto diversa, a Haight-Ashbury. Qua si produceva arte d'avanguardia, là si lavorava per la gioiosa rivoluzione hippy. In apparenza, cose diverse, a collegarle erano due elementi: la giovinezza e la droga. Ma davvero la Cia temeva questa gente? Davvero?

5.

Garreth Senn presentò a Jay l'avvocato Raymond Allsworth, Ray per gli amici.

Ray e Jay, eh? Curioso!

Allsworth era un omarino dall'aspetto insignificante, con due occhietti spenti e qualche pelo brizzolato appiccicato sulla sommità di uno smunto cranio a pera. Senn ammoní Jay a non lasciarsi fuorviare dalle apparenze.

– In affari è un diavolo. E nel privato, un erotomane. Non so come faccia, con quell'aria da sorcio che si ritrova, ma non se ne lascia scappare una che è una. Magari le paga, vallo a sapere.

Allsworth, per giunta, aveva una vocina querula e fastidiosa, e la sua conversazione, infarcita di motti di spirito che denunciavano una desolante mancanza di umorismo, era quanto di piú soporifero si potesse immaginare. Tuttavia a Jay era stata sufficiente un'occhiata alla sproporzionata villa nel Connecticut e alle due ragazze in microbikini che servivano cocktail nel bagno turco per capire che Senn aveva indubbiamente ragione: l'omuncolo doveva possedere delle risorse nascoste. Allsworth spiegò a Jay che, una volta ricevuti «i titoli» e operata la «conversione», si sarebbe occupato di ogni aspetto legale della «vicenda». Jay annuí e professò la sua massima fiducia nell'avvocato. Poi tutti e tre, coperti di sudore, lasciarono lo chalet e si tuffarono in una piscina gelida. Piú tardi, le

ragazze portarono sigari cubani e Senn si lanciò in un'ap-
passionata filippica contro la gioventú degenerata che Jay
smise quasi subito di ascoltare.

Due giorni dopo lui e Allsworth erano in volo per Ginevra.

– Quando Douloux ci riceverà, lascia parlare me, Jay.

– E se mi chiede qualcosa?

– Non posso certo metterti la museruola, ih, ih... ricordati però: tu sei Jakob Von Drakich.

– E chi se lo dimentica? Ma questo Douloux... chi è,
in realtà?

– Come chi è? Siamo ignorantucci, vedo! Douloux è un
genio della finanza. Ti basti sapere che ha ideato l'operazione Fafnir...

– Mai sentita. Su, racconta...

Allsworth sorrise, compiaciuto. Quando trovava un interlocutore disposto ad ascoltarlo, non se lo faceva scappare per tutto l'oro del mondo. Mentre ascoltava la storia del banchiere Douloux, Jay pensava che i nazi, anche i
piú pragmatici, erano tutti ossessionati dal mito nordico.
Questo Fafnir era un drago, figlio di un re nano. In origine bravo e valente cavaliere, diventa un bastardo quando
ammazza il padre per impossessarsi di un prezioso anello
che, a sua volta, gli verrà sottratto da Sigfrido. È simbolo
dell'avidità, ma anche custode del tesoro. L'operazione
Fafnir fu cosí denominata perché si trattava di custodire
un tesoro. Il tesoro dei nazisti. A metà del 1943 tutti i gerarchi dotati di un minimo di sale in zucca compresero che
la guerra era perduta. A parte Hitler e i pochi fanatici che
lo circondavano – il cerchio magico – gli altri avevano messo in preventivo la disfatta ed erano corsi ai ripari. Alcuni
nazisti che avevano coperto inenarrabili nefandezze cer-
carono di purificarsi organizzando un attentato a Hitler,

che purtroppo fallí. Altri riuscirono a trovare un accordo
con gli alleati, altri ancora o non poterono squagliarsela
perché troppo sorvegliati, o non vollero farlo perché ac-
cettarono il destino che li attendeva. Ma, partenti o re-
stanti, in tanti pensarono a come mettere al sicuro i lauti
guadagni che avevano lucrato in dieci anni di regime. Si
rivolsero dunque alle banche svizzere. La Svizzera si era
mantenuta neutrale per l'intera durata della guerra e le sue
banche avevano continuato a fare affari con tutte le parti, belligeranti e non. Fra i banchieri, il piú intelligente,
avido, abile e spregiudicato era Xavier Douloux. Douloux
era simpatizzante nazista, e non avrebbe mai smesso di esserlo. Ma era, soprattutto, un grande affarista. Perciò passava ai servizi segreti inglesi e americani informazioni sui
flussi di denaro dei nazi. Quando i gerarchi cominciarono
a inzeppare il caveau della sua banca di opere d'arte, certificati al portatore, oggetti d'oro, insomma del bottino,
che includeva, ovviamente, soprattutto i beni degli ebrei,
gli americani chiesero a Douloux di redigere un minuzio-
so inventario. Tutto quel ben di Dio (beh, forse non è l'e-
spressione piú adatta)... tutta quella roba, a guerra finita,
poteva servire al pagamento dei danni, alle restituzioni alle
vittime, e perché no, a rimpinguare le casse dei vincitori.
Douloux avrebbe osservato le regole della buona contabilità anche se gli americani non gliel'avessero chiesto, ci
mancherebbe, era un serio professionista, lui! Per tutto il
1944 vi fu un continuo afflusso di ogni sorta di cespite. I
nazisti erano convinti di mettere da parte quanto sarebbe
servito, a loro e alle loro famiglie, per sopravvivere a guerra finita, gli alleati erano certi di mettere le mani su quel
tesoro. Quando i depositi furono pieni sino a scoppiare,
e la guerra era ormai alla fine, Douloux convocò le parti
in campo neutro e propose un accordo. Un terzo di tut-

ti i proventi sarebbe stato consegnato agli alleati, che ne
avrebbero disposto a piacimento; un terzo sarebbe rimasto nella disponibilità dei nazisti sopravvissuti e delle loro
famiglie; un terzo sarebbe stato amministrato da Douloux
nell'interesse comune delle parti. La logica di Douloux, apparentemente incomprensibile – perché i vincitori avrebbero dovuto lasciare tanti denari ai vinti? – era la stessa
che aveva presieduto alle varie reti di spionaggio impian-
tate dagli alleati a partire dall'inverno del 1943. L'antico-
munismo. In sostanza, i nazi non facevano piú paura, ora
l'asse della battaglia si spostava contro i rossi. Il nemico
del mio nemico è mio amico, una cosa cosí. I nazi avevano una certa competenza, in tema di massacri, e potevano
tornare utili. Il nemico del mio nemico... il fondo comune
poteva servire a finanziare operazioni che, alla luce del sole, qualunque governo dotato di un minimo di coscienza
avrebbe sconfessato. E cosí Douloux convinse i nemici a
stringersi la mano e nacque l'operazione Fafnir, o «custodia del tesoro».

Douloux era un sessantenne alto, secco e algido. Ricevette Jay e l'avvocato in un sobrio ufficio della sua piccola,
ma efficientissima, banca privata in Rue du Rhône. Dopo
una rapida stretta di mano, con un gesto brusco ordinò a
Allsworth di tacere e si rivolse a Jay nel suo inglese mac-
chiato da un evidente accento francese.

– Il suo nome?

– Jakob Von Drakich.

– Il giovane Graf Von Drakich, a quanto mi risulta, dovrebbe avere un tatuaggio sulla spalla destra.

– Per l'esattezza, – rispose Jay, in francese, – si tratta
della spalla sinistra.

Jay si liberò della giacca e prese a sbottonare la camicia.

– Sempre diffidente, ih, ih, – lasciò cadere Allsworth.

Douloux non si degnò di rispondergli.

Quando venne alla luce il tatuaggio, quel tatuaggio che Kirk aveva avuto l'eccellente idea di far incidere al momento della creazione della leggenda di Jay Dark, il banchiere sembrò rilassarsi. Sul suo volto affilato affiorò una specie di sorriso, fece cenno a Jay che poteva rivestirsi e fece squillare una campana a martelletto. Da una porticina alle sue spalle sbucò un impiegato in abito scuro, che gli porse una specie di valigia di metallo. Douloux fece scattare la serratura. Jay e Ray si chinarono per osservare meglio.

– Questi sono certificati al portatore del Terzo Reich. Frutto di transazioni e acquisizioni che, all'epoca, erano legali. Sono titoli perfettamente validi, anche al giorno d'oggi. L'avvocato Allsworth provvederà alla conversione in moneta circolante. Ora, se volete apporre le vostre firme...

L'impiegato porse a Jay e a Ray alcuni moduli, scritti in francese, e indicò loro dove apporre il sigillo. Douloux controllò che tutto fosse in ordine, richiuse la valigia e fece cenno a Ray che poteva prenderla. Tutti si alzarono in piedi e si strinsero la mano. Jay trattenne un istante piú del dovuto quella del banchiere, e gli sussurrò in francese – Ha cinque minuti da dedicarmi, in seguito, monsieur? – Douloux lo fissò senza rispondere, poi si liberò dalla stretta di Jay e si rivolse ad Allsworth.

– Le consiglio, per una piú adeguata gestione dei conti, di suddividere la somma in almeno quattro conti separati. Se vorrà officiarmi, sarò lieto di occuparmene.

– Ma certo! – annuí Ray, vigorosamente.

Tornarono a sedersi. L'impiegato scomparve per riapparire pochi istanti dopo con altri moduli. Douloux spiegò che i titoli sarebbero stati venduti a una società tedesca, in cambio del controvalore di un milione di dollari americani. La sua provvigione, tenuto conto delle circostanze alquanto singolari della transazione, si sarebbe limitata a un modesto dieci per cento. I novecentomila dollari netti sarebbero stati divisi in quattro conti, tre da duecentocinquantamila dollari e uno da centocinquantamila. Nei giorni successivi, Douloux avrebbe provveduto a fornire i codici di accesso ai conti. Codici congiunti, in possesso di Jay e di Ray, che andavano di volta in volta forniti congiuntamente per poter operare sui conti. La valigia tornò nelle mani di Douloux e finalmente venne il momento del congedo.

Piú tardi, in strada, l'avvocato chiese a Jay che cosa avesse detto al banchiere, mentre lo salutava.

– Niente. L'ho ringraziato.

– Bene. Senti...

Allsworth, l'erotomane, aveva un paio di indirizzi «caldi», ed era disposto a condividerli con il suo nuovo amico.

– Brigitte sarà felice di conoscerti. Le dirò di portare un'amica. Allora, che ne dici, Jay?

– Quando?

– Come quando? Abbiamo l'aereo domattina... adesso, che diamine!

– Sono un po' stanco. Non dispiacerti. Faccio due passi e me ne torno in albergo.

– Ok, io ci ho provato, sei tu che non vuoi provarci, ih ih!

Jay accompagnò Allsworth a una stazione di taxi, lo salutò con un caloroso abbraccio, e poi tornò sui suoi passi e infilò il portoncino della banca.

Douloux lo aspettava fumando un lungo sigaro. Il banchiere aveva immediatamente afferrato il messaggio. Il ragazzo voleva replicare, in piccolo, l'operazione Fafnir. E fare una sostanziosa cresta al milione di dollari.

– A quanto pensava, Von Drakich?

– La metà, – azzardò Jay.

Douloux fece segno di no.

– Troppo. Gli americani non gliela farebbero passare liscia.

– Dica lei, allora.

– Avrà notato che ho organizzato le cose in modo da suddividere il cespite in conti piú agevolmente manovrabili. Questo che cosa le suggerisce?

– Piccoli prelievi da ciascun conto.

– Precisamente.

Douloux chiuse gli occhi e fece schioccare piú volte la lingua. Stava evidentemente elaborando un complesso calcolo mentale. Alla fine concluse che centocinquantamila dollari potevano essere definiti uno storno iniziale «accettabile».

– Mi sembra ragionevole, – convenne Jay.

– Di volta in volta procederemo allo stesso modo, in maniera da non destare sospetti. Le somme confluiranno su due conti distinti. Due conti perché uno sarà piú gonfio, se mi passa l'espressione. In caso lei si trovasse nella necessità di disporre di somme piú esigue e con maggiore rapidità, farà riferimento all'altro conto. Annoti mentalmente questi codici e faccia in modo che non cadano in mani sbagliate. La avverto: se qualcuno dovesse presentarsi con uno di questi codici, io sarò costretto a fornirgli la somma che mi richiederà, e non potrò sollevare nessuna obiezione.

Douloux gli passò un foglietto con due sequenze numeriche. Jay lesse, memorizzò, poi afferrò un accendino da tavolo che faceva bella mostra di sé accanto alla fotografia di un Douloux giovane in smoking e bruciò il foglietto.

Il banchiere sembrò apprezzare.

– Bene. Lei ha fatto la giusta scelta, Von Drakich. Sa, quando ero un ragazzo, una volta, incontrai sua eccellenza Adolf Hitler. Un uomo dalla personalità carismatica. Anche se, in privato, la sua conversazione tendeva piuttosto alla monotonia: il Führer riservava l'ars oratoria alle grandi masse... Credevo in lui e continuo a crederci. Il mondo sarebbe un posto migliore per tutti noi, se lui avesse vinto. Purtroppo non è andata cosí, ma certi principî vanno preservati. E per farlo non c'è che un modo, – Douloux picchiettò sulla valigia con i certificati di credito, – questo! Il denaro. È l'unico alleato... o se preferisce, servo, del quale possiamo fidarci con assoluta certezza. E sa perché, mio giovane amico? Perché il denaro è concreto, tangibile, vivo e vitale. Tutto il resto non sono che sogni, fumo, nuvole che un vento appena piú forte è in grado di disperdere senza il minimo sforzo... La mia provvigione è del quindici per cento. Non trattabile. Ora, se vuole scusarmi...

Mentre tornava in albergo, Jay si complimentava con sé stesso. Aveva alleggerito Senn e compagni di una discreta sommetta. E non era che l'inizio. Aveva appena messo a segno il primo colpo della nuova stagione di J. Dark, il Figlio di Puttana.

Una settimana dopo il suo ritorno in America, era proprietario, unico azionista e titolare di una fabbrica di fertilizzanti. La sua nuova attività di copertura. Kirk gli fece recapitare un biglietto aereo per la sua nuova destinazione.

6.

Jay sbarcò a Beirut il pomeriggio del 23 dicembre, a bordo di un volo di linea, e si installò in una suite dell'hotel *Saint George*, lo stesso che amava frequentare Kim Philby, l'aristocratico inglese che si era venduto ai russi.

Aveva appuntamento con il suo contatto al *Duke of Wellington*, il classico pub dell'hotel *Mayflower*.

Non ci arrivò mai.

Mentre percorreva una stradina del quartiere di Hamra, tre giovanotti dall'aria decisa, vestiti all'occidentale con completo di lino bianco e scarpe da yachtman, lo prelevarono e lo condussero, legato e bendato, nell'oasi di Abu Dhara, regno dello sheikh Walid. Cioè di colui che, in teoria, secondo le istruzioni di Kirk, lo avrebbe dovuto accogliere a braccia aperte come il nipotino ritrovato. Secondo la leggenda, ricorderete, papà Von Drakich, il suo sedicente genitore, lo aveva concepito durante la sua love story con un'avvenente ricca araba. Fathma. Costei era la figlia di sheikh Mousa, signore della Valle di Abu Dhara e prezioso collaboratore dei tedeschi durante la Seconda guerra mondiale. Nella realtà, madre, figlio e nonno erano morti durante un bombardamento. Nella leggenda, Jay, cioè Jurgen von Drakich, era sopravvissuto. E ora tornava da Walid, figlio di Mousa e fratello maggiore della fu Fathma. In sostanza, suo zio, zio Walid. Un cinquantenne alto, vestito come un mahārāja d'altri tempi, un uomo sportivo e solenne, dal caldo sorriso e dagli occhi penetranti.

– Lo sheikh Walid, suppongo.

– Mister Dark, è un piacere incontrarla. Ho sentito molto parlare di lei.

– Perché non mi chiami *Brahim*, zio?

Erano nella sua tenda riccamente arredata, seduti su stuoie di pelli preziose davanti a una tavola che straripava di carni, verdure, frutta e dolci deliziosi.

– Perché mio nipote Brahim è morto sotto le bombe della sua gente, mister Dark.

– Non è andata cosí, zio. Sta' a sentire...

Jay snocciolò la leggenda, esprimendosi nel suo eccellente arabo. Walid, durante il racconto, non smise mai di sorridere. E gli rispose, nel suo inglese fluente, che avrebbero ripreso la conversazione al momento opportuno. Dopo di che lo confinarono in una tenda microscopica e lurida e gli assegnarono un guardiano, un palestinese sfregiato di nome Samir.

Jay era inquieto, spaventato. Era la prima volta che si trovava in una situazione simile. Catapultato nudo e indifeso nel gioco delle spie.

Ogni notte Samir irrompeva nella tenda, lo svegliava e gli faceva ripetere la «leggenda». E ogni notte Jay si sottoponeva paziente al rito. L'istinto gli suggeriva che lo stavano sottoponendo a una specie di prova. Se avessero voluto, lo avrebbero ucciso all'istante. Se lo tenevano in vita, era perché forse credevano di potersi ancora servire di lui.

Decise di stare al gioco. Si fece dare un Corano e cominciò a srotolare il tappeto da preghiera, accolto da sorrisetti di diffidenza e severi cipigli gravidi di odio. E la notte, implacabile, Samir entrava nella sua tenda e riprendeva l'interrogatorio.

Il supplizio durò quarantacinque giorni.

Una mattina lo bendarono, lo issarono su un cammello e per sentieri impervi lo condussero in un'altra valle. Walid lo attendeva sotto un gazebo improvvisato posto in cima a un'altura. In basso, uomini armati si esercitavano lungo percorsi di guerra, sparando contro bersagli di cartone con fucili e mitragliette.

– Combattenti della causa palestinese, – spiegò Walid, – è il gruppo del comandante Maalouf. Un valoroso. Piú tardi te lo presenterò.

Il cuore gli si allargò. Walid era passato al tu e all'arabo. Jay pensò che alla fine si fosse convinto della verità della sua leggenda.

Manco per sogno.

– Mi hai raccontato una bella storia, Jay. Ma è solo una bella storia. Mi piacerebbe poterti credere, purtroppo però… comunque sono ben disposto nei tuoi confronti. Se fossi uno di quegli arabi che amate descrivere nei vostri film, ti racconterei anch'io una bella storia. Quella dei due cammelli che giungono contemporaneamente, da diverse direzioni, alla medesima pozza d'acqua. Sono entrambi assetati, ma non c'è abbastanza acqua per tutti e due. I due cammelli si guardano con ostilità, pronti alla lotta. Ma qualcosa li trattiene. Potrebbero lottare, dilaniarsi a morsi, e magari ci lascerebbero la pelle entrambi. Non lo fanno. Trovano un accordo. Quello dei due che è piú in forze beve per primo, diciamo due terzi dell'acqua, e si rimette in marcia. Raggiungerà la prossima pozza, e tornerà a prendere l'altro cammello, che, nel frattempo, avrà bevuto quel tanto che basta per accumulare vigore. Sí, potrei raccontarti questa storia, che è comunque altrettanto fasulla quanto quella che hai raccontato a me. Invece ti dico: parliamo di affari.

Jay rifletté. Poteva essere un altro trucco, un altro modo per metterlo alla prova. Se avesse ceduto, forse lo avrebbero ucciso.

– Non ti capisco, zio. Perché mi tratti cosí? Ti ho persino mostrato il tatuaggio!

Walid sospirò, poi si sciolse in un largo sorriso e andò ad abbracciare Jay.

– Bentornato a casa, nipote!

Dopo una breve trattativa, Jay e lo sheikh strinsero un accordo. Walid avrebbe fornito ogni mese un certo quantitativo dell'ottimo hashish che i suoi uomini producevano. Jay lo avrebbe smerciato creando all'uopo una sua rete di persone fidate. A Walid sarebbe andato il sessanta per cento del ricavato, cinquanta per lui, il restante per la «causa». Seguí un nuovo rituale a base di tè e abbracci. Walid presentò Jay al comandante Maalouf, che gli fece dono di una kefiah. La notte trascorse fra fuochi, danze e canti.

La mattina dopo, questa volta senza bende né legacci, Samir riportò Jay a Beirut. Strada facendo, ormai affabile e persino divertente, disse che i ragazzi, nell'oasi, lo avevano trovato «accettabile». Per un americano, s'intende. Jay rispose che si era ritrovato americano per necessità, ma che il suo cuore era arabo. Samir sottolineò la frase con un'occhiata sarcastica, poi gli disse che l'America doveva essere un Paese di merda, se aveva inventato uno sport di merda come il baseball. A Samir piaceva il calcio. Il campionato italiano era la sua droga. Ammirava l'eleganza di Gianni Rivera, ma il suo idolo era Gigi Riva. Un combattente senza paura.

All'aeroporto di Beirut Jay fu preso in consegna da un «contatto», che gli porse il biglietto per New York via Londra.

7

Ovviamente Walid sapeva benissimo chi era Jay Dark e chi rappresentava. La prigionia era stata effettivamente una prova, e Jay l'aveva brillantemente superata. Era stato, in pratica, vittima di una burla.

– I servizi segreti si divertono cosí, – disse Kirk, mentre sul giradischi andava il *Falstaff* di Verdi: sommo elogio della finzione e della burla.

Il suo consueto tocco di classe.

– Si chiama «compartimentazione», figliolo. È il termine che quelli come Senn usano per definire la gnosi dei servizi informativi.

– In sostanza: tu non sai un cazzo finché non decidono che devi sapere.

– Piú o meno. Ma su con l'animo, figliolo. Grandi cose ci attendono. Il caos sta per esplodere. È il 1968, è l'Anno del Caos!

Poi Kirk passò a parlare della sua Lotte, che ormai, a sentir lui, aveva i giorni contati, e chiese a Jay quale sarebbe stato, secondo lui, il miglior modo di onorare la dipartita di una cosí fedele compagna.

– Se la faccia arrosto e se la mangi alla mia salute, cazzo!

Jay era indignato con Kirk. Invecchiando, il dottore lasciava spazio a una specie di demonietto bizzarro che sembrava trarre un insano piacere da quei truci scherzetti da parrocchia.

– Arrostire Lotte! Che idea, eh, vecchia mia?

Era andato ad accarezzare la capra, ormai immobile e persino incapace di scacciare le mosche, quando Jay lo vide vacillare, perdere l'equilibrio, schiantarsi al suolo.

Si chinò su di lui. Era bianco, e un tremore inarrestabile lo scuoteva.

– Gretchen, – urlò, – presto, Gretchen! Il dottore sta male!

Girò Kirk sulla schiena e gli sollevò le gambe. Piano piano il colore tornò a diffondersi sulle guance. Gretchen piombò come una furia, spinse via Jay e si buttò letteralmente su Kirk, piangendo, scuotendolo con forza.

– Piano, cara, mi fai male cosí…

Kirk si riprese rapidamente. Lo aiutarono a sollevarsi. Mosse qualche passo incerto, poi annuí.

– Va tutto bene. Un piccolo collasso dovuto all'affaticamento.

Gretchen non volle intendere ragioni, e pretese che Kirk si mettesse a letto. Nonostante le proteste, alla fine il dottore finí per acconsentire. Indossò un camicione ricamato che strappò a Jay una risatina, e ricominciò a parlare. Una conversazione continuamente disturbata dagli interventi di Gretchen.

– Siamo alla vigilia di un'epopea rivoluzionaria, figliolo… grazie, cara, no, i cuscini vanno bene cosí… dunque, ti dicevo… il mondo sta per sperimentare finalmente il caos in uno dci suoi passaggi di massima potenza… questo brodo scotta, tesoro… figliolo, tu e io siamo fra gli artefici di questo grande sommovimento. E sai qual è l'aspetto piú buffo della vicenda? No, Gretchen, ti prego, cosí mi fai il solletico ai piedi… perché non vai a dare un'occhiata a Lotte, tesoro, quella povera creatura deve essersi presa

un bello spavento, è cosí vecchia e fragile, povera amica...
sí, figliolo, la cosa divertente è che nessuno lo sa e credo
che non lo sapranno mai. Quei ragazzi che da qui a poco
incendieranno le strade si illudono di essere i protagonisti di una grande svolta e invece non sono che le compar-
se della commedia che noi due abbiamo messo in scena...
oh, Lotte è riuscita a rimettersi in piedi sulle sue zampe?
Ma è un miracolo! Sia benedetto il mio svenimento, allora... ma certo che scherzo, Gretchen! Perché non le porti
un po' di sale, ne sarà felice... abbiamo scritto una storia
segreta, la storia del caos, e aspettiamoci un incendio che
farà impallidire la memoria di Nerone! Sí, Gretchen, hai
ragione, sono un po' stanco, adesso Jay se ne va...

Roma, oggi

– Che fine ha fatto Douloux?
– Non ha consultato Wikipedia, ultimamente?
– Ho smesso di farlo, avvocato.
– Saggia decisione, amico mio! Bene. Douloux si suicidò il giorno in cui gli svizzeri allentarono il segreto bancario. Lo considerava un affronto personale. Fece seppuku, come Mishima.
– Un'uscita di scena decisamente nazista.
– Sí, alquanto coreografica, devo riconoscere.
Flint fumava il solito cubano e si godeva il tramonto dalla terrazza del Pincio. In quel tardo pomeriggio di primavera l'avvocato era di umore elegiaco.
– Adoro Roma, mi creda! Specialmente in questa stagione. A volte penso che sia una città stregata. Voglio dire: Roma possiede un fascino che strega. Qualcosa che riposa nel vento che si insinua fra i ruderi, agitando lievemente la superficie giallastra del Tevere, vento che turbina nelle piazze dove comincia ad affacciarsi un sole non piú pallido ma ancora non troppo deciso. E alberi di Giuda che si coprono di gemme, e rumori di voci e di motori sul selciato...
– Sí, certo, un effetto tipico per il turista...
– A lei non capita mai di lasciarsi incantare da tanta bellezza?
– Sí, ma me lo tengo per me. Non per essere scortese, sa, avvocato, ma è tutta roba risaputa. Retorica. Le de-

scrizioni lasciano davvero il tempo che trovano, quando ti stai occupando di luoghi che sono stampati nella mente di ciascuno di noi. Meraviglioso tramonto sul ponte dell'Angelo... piazza San Pietro illuminata a giorno... il Colosseo e i suoi centurioni... la civiltà delle icone ci ha fottuto l'immaginario, Flint. Tutto è disponibile a portata di clic in rete. Non esistono parole nuove per descrivere il sentimento antico che proviamo davanti al monumento immortale. E quindi passiamo oltre, ok?

– Uh, detto da uno scrittore... lei mi sorprende. Nemmeno il peggior Jay riuscirebbe a essere cosí cinico!

– Non si tratta di cinismo. Lo definirei piuttosto un rapporto di amore-odio. Sono quarant'anni che vivo a Roma e ancora non ho capito che cosa voglio da questa città come non ho capito che cosa vuole lei da me. Perché è questa la concessione piú difficile da ottenere da Roma: che si accorga di te, ti valuti e decida se assegnarti un posto. E quale.

– Lei è una persona chiusa, sa? Perché non mi parla un po' di sé?

– Perché non credo sia un argomento interessante. E perché siamo qui per Jay.

I lampioni del Pincio si accesero uno dopo l'altro e si levò un venticello che non sentivo da anni. O forse, semplicemente, avevo smesso di farci caso. Ammisi con Flint, quanto meno, di dovergli una specie di riscoperta della città. Ripose gli avanzi del sigaro cubano in un contenitore di metallo, che intascò con un sospiro. Poi mi prese sottobraccio – era la prima volta che si abbandonava a un gesto cosí cameratesco – e mi propose di riprendere la chiacchierata a cena.

– Con tutto il rispetto... questa situazione sta diventando ripetitiva. Sa, avvocato, in una sceneggiatura la cena, o il pranzo, si usano quando si è a corto di idee. I prota-

gonisti devono fornire al pubblico qualche informazione
necessaria perché la storia vada avanti e allora sorge il problema di dove farli incontrare. Una tavola imbandita è la
soluzione piú economica, ma anche la piú banale.

– Davvero? Con tutto il rispetto, me ne fotto. Io ho fa-
me, e quindi se vuole sentire il seguito della storia, la porto da *Paris*, a San Calisto.

Quella sera ruppi la dieta che mi ero imposto di seguire
da quando avevo commesso il tragico errore di farmi ana-
lizzare il sangue. Flint, come ho già detto, era un gourmet
scatenato. E adorava la cucina tradizionale italiana, romana
in particolare. La minestra di broccoli e arzilla lo mandava in estasi. Fra un bicchiere e l'altro di Nebbiolo (in fatto
di vini i suoi gusti potevano essere quanto meno eccentrici)
mi chiese di parlargli del «mio» Sessantotto.

– Cosa vuole che le dica? Passava il treno dell'adolescenza e io ero pronto a saltarci su. Cominciavo a fare pratica
con gli ormoni. Nella città dove vivevo si trascorrevano i
pomeriggi passeggiando lungo il corso e occhieggiando le
ragazze. C'erano i fascisti vestiti di nero e i compagni con
l'eskimo, ma per me appartenevano a un territorio straniero. La cosa piú interessante era che le gonne si accor-
ciavano ogni giorno di piú.

– Quindi lei non ha mai militato?

– Le sembra il tipo del militante? Le assemblee erano
una grandissima rottura di coglioni, non facevano per me.

– In definitiva, lei non sa un accidente del Sessantotto…

– Beh, non proprio.

Una volta mi avevano convinto a tenere una lezione agli
studenti di una facoltà universitaria del Sud. L'oggetto
era: il cinema dagli anni Sessanta a oggi. Due mattinate e
un pomeriggio di seminario, tutto sommato ben pagati e
con annesso soggiorno in un hotel sul mare. Anche se fuo-

ri stagione, un affare decisamente conveniente. Cominciai
da *Easy Rider* e dal New American Cinema. Mi ritrovai
bersagliato da occhiate vacue e presto partirono gli sba-
digli. Capii che quel branco di aspiranti registi e sceneg-
giatori pullulava di animali convinti che il cinema l'avesse
inventato Quentin Tarantino. Era necessaria una minima
ricostruzione di memoria storica. Impresa ardua. Cercai di
contestualizzare. Parlai della rivolta del Maggio francese.
Studenti e operai fanno vacillare il generale De Gaulle. Le
strade si infiammano. Sembra di essere alla vigilia della
nuova rivoluzione francese. Poi tutto rientra nell'ordine.
Passai all'uccisione del reverendo Martin Luther King,
leader del movimento per i diritti civili degli afroamerica-
ni. Arrestato e condannato per omicidio un pregiudicato
bianco, James Earl Ray. Probabilmente innocente. Sicuramente King fu vittima di una cospirazione. Toccai l'assassinio di Robert Kennedy da parte del giordano Sirhan
Sirhan. In due mesi l'America perdeva due delle sue piú
significative voci progressiste. Kennedy era dato per sicuro
vincitore alle prossime elezioni presidenziali. Mi dilungai
sul ferimento di Andy Warhol ad opera di una psicopatica
femminista radicale, Valerie Solanas. Una schizzata che
oscillava fra il fatto e l'ubriaco. Aveva cominciato a per-
seguitare Warhol da quando lui aveva rifiutato di patroci-
nare la messa in scena di un suo dramma, giudicato troppo
pornografico. Per dare un'idea della Solanas: era autrice
di un libello dal titolo *Scum*. *Society for Cutting Up Men*,
Società per la castrazione del maschio. Un esempio della
sua prosa: «Ogni uomo sa in segreto di essere un pezzo di
merda che non presenta alcun interesse». Warhol stentò
a riprendersi dalle ferite. Non fu piú lo stesso. L'aggressione della Solanas segnò, di fatto, la morte della pop art.
Conclusi con il cosiddetto «autunno caldo»: il Sessantotto

italiano assume spiccate caratteristiche operaie e di sinistra. I ragazzi per un po' presero svogliatamente appunti, poi lasciarono perdere. Al nome «Godard», una punkettina grassoccia, dalla prima fila, alzò la mano.

«Professore, ci parla di *Se mi lasci ti cancello*?»

Flint si fece una bella risata.

– Ora le dirò che cosa fu il Sessantotto di Jay Dark. E badi bene, le do solo una minima idea di che cosa riuscí a realizzare quel diavolo scatenato in quell'anno memorabile... stia a sentire!

Elenco delle principali attività di Jay Dark nel 1968.

1. Acquisto di una nuova fabbrica di fertilizzanti in Ghana. Diventerà il principale centro di produzione di ergotamina tartrato. Versamento del cinque per cento dei proventi al banchiere Douloux.

2. Creazione di un laboratorio per la produzione dell'Lsd a Parigi.

3. Incontro con Jacques Marcelli, càid del clan dei marsigliesi. Accettò di occuparsi dello smercio dell'Lsd nel Sud della Francia. Versamento a Douloux del cinque per cento dei proventi.

4. Creazione di un altro laboratorio per la produzione di Lsd a Bruxelles.

5. Visita all'oasi di Abu Dhara e conferma dell'accordo con lo sheikh Walid.

6. Partecipazione all'inaugurazione della mostra *Urban Kaos*, a Londra. Brandon esponeva una sua gigantesca scultura, quattro metri e ottanta di altezza. Raffigurava una scomposizione dell'Uomo vitruviano di Leonardo intrecciata con la struttura molecolare dell'acido lisergico. Brandon l'aveva concepita dopo aver tentato il suicidio in seguito a una delusione amorosa. Per sua fortuna non era morto. Per sua ulteriore fortuna, aveva venduto la statua per mezzo milione di sterline a un ricco collezionista.

7. Partecipazione, con Brandon, alla cosiddetta «Battaglia di Grosvenor Square». Si trattava di una manifestazione di protesta contro la guerra nel Vietnam. Venticinque mila ragazzi in marcia. I tifosi del Millwall Football Club scandivano «Studenti-studenti-ah ah ah». Brandon e Jay si erano intruppati in una banda di hippy con

uno striscione creativo che recitava «Assalta la Realtà. Riconquista l'Universo». Si avvicinarono ai trozkisti che gridavano «Ho Ho Ho Ho-chi-minh» (Ho Chi Minh era il capo dei nordvietnamiti, la bestia nera degli americani) ritmando il loro «Ho Ho Ho cioccolata calda! Ho Ho Ho bere cioccolata», e poi se la dettero a gambe perché i compagni li volevano menare di santa ragione. Nota: si dice che dopo questa manifestazione Mick Jagger compose *Street Fighting Man*.

8. Partecipazione a un sit-in di protesta all'Università di Berkeley, insieme a Wash, in tenuta da militante delle Pantere Nere, e a Tracey. Partecipazione agli scontri successivi. Arresto. Immediata liberazione con tante scuse, con intervento di un seccatissimo Garreth Senn.

9. Partecipazione alle giornate del Maggio francese. Distribuzione di notevoli quantitativi di Lsd ai giovani rivoluzionari. Grazie ai buoni offici del poeta Trocchi, presa di contatto con Guy Debord, capo del Movimento situazionista. Jay provava un vivo interesse per i situazionisti. L'idea stessa di «situazione» era quanto di piú prossimo alle teorie di Kirk sul caos gli fosse capitato di conoscere in quegli anni. Debord fu diffidente, se non francamente ostile. Trocchi non riusciva a capire il perché. Debord rifiutò di calarsi un acido e accusò Jay di essere «moneta falsa».

10. Partecipazione alla Convenzione democratica di Chicago. Il Partito democratico scelse come suo candidato alle presidenziali il grigio Humphrey, scartando il liberal McGovern. Esplosione di rabbia giovanile. Scontri con la polizia, lacrimogeni. Wash e Tracey in prima fila, lei, la ragazza, decisamente scatenata. Jay non riportò nemmeno un graffio. Stava rapidamente imparando a destreggiarsi nelle situazioni di crisi.

Finimmo la serata a piazza Navona, con un tartufo ai *Tre Scalini*. Io mi sentivo scoppiare. Flint non si arrese finché non accettai di dividere con lui il whisky della staffa.

– Quindi, secondo lei, il Sessantotto non è mai esistito. È stata tutta una montatura inventata dalla Cia e compagnia cantante!

– Non ho mai detto questo, se lo pensa è perché non mi ha ascoltato con attenzione! Il Sessantotto è stato un

fenomeno spontaneo, universale... loro, quelli della Cia,
Kirk e gli altri, Jay... alcuni cercavano di controllarlo, altri
hanno dato una mano... ma per la miseria, è cosí difficile
da capire? Sa cosa mi ha detto una volta Garreth Senn?
Mi ha detto: noi mettiamo in campo un mucchio di operazioni. Alcune riescono, e diventano storia. Tutte le altre,
quelle che falliscono, si chiamano complotti...

Fissai Flint con un lampo ironico e gli puntai l'indice
contro il petto.

– Garreth Senn mi ha detto... Vi siete conosciuti, quindi? Come? Dove? Lei era uno di loro, Flint?

Mi sembrò di cogliere un minimo di confusione, se non
di imbarazzo. Mi aveva forse rivelato piú del dovuto? Si
era involontariamente tradito o anche quel «mi ha detto» faceva parte della mitopoiesi di Jay Dark che stavamo
costruendo insieme? Flint buttò giú un sorso di whisky e
schioccò la lingua.

– Beh, naturalmente non fu a me che lo disse, ma a Jay,
che poi me lo ha riferito... comunque, – tagliò corto, –
quell'anno si decise che quando il gioco si fa duro... e in-
ventarono Fuck-the-rat...

Fotti il ratto

1.

Nei primi mesi del 1969 la Cia decise di unificare tutte le operazioni segrete sotto un'unica sigla.

Kaos!

Due le direttrici di manovra: a) intensificare la diffusione delle droghe nei movimenti giovanili; b) spingere gli stessi movimenti verso la radicalizzazione. Rispetto a Mk-ultra si trattava di un vero e proprio cambio di paradigma. Per «droghe» non si intendevano piú soltanto l'Lsd e la marijuana. Entrava in scena l'eroina. Il programma prevedeva una massiccia diffusione dell'eroina, con lo scopo principale di inquinare i ghetti neri, cioè il luogo dove il movimento delle Pantere Nere reclutava gli aspiranti rivoluzionari. Il concetto di «radicalizzazione» del movimento giovanile prevedeva l'incoraggiamento di forme di lotta armata e di vero e proprio terrorismo. Gli ideatori di questa complessa operazione miravano, da un lato, a screditare i movimenti stessi, cui la deriva estremistica avrebbe alienato le simpatie dei liberali e dei radicali pacifisti, e, dall'altro, a distruggere le spinte rivoluzionarie trasformandole nell'autodistruzione indotta dalle droghe. Numerosi agenti, addestrati sul campo, vennero infiltrati nelle varie organizzazioni. Per quanto, poi, lo statuto della Cia vietasse operazioni in terra straniera, agli agenti di Kaos vennero affidati compiti di infiltrazione anche in quei Paesi nei quali si avvertiva l'esistenza del «pericolo rosso» o vi erano fermenti anti-sistema comunque attivi.

Nome in codice: Fuck-the-Rat. «Fotti il ratto».

Ai giovani agenti si diceva: prendete esempio da Jay Dark. Fa questo sporco mestiere da un sacco di tempo e non l'hanno ancora sgamato. Un po' per merito del suo «dono» – ma questo lo sapevano in pochissimi – e molto a causa della farraginosità del movimento e della credulità dei suoi adepti. Una volta, a Cincinnati, un giovanotto che l'Fbi aveva infiltrato nei Weathermen – il gruppo terroristico piú pericoloso del tempo – alla fine di un trip sbroccò e confessò pubblicamente di essere un agente sotto copertura. Sapete che fecero i Weathermen? Invece di giustiziarlo dopo un processo popolare o, piú economicamente, di abbatterlo sul posto, si misero a consolarlo: la confessione, dissero, era frutto della cattiva coscienza indotta dallo sfruttamento posto in essere dal Sistema. Tu non sei una spia, fratello, credi di esserlo perché l'alienazione delle merci ti ha alienato il cervello.

Jay, intanto, nel suo sicuro rifugio londinese se la spassava come un topo nel formaggio.

Il passaggio dalla distribuzione della droga della felicità a quella della droga della morte non gli poneva alcun problema di coscienza. La morale era una categoria che aveva dismesso da tempo.

Il disvelamento di «fotti il ratto» avvenne una mattina di febbraio del '69. Intorno al letto di Kirk, che aveva l'influenza. Il dottore era smagrito, con un accenno di barba, persino, e sembrava sussultare sotto lo sguardo vigile di Gretchen.

La verità è che Kirk stava già molto male, e ne era consapevole. Si portava dentro un morbo che lo stava divorando un po' alla volta, ma non voleva dirlo, non ancora, almeno. L'unica persona che ne era al corrente, Gretchen, manteneva, ovviamente, il segreto. A Jay, Kirk l'avrebbe confessato praticamente sul letto di morte. Una confidenza per fargli capire, una volta di piú, quanto profondo fosse il legame fra di loro. Quanto simile a un vero rapporto fra padre e figlio. E forse perché anche lui si sentiva un po' figlio, Jay non si pose mai le domande giuste. Eppure era tutto sotto i suoi occhi: i capogiri, il dimagrimento, l'angoscia di Gretchen, la voce che si faceva sempre piú flebile, l'affanno, il fatto che avesse smesso di fumare compulsivamente dalla sua pipa tirolese... no, Jay non chiese mai.

Non voleva vedere. Per ogni figlio il padre è immortale.

E poi Jay si sentiva anche lui immortale. Immortale e luminoso.

I laboratori di Bruxelles e Parigi erano in mani sicure. Strinse un accordo con Phil e Sam, due uomini d'affari interessati a investire nel business dell'acido, e affidò loro la gestione delle attività nell'area metropolitana di Londra. Quanto all'eroina, era noto che da trent'anni i marsigliesi spedivano regolarmente ai mafiosi di Brooklyn carichi di polvere raffinata in Francia. Jay si accordò con Jacques Marcelli per un aumento della produzione. Destinazione del surplus: Garreth Senn e i suoi.

Misteriosamente, l'Italia era estranea a tutto questo.

– Problemi coi servizi locali, – diceva Garreth Senn, – ma presto li risolveremo, e ti toccherà fare un viaggetto a Roma.

Jay versava regolarmente le sue quote all'avvocato Allsworth, che provvedeva a reinvestire in beni immobili e azioni di società di capitali. Ogni mese faceva pervenire al banchiere Douloux denaro liquido che andava a gonfiare i conti. Si trasferí in un palazzotto a Mecklenburgh Square, nella zona di King's Cross, vicino al college dove aveva stu-

diato Thomas Stearns Eliot, e comperò un'Aston Martin
Dbs color rosso scarlatto. Sovrintendeva ai traffici senza
sporcarsi le mani. Per Brandon e i suoi amici artisti, per
chiunque avesse un minimo di notorietà, l'acido era gratis.
Jay era un uomo ricco, ufficialmente per merito dei fertilizzanti. Era un uomo ricco che combatteva una battaglia
culturale per l'allargamento dell'area della coscienza e per
il cambiamento. Era il Mecenate che accumulava risorse
per la rivoluzione prossima ventura.
Immortale e luminoso.

Le due operazioni piú spericolate di «Fotti-il-ratto» furono, come accennato, l'intossicazione dei giovani neri dei
ghetti e l'infiltrazione nei Weathermen. In quest'ultima,
Jay fu protagonista.
Nel 1960 era nata l'organizzazione Studenti per una
Società democratica (Students for a Democratic Society,
Sds). Un gruppo liberal di studenti bianchi che si proponevano di combattere (niente di meno che) la povertà e
il razzismo. Si parte dalle lotte per l'autodeterminazione
dei neri, e la repressione della polizia non si fa attendere. Subentra la guerra del Vietnam. Molti ragazzi cominciano a sentirsi a disagio nell'ambito della lotta legale e si
radicalizzano (un fenomeno spontaneo e naturale, dato il
contesto, al quale noialtri siamo estranei). Nascono le Pantere Nere e nell'Sds entra il Progressive Labor, un partito
«marxista-leninista-maoista». Nel momento stesso in cui
l'Sds, da gruppo di liberali di buone intenzioni, diventa a
tutti gli effetti movimento di sinistra, cominciano le divisioni, le risse, le secessioni. Un percorso pressoché obbligato dei movimenti di sinistra, come avrebbero spiegato
in seguito a Jay con dovizia di particolari gli italiani, mae-
stri nell'arte del dividersi. Lo scontro piú acuto è fra le

Pantere Nere e i marxisti del Labor: per le Pantere, l'obbiettivo principale è la lotta di liberazione della gente di colore, una lotta che i marxisti definiscono reazionaria perché nazionalista. Per i marxisti è centrale la lotta operaia. Fatale che si arrivi al redde rationem. I marxisti vengono espulsi dall'Sds, che passa sotto il controllo di un gruppo denominato Weathermen, dal verso di una canzone di Bob Dylan: «Non c'è bisogno di un meteorologo [*weather man*] per sapere da che parte tira il vento».

Jay fu presente all'assemblea dell'Sds nel corso della quale le Pantere e i Weathermen strinsero una vera e propria alleanza. Accadde in un sottoscala piuttosto affollato di Harlem. I neri giocavano in casa. Il discorso che Jay pronunciò in quell'occasione fu particolarmente riuscito. Tanto ispirato che quasi finiva per credere lui stesso alla vena incendiaria che animava le sue parole. Avreste dovuto vederlo, mentre con la camicia sbottonata, in quell'estate afosa e crudele, arringava i ragazzi, estremista fra gli estremisti, violento fra i violenti, assassino dagli occhi iniettati di sangue.

– Il tempo dell'azione legale è finito, è il momento dell'azione diretta, radicale. La virtú rivoluzionaria, che prenderà il potere perché cosí è scritto nella Storia, sarà necessariamente, per forza di cose, spietata. Voi, fratelli neri, siete una colonia interna, una nazione oppressa dall'imperialismo dell'Amerika [il K si sentiva perfettamente]. La liberazione dei popoli del Terzo Mondo e la vostra lotta sono la stessa lotta: anticapitalista e antimperialista nello stesso tempo! Voi siete l'avanguardia del movimento rivoluzionario e noi uomini bianchi siamo al vostro fianco. Senza nessuna pretesa di controllo o di direzione, ma solo e unicamente come alleati pronti a versare il sangue per la causa! [Battimani convinti. Ovazioni. Sguardi accesi]. Voi

operai [scarsamente rappresentati, per la verità, ma non
era il caso di andare tanto per il sottile], che pure godete
dei vantaggi del capitalismo americano [brusio, ma trascu-
rabile: gli operaisti, come si è visto, avevano sbaraccato
dopo l'espulsione], siete già alle prese con lo sviluppo tec-
nologico, che ha trasformato la natura stessa dello sfruttamento. Siete alienati e l'alienazione vi spingerà alla lotta
[espressioni di sollievo, all'insegna del *tout se tient*]. Voi,
studenti [la maggioranza, grande attenzione] siete altrettanto vittime dell'alienazione. Il vostro futuro è precario,
come quello degli operai sfruttati. Il primo passo, pertan-
to, è rendersi conto di essere alienati, e reagire di conseguenza. Con l'unica arma possibile: la violenza rivoluzionaria! [Grandi ovazioni, sclere che s'accendono di rosso
sangue]. E voi compagne! [Finalmente, guizzo nello sguardo di Tracey]. La vostra liberazione è il momento centrale
della nostra lotta comune, insieme a quella dei fratelli neri
e degli operai e degli studenti [che vuol dire: tutti insieme
appassionatamente, un po' minestrone, ma divisioni ce
n'erano già state troppe, e questo cazzo di progetto rivoluzionario qualcuno doveva pure metterlo in piedi], perché la vostra presenza imprescindibile porterà alla ribalta
la soggettività dell'individuo, l'essere donna come l'essere
uomo. La virtú rivoluzionaria sarà sí spietata, ma aperta
alle nuove forme di vita comune, alla liberazione sessuale, all'amore che contrapporremo all'odio di chi ci sfrut-
ta e ci opprime. Combattiamo in molti modi. L'«erba» è
una delle nostre armi. Le leggi contro la marijuana fanno
di noi dei fuorilegge prima ancora che rompiamo definitivamente con il sistema. Il fucile e l'«erba» sono uniti nel
movimento giovanile clandestino. I freak sono rivoluzionari e i rivoluzionari sono freak. Se ci volete trovare, ecco
dove siamo: in ogni tribú, comune, dormitorio studente-

sco, fattoria, baracca dell'esercito e appartamento dove i ragazzi fanno l'amore, fumano «erba» e caricano le pistole – in tutti questi posti i fuggiaschi dell'America possono liberamente andare!

Wow.

Un uragano di applausi. E siccome non era soltanto un parolaio, ma Jay Dark, che cazzo, distribuí acidi e canne ai presenti e, presi da parte Tracey e Wash, allungò loro due valigette con cinquantamila dollari e un borsone con alcune armi nuove di zecca.

Jay Dark faceva sul serio.

Tracey e Wash cominciarono subito a litigare. Sui soldi, sulla custodia delle armi, sulla stesura di un manifesto di chiamata alle armi, e in particolare se il logo delle Pantere dovesse figurare autonomamente accanto al simbolo dei Weathermen, o se invece bastasse quest'ultimo a rappresentare graficamente la neo costituita alleanza. Ma la questione se dovesse prevalere la freccia che attraversa zigzagando un triplice arco (Weather) o il felino nero in posizione di attacco (Pantere) era solo uno dei tanti pretesti che la coppia metteva in campo per dissimulare la vera natura delle cose.

Wash e Tracey non si sopportavano piú.

E non erano piú una coppia.

Wash: La tua amica è fuori di testa, Jay. Non sa stare al suo posto.

Tracey: Wash è un maschilista di merda. Sta pure diventando bigotto.

Jay trascorse una lunga nottata nell'ascolto delle giaculatorie di Tracey. In realtà, piú che dolersi dell'evoluzione bacchettona di Wash, lei era stizzita perché Wash le era sfuggito di mano.

– Le Pantere gli hanno fatto il lavaggio del cervello, Jay. Quelle teste di cazzo militariste!

La missione fu un successo. Garreth Senn si complimentò con lui. Garreth era euforico.

– Siamo arrivati sulla Luna, ti rendi conto, ragazzo? Sulla luna! Prima dei russi! Nessuno può fermare l'America, Cristo santo, nessuno!

Jay pensò, con un sorrisetto maligno, ai cinquantamila dollari che, il giorno dopo l'impresa di Neil Armstrong, aveva bonificato a Douloux.

– Sí, hai ragione, Garreth, siamo davvero un grande Paese. Il piú grande!

2.

Wash si era fatto beccare in giro per Harlem con una
pistola.

Tracey portò a Jay la notizia. Piangendo. Non perché lo
amasse ancora, precisò, ma perché doveva essere proprio
fuori di testa quando si era messa con un simile coglione!

Jay pagò la cauzione, si portò via l'amico dalla camera
di sicurezza e gli consigliò di tenersi per qualche tempo
alla larga da New York.

– Potresti accompagnarmi a Woodstock, per dire, Wash.

– Non ho voglia di mescolarmi a quegli sballati, fratello.

– Che cazzo, non hai sentito il mio discorso? I freak sono rivoluzionari e i rivoluzionari sono freak!

– Il ghetto è invaso dall'eroina, Jay. Stanno fottendo la
testa dei fratelli. Dobbiamo reagire.

– Certo. L'ero è una brutta bestia, sono perfettamente
d'accordo. Ma gli acidi, le canne… andiamo, Wash!

– C'è chi dice che sia tutta la stessa merda. Un rivoluzionario deve avere la testa sempre pulita e pronta alla
chiamata alle armi.

– Va bene, facciamoci una birra.

– L'alcol può indurre una dipendenza anche peggiore.

Tracey aveva ragione. Wash era diventato bigotto e fa-
natico. Perciò a Woodstock Jay ci andò da solo.

A Woodstock si cantava, si ballava, si sballava e si facevano rituali per scongiurare la pioggia che rischiava di

trasformare quel vasto appezzamento a pochi chilometri
da New York City in un lurido pantano. Dei tre giorni di
«pace, amore e musica» che consacrarono il riconoscimen-
to ufficiale della cultura psichedelica come fonte di lucro-
so business, Jay avrebbe serbato, come uno dei ricordi piú
luminosi e nello stesso tempo beffardi della sua vita, Joan
Baez che cantava *Drug Store Truck Drivin' Man*:

> È l'autista del furgone del droghiere
> è il capo del Ku Klux Klan
> quando l'estate si trascina
> se gli dice bene non è in città.
> Beh, si è fatto la casa in collina
> suona musica country fino a sfinirsi
> è amico dei pompieri è un deejay notturno
> ma ha idee molto diverse dalla musica che suona.
> Non gli piacciono i ragazzi, è evidente
> ha detto una notte durante il suo show
> che ha questa medaglia d'oro vinta in guerra
> pesa cinquecento libbre e sta sempre sul pavimento
> è l'autista del furgone del droghiere...

Jay aveva preso confidenza col gioco grosso. Era ormai in
grado di capire che il Sessantotto aveva regalato al mondo
due grandi americani, destinati a cambiare la storia: Richard
Nixon e Ronald Reagan. Joan Baez sfotteva Reagan, l'autista del furgone del droghiere, e quello diventava governato-
re della California. Migliaia di ragazzi scendevano in piazza,
dappertutto si faceva un gran casino, e alla fine nel segreto
delle urne trionfavano gli amici di Garreth Senn.

In ogni caso, lui non era a Woodstock per abbeverarsi
alla fonte della saggezza alternativa.

Lui era lí per lavoro.

Leary si era accordato con i biker.

Era diventato socio di John Griggs, detto «lo zoticone». Griggs aveva registrato la sua gang come chiesa indi-

pendente, la «Confraternita dell'Amore Eterno», il che gli consentiva di godere di un regime fiscale privilegiato: l'America, notoriamente, è una nazione molto religiosa. Sin dalla sua fondazione.

Griggs e i suoi producevano Lsd in grandi quantitativi. Avevano conquistato il monopolio della vendita di Lsd in tutta la California e in buona parte degli Stati della costa occidentale. Ma non gli bastava. Senn e Kirk temevano che intendesse allargarsi, erano state raccolte voci in questo senso. Jay fu mandato a Woodstock a indagare. Ed effettivamente constatò che Griggs aveva spedito decine di ragazzi a vendere acidi a Woodstock. La sua era roba di qualità inferiore, ma anche i prezzi erano inferiori. E il prodotto andava alla grande. Ora, finché i barbuti con l'Harley-Davidson e le catene al collo se ne restavano in California, si poteva chiudere un occhio. Ma Woodstock era un'invasione di campo, un graffio di concorrenza sleale, una dichiarazione di guerra.

Intollerabile, per Senn e compagnia.

In realtà, l'obbiettivo di Jay era di entrare nell'affare. La Confraternita contava su almeno trecento membri attivi, e ciascuno di costoro, i «capifamiglia», poteva mobilitare, alla bisogna, una quindicina di ragazzi, capaci tanto di spacciare quanto di difendere il territorio con metodi efficaci. Griggs e i suoi facevano base a Idyllwild, un grosso ranch nel cuore della contea di Riverside. C'erano baracche, alloggiamenti, dormitori, casette, casupole e casone (per i membri piú autorevoli). C'era la cappella – dopotutto si trattava di una chiesa, che diamine! – e c'erano campi coltivati da contadini messicani che venivano anche usati come corrieri. La Confraternita era una seria realtà criminale: non a caso si era guadagnata il soprannome di «mafia hippy». Quanto a Leary, povero cristo, era formalmente ospite del ranch, ma in realtà se ne stava per la maggior parte del tempo in giro per conferenze o sedute di gruppo, costantemente monitorato da sbirri e giudici, e non solo non partecipava alla divisione del sostanzioso bottino della mafia hippy, ma non aveva nemmeno idea di quale fosse la sua consistenza. A occhio e croce un giro di venti milioni di dollari all'anno.

Quando Jay si presentò a Griggs, la Confraternita stava attraversando un momento critico.

La strage di Bel-Air aveva seminato il panico nel mondo alternativo. Un commando di fanciulle in fiore, hippy girls della prima ora, era penetrato nottetempo nella villa al numero 10050 di Cielo Drive e aveva massacrato cinque persone. Il padrone di casa, Roman Polański, era all'estero, ma la sua compagna incinta, Sharon Tate, purtroppo no. Il mandante era Charles «Satana» Manson, musicista fallito e gran seduttore di vergini dai capelli inghirlandati. Il fatto è che Manson era, sí, un pazzo furioso, un manipolatore, un sociopatico e quant'altro, ma era anche una costola del movimento hippy. Era uno di loro. E molti lo conoscevano, molti avevano rapporti con lui, qualcuno, pur avendone sperimentato l'indole violenta, lo aveva protetto. Forse perché Manson aveva roba buona e ragazze disponibili, forse semplicemente perché lo temevano. O forse – ed era questo l'argomento che si discuteva con maggior enfasi nella Confraternita – perché in un modo confuso ma innegabile c'era chi lo sentiva come una parte di sé. Per dire: Griggs aveva redatto un documento pubblico di condanna che i confratelli bocciarono in assemblea. Ma anche un altro documento, di segno opposto, nel quale si inneggiava al valore rivoluzionario e antiborghese dell'impresa di Manson, non raggiunse la maggioranza.

Jay si presentò dunque a Griggs con le dovute maniere. O, per dirla col gergo della strada, col massimo rispetto.

In pratica con un litro di Orange Sunshine, il miglior Lsd possibile.

– Potresti tirarne fuori una decina di milioni di dosi, John.

– E quanto mi costerebbe?

– Niente. Consideralo un piccolo cadeau.

Griggs diffidò istintivamente di Jay. Lo chiamavano «zoticone» perché aveva iniziato tuffandosi dentro i barili di birra nei country club della Bible Belt, ma l'istinto non gli faceva difetto. Una quindicina di giorni dopo il suo arrivo a Idyllwild, Jay lo sorprese a frugare fra le sue cose.

– E questo che significa, Johnny?

– Tu non mi piaci, Dark. Io ho creato questo posto e tutto quello che rappresenta, e ho il dovere di difenderlo. Tu non mi piaci. Ho chiesto in giro di te. Sei un fichetto della costa orientale pieno di soldi che gioca a fare il rivoluzionario. Ma non mi freghi, amico, non mi freghi. Per esempio, nessuno sa da dove vengono, quei soldi...

– Sono ricco di famiglia, dovresti saperlo, se hai fatto tante domande come dici.

– Puttanate. Puzzi di sbirro. Chi ti manda? La Cia? Il governo?

– Perché non chiedi di me a Leary?

– Tim è un credulone. Si fida troppo. Io no.

– Secondo te, se fossi una spia, me ne andrei in giro con un litro di roba pura e te lo metterei a disposizione?

– È esattamente quello che farei io, se fossi uno spione.

– Beh, dovrai ricrederti. Io voglio solo entrare in società con voi. Punto e basta. Porto roba, materia prima, soldi e competenza. Sono qui da quindici giorni e sto solo perdendo tempo. Metti la proposta ai voti e facciamola finita.

Ma Griggs non aveva nessuna voglia di farla finita. Rovistando in una valigia, mise le mani sulla boccetta con le ultime dosi di Kaos.

– E queste che sono, Dark?

– Ora ti spiego...

John Griggs fu rinvenuto cadavere un mattino d'autunno.

Il coroner chiuse rapidamente l'inchiesta.

Jay si assunse l'onere di pronunciare una nobile orazione funebre che ruotava intorno a due concetti cardine: nessuno avrebbe mai dimenticato il luminoso insegnamento di quel grande fratello; il modo migliore per onorarlo era di continuare la sua opera.

Jay divenne il capo della Confraternita dell'Amore Eterno.

Dal punto di vista della contabilità e del rispetto delle leggi federali sull'accumulazione di capitali, la Confraternita era un vero casino. Lo status di confessione religiosa copriva il settore tasse e imposte, ma c'erano tali e tante falle sul piano della gestione degli utili vivi e delle attività di copertura (cioè delle piccole aziende dietro le quali si nascondevano i laboratori) che Allsworth si mise le mani nei capelli.

– Ma che gente! Il piú distratto contabile di periferia li manderebbe sotto processo in venti minuti. Bisogna rimboccarsi le maniche, Jay.

Ci vollero quasi due mesi per conferire alle attività della Confraternita una parvenza di regolarità. Jay ne approfittò per rinforzare i legami con gli orfani di Griggs, farsi accettare e amare anche dai piú riottosi, frequentare il letto di un paio di «consorelle» sbronze e tatuate, dirottare verso Douloux e i conti svizzeri un buon dieci per cento del frutto dell'operosità della buonanima.

Per quanto riguarda il resto degli affari, le cose procedevano sempre meglio. I laboratori in Europa macinavano a pieno ritmo. La roba girava vorticosamente. I movimenti giovanili erano ormai talmente intrisi di violenza e aggressività che i leader piú moderati si sfilavano uno alla volta, prendendo pubblicamente le distanze dalla svolta radicale imposta dai vari collettivi, soprattutto dai Weathermen.

Nei ghetti, le Pantere cercavano di risolvere il problema dell'eroina piazzando pallottole nella nuca dei rari spacciatori che riuscivano a individuare. Ma era come cercare di svuotare l'oceano con un cucchiaino.

Garreth Senn gongolava.

– Devo ammettere che questa stronzata del caos ha funzionato, ragazzo. Grazie a noi, ora abbiamo una generazione di assassini tossici. Ancora un paio d'anni di questo passo, e avremo cancellato del tutto dalla faccia dell'Occidente l'idea stessa di comunismo!

– Ok, ma adesso ho bisogno di un po' di riposo, Garreth.

– Mi pare giusto. Ci rivediamo nel '70, ragazzo.

Jay trascorse l'ultimo dell'anno allo Schloss. Kirk era sempre piú magro e, claudicante, si appoggiava a un bastone. Anche Gretchen appariva provata, pallida e meno rotondetta del solito.

– Stasera non si parla di politica, figliolo. Stasera si celebra una vecchia amica che non c'è piú. Mettiamoci a tavola.

Presero posto. Kirk giunse le mani e pronunciò un breve discorso, quasi una preghiera.

– Addio, mia adorata Lotte. Soffriva troppo, Jay, ho dovuto farlo. E mi è costato, credimi. Non avrò mai piú un'amica sincera come lei!

Jay afferrò il senso dell'omelia quando Gretchen, gli occhi umidi di lacrime, serví tre porzioni di stufato di capra con riso e patate.

Jay allontanò il piatto, inorridito.

– Ma porca miseria, dottore! Ci stiamo mangiando Lotte!

– Sei stato tu a suggerirmi la giusta soluzione.

– Ma dicevo per dire, dottore! Lei è sempre stato vegetariano!

– Era antica consuetudine del cacciatore, – riprese Kirk, ignorando il sacrosanto rilievo, – ingraziarsi la preda nutrendosi delle sue parti piú prelibate, il cuore, il cervello, il fegato, cosicché il coraggio e l'intelligenza dell'animale, abbattuto al culmine di un'aspra lotta, rivivessero nel cacciatore che l'aveva ucciso!

– Dottore, stiamo parlando di Lotte, mica della tigre dai denti a sciabola!

– Buon appetito, figliolo, e considera che Gretchen ci tiene molto al tuo parere!

Jay Dark si portò lentamente alla bocca un pezzetto di stufato. Masticò a lungo prima di emettere il verdetto, godendosi quel momento di attesa spasmodica. Per essere una capra cosí vecchia, era cucinata decisamente bene.

– Eccellente. Davvero. Brava, Gretchen!

Roma, oggi

Alla fine, cedendo alle sue insistenze, ammisi Flint nel «covo dello scrittore», per usare le sue parole. Vale a dire nel mio studio. E fu lí che, asserragliato dietro la mia pesante scrivania di mogano, gli dissi che mi tiravo indietro. Non volevo piú avere niente a che fare con lui. Non avrei scritto il romanzo.

– È per via della capra? Guardi che un grande naturalista, il dottor Konrad Lorenz, convisse amorosamente per ventitre anni con un papero di nome Martino, e non esitò a onorarlo, quando questi morí, cibandosi delle sue carni. Lei deve calarsi nella cultura di questo genere di uomini di scienza...

– Stronzate. Questa non è cultura. Questa è solo crudeltà. In ogni caso la capra non c'entra con la mia decisione.

– Si tratta di Griggs, allora? Lei pensa che Jay lo abbia assassinato per prendere il controllo della Confraternita? Se crede questo, è fuori strada. Griggs si sparò quattro pillole di Kaos e ne uscí vivo e vegeto, un po' stordito e felice, tanto da rivedere il suo giudizio negativo nei confronti di Jay. Il fatto è che Griggs era un tossico scatenato. Qualche giorno dopo assunse, volontariamente, un'altra sostanza, che lo uccise. Un'eroina di bassa lega tagliata con una punta di stricnina da qualche spacciatore senza scrupoli. Di quel delitto Jay era innocente. Glielo assicuro. Perciò, se è per Griggs che pensa di interrompere la nostra collaborazione...

– No. Griggs non c'entra.

– E cosa c'entra, allora?

– Comincio a provare orrore per questo signor Jay Dark.

Flint, nonostante fossimo di mattina, si versò una dose abbondante di whisky, e mi fece segno di continuare.

– C'è poco altro da aggiungere, avvocato. Questo Jay è un bastardo, un figlio di puttana senza scrupoli... e un bugiardo, oltretutto, un bugiardo patologico. Se la mena con questa stronzata del ragazzo povero a cui il mondo chiude le porte in faccia, si autocommisera, si piange addosso, e intanto spinge la gente alla rovina col sorriso sulle labbra... ne ho le palle piene di quel sociopatico!

Flint fece tintinnare il ghiaccio nel bicchiere. Era seduto sulla mia poltrona preferita, un modello anni Settanta di colore giallo con la spalliera rivolta alla finestra dalla quale penetrava un sole vivace che sembrava dividere in due metà la sua figura affilata.

– Sociopatico! Mah. Ne è proprio sicuro? Sa chi è veramente un sociopatico? È uno che non prova empatia. Per lui, gli altri semplicemente non esistono. Se nasce povero e disgraziato, finisce in galera o al manicomio. Se imbrocca la strada giusta, può diventare un grande condottiero, un eccelso artista, un capitano d'industria, un finanziere alla moda, un premio Nobel per la pace o don Pablo Escobar. Jay non era niente di tutto questo. Lui sapeva soffrire, e provava dei sentimenti. Negli anni successivi...

– Aah, la pianti. Sa come li chiamano, quelli come Jay Dark a Napoli? *Chiagne e futte*, piangi e fatti i cazzi tuoi!

– Ma certo! – s'illuminò Flint, balzando in piedi. – Certo, ora capisco! Lei ha paura!

– Paura di cosa, scusi? Nessuna paura. Le ho appena detto che il protagonista mi fa schifo!

Flint girò intorno alla scrivania e mi venne accanto, po-
sandomi una mano sulla spalla.

– Amico mio, nella sua decisione aleggia un vago sentore di politicamente corretto...

– Ma se lo levi dalla testa!

– Oh, sí, è cosí! Lei ha paura delle polemiche. Lei ha
paura che, quando pubblicherà il suo romanzo, e lo pubblicherà, glielo garantisco, le si scateni contro un'ondata di
moralismo. Ma che razza di libro hai scritto! Il panegirico
di un trafficante di morte! Lei già s'immagina le associazioni dei genitori, i bigotti, i moralisti sotto tutte le ban-
diere che puntano il dito accusatore, col cipiglio severo, e
l'accusano di essere un cattivo maestro, uno spacciatore
di pericolose illusioni...

Colpito e affondato.

Flint aveva ragione. Non solo. Con la sua rude franchezza, dava voce al groviglio di timori che non volevo
ammettere di portarmi dentro.

In passato, avevo scritto libri di un certo successo che
avevano come protagonisti spietati criminali. Ne erano de-
rivate polemiche. Non si trattava solo della solita tiritera
su quanto è «alto» un romanzo e se una gangster-story possa considerarsi «letteratura». Quello era ciarpame buono
per gli idolatri dell'accademia. No, si trattava di altro. Ero
stato accusato di aver reso eroici dei tagliagole. Di aver
fomentato la gioventú incoraggiandola a ispirarsi alle loro
gesta. C'era persino chi, da destra, mi aveva attribuito la
responsabilità morale di qualche accoltellamento di strada. Ne avevo sofferto, cercando di non darlo a vedere.
Ero e restavo fermamente convinto che all'artista non andasse imposto alcun vincolo di ordine morale. Ero andato
avanti per la mia strada senza tentennamenti, ribattendo
colpo su colpo alle accuse. Avevo ignorato uno dei tanti

saggi consigli del mio editore: inventa un bel commissa-
rio, virile, sui quaranta, solitario, con una profonda ferita
esistenziale, scontroso, ma giusto e ironico. Un eroe che
raddrizza i torti protetto dalla sua divisa, ma nello stesso
tempo, risolvendo i casi piú intricati, non perde di vista
l'umana pietà e, se possibile, la buona cucina. Ora mi pen-
tivo di non avergli dato retta. Non avevo piú nessuna voglia di combattere battaglie. Sentivo chiudersi, uno dopo
l'altro, gli spazi di libertà. Il fraintendimento e il malani-
mo dominavano la scena. Occorrevano spalle robuste per
resistere. Le mie si erano fatte di colpo esili.

Flint si accese il sigaro e me lo puntò contro.

– Se il suo problema è di passare per un cattivo maestro,
potrebbe inventare un personaggio che interpreti il ruolo
della coscienza critica. Uno che ogni tanto dice a Jay: fai
schifo, sei perfido...

– Potrei farlo parlare in camera, come in *House of Cards*, –
ribattei, beffardo, – sto distruggendo un sogno! Che merda che sono, vero? Non sono irresistibile?

– Vede? Le soluzioni non mancano!

– Ironizzavo, nel caso le fosse sfuggito.

– C'è poco da ironizzare. Se Dostoevskij avesse ragionato come lei non avrebbe mai inventato Stavrogin, ma
effettivamente i tempi sono cambiati. E non mi venga a
parlare di Hollywood, e nemmeno della televisione. Ormai i film si scrivono col bilancino. Sono tutti attenti a
non offendere le comunità, che contino qualcosa o meno.
Sono tutti ossessionati dalle calunnie sui social. Questo
cattivo lo facciamo nero? Mai sia, l'accusa di razzismo è
dietro l'angolo. Ormai i cattivi sono solo alieni, nazisti,
terroristi dell'Isis e, naturalmente, i fumatori!

Dannazione, era impossibile resistere a Flint. Quest'ultima tirata mi strappò piú che un sorriso. Una risata convinta.

– E magari i carnivori? – insinuai.

– O i darwiniani, perché no, da noi vanno di moda i seguaci di Billy Sunday.

– Questo mi manca, scusi, non sono ancora cosí… americano.

– Ah, Billy Sunday era un campione di baseball. Poi ebbe la svolta mistica. Siamo negli anni Venti. Fu fra i primi a sostenere le teorie creazioniste, voleva che si vietasse di parlare dei dinosauri. Lei vuole iscriversi al partito? Rinunciare alla sua libertà e darla vinta a questi miserabili?

– Ma Jay Dark non lavorava per gente come loro?

– Lei mi delude. Si ricorda quando parlammo di mitologie e caos?

– E come potrei dimenticarlo?

– E allora, una volta per tutte: Jay lavorava per loro e contro di loro. Consapevolmente o no, non importa. È questo che l'affascina di lui, confessi. E si arrenda a questo fascino. Ormai siamo vicini alla meta, tanto cosí…

– Potrei metterla nel mio libro, questa conversazione.

– Ottima soluzione. Allora è deciso. La smetta di frignare e andiamo avanti.

– No. Finisca il suo whisky e si tolga dai piedi.

– Ma che razza di scrittore è lei? Non è curioso di sapere come va a finire questa storia? Facciamo cosí: lei mi concede ancora un paio di ore del suo prezioso tempo, poi, dopo, è padronissimo di ritirarsi. D'accordo?

Accettai. Ancora una volta Flint aveva saputo pizzicare la giusta corda.

Il principio della fine e la fine del principio

I

Jay tornò a vivere nella sua casa di Bloomsbury e si comperò una Ferrari rossa. Non c'era nessun motivo per nascondersi, le sue attività ufficiali gli garantivano un reddito elevato, e la Ferrari era una meraviglia, la giusta ricompensa per un ragazzo di Williamsburg. Nello stesso tempo, non dimenticava di curare gli affari con la Confraternita, con cui manteneva vivo il legame facendo puntatine di due-tre giorni a Idyllwild. I laboratori macinavano, la roba girava, i soldi affluivano, i conti svizzeri si gonfiavano.

Senn gli aveva chiesto di «spingere» su Londra.

– Hai presente il modello americano? Dovresti inventarti qualcosa di simile.

Per modello americano intendeva la radicalizzazione dei movimenti giovanili. Ma il compito si rivelò impossibile. Jay prese contatto con un tizio dell'Ira, l'esercito irredentista dell'Irlanda cattolica del Nord, e gli propose uno scambio droga-armi, che quello accettò, ma solo a titolo individuale, senza coinvolgere l'organizzazione, contraria agli stupefacenti.

Jay lasciò perdere.

Ebbe più fortuna con alcuni radicali bianchi che convinse a costituire una specie di gruppuscolo armato sul modello dei Weathermen, ma questi, dopo aver fatto esplodere un paio di innocui petardi, si sciolsero.

Provò allora a reclutare Ronald Laing. Laing, al tempo,

era uno degli psichiatri piú in voga. La buona società faceva
la fila davanti al suo studio. Laing teorizzava l'antipsichia-
tria, alcune sue proposizioni erano molto prossime a quel
radicalismo che Jay cercava in ogni modo di suscitare. Dopo
l'eclissi di Leary, il movimento, o quel che ne restava, aveva
perso il suo faro. Laing avrebbe potuto prenderne il posto.

Brandon gli presentò Laing. Jay organizzò un trip a sei:
Laing e la sua compagna, Brandon e il suo compagno, un
allevatore di cani di razza Cavalier King Charles Spaniel
e Jay stesso. La congrega si gustò il suo eccellente Orange
Sunshine e alla fine Jay chiese a Laing di analizzarlo. Accettò. Jay si sottopose a una serie di sedute. Alla fine si
videro da soli nella bellissima casa di Laing a Chelsea, davanti al caminetto acceso, con un bicchiere di whisky di
puro malto e un buon sigaro. Il clima era disteso. Jay propose a Laing di entrare in società. Per la verità, gli offrí
di diventare il numero uno. Avrebbe controllato tutte le
società di Jay, che dal suo canto garantiva sulla redditività
degli investimenti. Ciò che gli chiedeva era di intensificare
le sue ricerche e farsi propagandista dell'uso virtuoso del-
l'Lsd. Un affare da cinquanta milioni di dollari.

Laing lo squadrò, sorrise, e disse che dall'analisi era
emerso un evidente disturbo di personalità di tipo narci-
sistico, con tendenza alla manipolazione e alla menzogna.
In pratica disse a Jay che era un ambiguo buffone. Poi si
alzò e lo scaraventò fisicamente fuori dalla sua casa, non
senza essersi fatto consegnare preventivamente il bicchiere
del costoso whisky: Laing, dopo tutto, era scozzese, e si sa
che per gli scozzesi il whisky è un bene prezioso.

L'acqua della vita.

Jay scrisse a Kirk che con gli inglesi era tempo perso, e
gli chiese a che diavolo servisse infiltrare o destabilizzare
un Paese che non solo aveva già i suoi bravi problemi con

le bombe dell'Ira, ma che, dopotutto, era il loro miglior alleato. Il vecchio rispose con un biglietto cifrato: giocare con il nemico è un dovere, farlo con chi ti è amico un sano divertimento. Insomma, il caos doveva «lavorare» dappertutto. Bizzarro, e molto kirkiano, ma in fondo non spettava a Jay decidere.

Jay si era adagiato nella routine, e mentre la sinistra americana si suicidava, quella inglese se ne fotteva e la Ditta taceva, lui si arricchiva e faceva la bella vita.

Un giorno, all'improvviso, Allsworth andò a trovarlo. L'avvocato fece irruzione a Bloomsbury e gli disse che nessuno, tanto meno Senn, avrebbe dovuto sapere di quella visita.

– Che succede, Ray?

Allsworth si prese la testa fra le mani.

– Succede che se non trovo centomila dollari entro lunedí sono rovinato.

Jay gli offrí un robusto whisky. L'avvocato lo tracannò d'un fiato e gli espose la sua lacrimevole storia. Aveva una storia. La tizia in questione si era dimostrata avida oltre ogni dire. Ray aveva ripetutamente messo mano al portafogli, ma a lei sembrava non bastare mai. Voleva fare l'attrice. Ray era entrato nella produzione di un film che avrebbe dovuto averla come protagonista. Lei era scappata col regista e con la cassa.

– Ma quei soldi, scusa…

– Erano un deposito fiduciario. Dovrei metterli a disposizione del… dei… insomma, devo restituirli lunedí.

– Sí, ma di chi sono quei soldi?

Alla fine Allsworth confessò. I soldi erano della Ditta. Aveva cercato di fregare la Cia. Niente male. Piú o meno quello che lui stesso, Jay, faceva da un po' di tempo.

– Centomila dollari… perché non ipotechi la tua grande villa?

– Già fatto, purtroppo.

– Vendila.

– Ma cosí non potrò piú rifarmi! Dannazione, Jay, dammi una mano, sei la mia ultima risorsa!

– Che cosa ti fa pensare che disponga di una simile somma?

– Douloux. Potremmo attingere dai conti di Douloux. Un po' di qua e un po' di là. Ti assicuro che nel giro di due, tre mesi, sarò in grado di restituire sino all'ultimo centesimo!

– Douloux? Tu sei pazzo. Vuoi che mi unisca a te per fregare la Ditta! Non se ne parla proprio, Ray...

– Allora io mi ammazzo.

– Forse una soluzione ci sarebbe...

Naturalmente per Jay centomila dollari non erano un problema. E fare un favore a Ray poteva rivelarsi un buon investimento. Gli ammanní una storia inventata su due piedi, avrebbe venduto lui qualcosa, rastrellato un po' di risparmi, esatto qualche credito, certo non lo avrebbe abbandonato. Ma lo tenne un paio di giorni sulle spine, prima di sganciare i soldi. Ray lo ringraziò con le lacrime agli occhi.

– Ti sarò grato in eterno, amico mio, credimi!

Jay avrebbe imparato a sue spese, molto presto, che non ci si deve mai fidare di un avvocato.

Una sera di fine maggio Kirk gli telefonò in lacrime. Gretchen se n'era andata.

2.

Jay si precipitò allo Schloss, ma per colpa di un volo ritardatario arrivò a cerimonia finita. Kirk, che aveva appena sparso le ceneri della sua compagna di vita, era irriconoscibile. L'ombra di sé stesso. Accettava i suoi abbracci, piangeva come un vecchietto qualunque, rifiutava di alimentarsi, riusciva a stento a mandar giú un sorso di acqua o un tè zuccherato.

Jay non se la sentí di lasciarlo solo. Si installò allo Schloss. Un paio di notti dopo il suo arrivo, fu svegliato da un crepitio di fiamme e da una sequela di urla agghiaccianti. Jay scese in giardino.

Kirk aveva ammucchiato al centro dello spiazzo antistante la stalla, la stalla ormai in rovina, fotografie, vestiti, i pochi gioielli, ritratti, tutto ciò che poteva ricordargli Gretchen. Aveva cosparso ogni cosa di benzina e vi aveva dato fuoco. E ora, nudo come uno scheletro nudo, ballava intorno al fuoco, gridando frasi incomprensibili.

– Dottore, non può fare cosí! Non è da lei!

– Che cosa è da me, eh? Che cosa, figliolo? Una vita al servizio del caos e l'unica realtà che conta, la morte sfugge alla mia comprensione. Abbiamo volato in alto, troppo in alto, come quel coglione di Icaro, e l'abbiamo fatto consapevolmente. È tutto un inganno, non capisci? Tutto!

– Non può dirmi questo, dottore, non lei! Da quando ci conosciamo non ha fatto altro che magnificarmi il caos, le traiettorie impossibili, il cambiamento, e ora...

– E ora ti dico che ho mentito. Io ho mentito. E chiamo a testimoni della mia menzogna gli dèi!

Poi si liberò e cercò di gettarsi nel fuoco. Jay riuscí a stento a fermarlo, un istante prima che scomparisse fra le fiamme. Kirk scalciava e digrignava i denti, mostrando un'energia insospettabile per il suo corpo provato.

Jay dovette abbatterlo con un cazzotto.

Kirk si afflosciò.

Jay lo portò a letto e lo vegliò tutta la notte.

Al risveglio, i suoi occhi erano tornati limpidi, la sua voce pacata.

– Ieri non ti ho offerto un bello spettacolo, figliolo.

– Era sconvolto dal dolore. La capisco.

– Vai ora, devo riflettere.

– Non mi sento di lasciarla da solo.

– Vai, ti dico. Il peggio è passato.

– Perché non viene con me a Londra?

Kirk sorrise.

– Figliolo, sono approdato in questo meraviglioso e contraddittorio paese nell'inverno del '44. Ventisette anni or sono. In questi ventisette anni non ho mai provato il benché minimo desiderio di rivedere la vecchia e stanca Europa. Non sarà alla fine della mia vita che cambierò idea.

– Che diavolo significa «la fine della mia vita»?

– Coltivo dentro di me un male che non lascia scampo.

– E le cure?

– Le cure hanno fatto il loro tempo.

– Sta dicendo che intende lasciarmi solo?

– Se vuoi che te la dica tutta, sto dicendo che sono stufo di averti fra i piedi.

– E se io le dicessi che sono stufo di essere governato come un pupazzo?

Kirk si sollevò a fatica e aprí un cassetto del piccolo comodino di legno sul quale, prima di andare a dormire, ogni notte posava il suo bicchiere di latte. Ne estrasse una busta e la porse a Jay. Gli fece cenno di aprirla. Conteneva il memorandum che, cinque anni prima, quando Jay era stato ufficialmente reclutato, Kirk aveva fatto firmare a Stagg e Senn.

L'atto fondativo della fase due di Mk-ultra.

– Finché sarà in tuo possesso, non potranno farti niente. È la tua assicurazione sulla vita, figliolo. Usala per contrattare la tua uscita. Volevi essere libero? Ora puoi farlo. E adesso levati dai piedi!

– Non ci penso proprio.

Jay collaborava da dieci anni con Kirk. E per tutto questo tempo era stato costantemente sedotto da fantasie di fuga. Nella sceneggiatura del loro rapporto, Jay era il giovane ribelle e fuggitivo e lui il saggio che lo conduceva per mano nel mistero del caos, frenando le sue spinte emotive, educandolo come un padre, trattenendo le sue furie. Il dialogo fra loro era sempre stato incentrato su due battute, ripetute sino alla nausea:

«Me ne vado, dottore».

«Resta, figliolo».

Ora, improvvisamente, tutto cambiava. Era Kirk a cacciarlo, e Jay, invece di cogliere l'occasione al volo e sentirsi libero, avvertiva una sensazione lancinante di vuoto. Un senso di frustrazione.

Recuperare la libertà? Ma se ogni volta che era stato a un passo dal riuscirci l'avevano ricacciato indietro!

Jay disse a Kirk che non solo si era adattato alla sua condizione di agente del caos, ma che aveva cominciato

ad amarla, che si era convinto che per lui non esistessero
alternative.

Era tardi. Jay Dark era cambiato. Jay Dark voleva i
soldi, la Ferrari, il giro dello spaccio. Se gli avessero chiesto di diventare un assassino, o peggio, lo avrebbe fatto
senza battere ciglio.

Era ciò che Kirk aveva plasmato, e non voleva essere
altro.

– Sa cos'è la vera libertà, dottore? La libertà di scelglier-
si il padrone piú conveniente. Se le ricorda queste parole?
Sono le sue parole! Io la mia scelta l'ho fatta. Perciò, si
tenga il suo pezzo di carta e vada al diavolo!

3.

Qualche giorno dopo la rottura con Kirk, mentre si preparava a tornare a Londra, Jay ricevette una telefonata da Wash.

– Devo vederti, Jay.

– Ok, sono qui, fratello.

– Puoi raggiungermi a Harlem? C'è una cosa di cui vorrei parlarti.

– Nessun problema, arrivo.

Jay non ebbe alcun sospetto. Forse, con la bella vita che aveva deciso di sposare, l'istinto della strada si era attenuato. Forse si fidava troppo di Wash, il vecchio amico Wash che doveva considerarlo un sincero compagno di lotta. Perciò, fu con estrema naturalezza e semplicità che si ritrovò in un garage della 134ᵐᵃ davanti a un nero legato a una sedia, il volto tumefatto e un filo di bava che colava dalla bocca privata dei denti a suon di cazzotti, e Wash in divisa delle Pantere con una semiautomatica in mano.

Magari proprio una di quelle pistole che lui aveva distribuito a suo tempo.

Il tizio sulla sedia era un agente provocatore della filiera di Garreth Senn, un ragazzo della Pennsylvania reclutato per spacciare eroina nel ghetto. Wash l'aveva beccato durante una delle ronde che le Pantere organizzavano nel vano tentativo di preservare i fratelli dal contagio. Il ragazzotto, che per inciso si chiamava Ulysses, e forse si riteneva erede dell'astuzia dell'eroe greco, davanti alla prospettiva di una sommaria esecuzione, aveva vuotato il sacco.

«Esiste un piano, cazzo, sono un agente sotto copertura!»

E fin qui, probabilmente, non aveva rivelato niente che le Pantere non avessero già capito da sole. Il guaio, quello vero, era un altro. Ulysses, nella foga di salvarsi la pelle, aveva fatto una serie di nomi. In cima alla lista c'era quello di Jay.

«Jay Dark, quello che credete un rivoluzionario! È uno dei capi, cazzo, devi credermi, fratello! Vi sta manipolando da anni, lui e quel suo dottore nazista. Ti sei fidato di quel bastardo! Io sono solo un pesce piccolo. Lasciami andare, ti prego, fratello, prenditela con quelli che vi stanno fottendo alla grande, non con me!»

Ora Wash era tormentato dai dubbi. Da un lato c'era la confessione dello spione, dall'altro il suo amico Jay Dark. Suo fratello Jay Dark.

Jay guardava Wash e guardava Ulysses, e si diceva che al suo posto, con ogni probabilità, avrebbe fatto la stessa cosa. Ma la situazione era molto, molto spiacevole. Wash aveva contravvenuto a un mucchio di regole. Non aveva giustiziato su due piedi l'infiltrato e non aveva informato i suoi compagni. Per amicizia e per fratellanza, aveva deciso di procedere da solo.

Wash gli stava dando un'opportunità.

– Andiamo, Wash, fratello! Non crederai davvero a questo disgraziato! Lo vedi da te che per salvarsi la pelle accuserebbe pure sua madre! Cazzo, Wash, ci conosciamo da anni! Ti ho dato armi, roba, soldi... pensi che l'avrei fatto se fossi stato dall'altra parte? E Tracey? Pensi che avrei ingannato anche lei? E Pam? Su, andiamo, non vedi che è tutta una montatura per dividerci?

Jay avrebbe dovuto aggiungere: spara a questo pezzo di merda e andiamocene a casa. Ma era una scelta difficile. Dopo tutto, Ulysses e lui stavano davvero dalla stessa parte. E forse Jay sarebbe riuscito a convincerlo, anche senza ricorrere a qualche gesto estremo.

Wash continuava a fissarlo. Doveva avere il cuore lacerato.

– Che devo fare, fratello?

– Lascialo andare. È un povero pazzo. Gli hai dato una lezione, ormai qua a Harlem è bruciato. Lascialo andare.

Ci fu un momento in cui Jay andò vicino a farcela. Wash lo guardò a lungo, e Jay sostenne il suo sguardo. Che cosa vi lesse? La limpida profondità di un'amicizia che non conosce tradimento. Aveva messo tutte le capacità di cui disponeva in quello sguardo. Era assolutamente convincente!

Ma l'ostaggio, invece di afferrare la situazione e mettersi a piangere invocando le ragioni dell'umanità, prese a blaterare che poteva dargli le prove delle sue affermazioni. Parlò della Base, disse che avrebbe potuto farci entrare un battaglione di militanti neri e che li avrebbe aiutati a fare una strage. Disse che aveva visto personalmente Jay prendere la roba dai capoccioni (il che era un'assoluta bugia: la roba Jay la produceva, e semmai la forniva a quelli come lui).

Insomma, delirava pericolosamente. Wash si prese la testa fra le mani.

– Adesso, Dark, prendigli la pistola! – gridò l'altro.

Sí, Wash si era distratto. Aveva posato l'arma su un basso tavolinetto. Jay avrebbe potuto scattare e risolvere la situazione alla cowboy. Ma solo per quel grido, pensò, Ulysses si meritava una palla in testa.

Ma come si poteva essere cosí idioti?

Perché Jay non sparò subito a Wash? Non fu per amicizia, né per pietà. Anche in quel frangente cosí critico Jay pensava a come portare la pelle a casa. E magari pensava che Wash avrebbe ancora potuto essergli utile.

Wash riprese la pistola e la consegnò a Jay.

– Sta bene, Jay. Sparagli in testa e facciamola finita!

Cosí, dunque, non riuscendo a decidere dove stava la verità, Wash gli passava la verga di Ponzio Pilato.

Jay rivolse l'arma contro Wash e gli ordinò di liberare l'ostaggio.

– Sí, cazzo! – gridò Ulysses.

Jay non avrebbe mai dimenticato lo sguardo di Wash. Simpatizzava con lui, in quel momento. E, nello stesso tempo, una parte di lui apprezzava il fatto di trovarsi dal lato giusto dell'arma. Era anche quella una metafora, in fondo: stava a significare che fra i due eserciti in campo Jay aveva definitivamente scelto il piú forte.

– Su, Wash, – lo incoraggiò. – Posso farti avere un accordo vantaggioso. Diciamo da due a cinque anni in un penitenziario di media sicurezza. E bada bene: non ti chiedo di tradire nessuno! Diciamo che è un'offerta da amico. Andiamo, il gioco è finito, Wash. Libera questo stronzo.

Wash non era come lui. Wash era come tutti gli altri. Lui credeva. Si avventò su Jay, lanciando una specie di ruggito addolorato.

E Jay gli sparò un colpo in fronte.

Poi slegò Ulysses.

– Cazzo, cazzo, fratello, ti daranno una medaglia per questo! Cazzo, sei stato forte!

Poi, l'indegno epigono del re di Itaca fece qualcosa che non avrebbe dovuto fare. Si mise a prendere a calci il cadavere di Wash.

– Per un istante ho creduto che gli avresti veramente offerto un accordo, fratello! A questa merda! Vaffanculo, sei morto, eh? Vaffanculo, vaffanculo!

Jay lo prese delicatamente per le spalle e lo allontanò dalle spoglie di Wash.

– Stammi a sentire, Ulysses. Tu hai rivelato informazioni segrete a un nemico, hai rischiato di mettere a repentaglio l'intera missione, e ti sei comportato come un vigliacco.

– Cazzo, lo avresti fatto anche tu al mio posto!

– Tu dici?

E Jay sparò anche a lui in testa. Due colpi.

Sí, certo, forse anche lui avrebbe cantato come un canarino, perché no, la pelle è la pelle. Ma non avrebbe mai preso a calci il cadavere di un combattente.

Jay non aveva voluto vendicare in qualche modo Wash, e non era schiacciato dal peso della colpa per aver ucciso un fratello. Non sparò a Ulysses per una sorta di rigurgito morale.

Jay sparò a Ulysses perché Ulysses, come Wash, come tutti gli altri, credeva.

Era Jay quello che non credeva in niente.

Toccava a lui sporcarsi le mani.

Non arrivò nessuna medaglia. Tutto ciò che arrivò fu un abbraccio da Garreth Senn.

– Hai le palle, ragazzo. Per vendicare l'agente caduto sul campo non hai esitato a uccidere un tuo vecchio amico. Sono cose che pesano, nel nostro mondo.

4.

Jay tornò a Bloomsbury e si tuffò nel lavoro. Aveva varcato la sua «linea d'ombra». Non provava né orgoglio né disappunto. Era semplicemente accaduto, e gli stava bene. Avrebbe dovuto tenere conto degli ammonimenti di Kirk, ma l'odore del sangue lo aveva esaltato.

Jay Dark, l'onnipotente.

Correva a precipizio verso il principio della fine, e non si era mai sentito cosí freddo e leggero.

Qualche mese dopo gli eventi del cosiddetto Settembre Nero, quando il re di Giordania aveva cacciato dal suo Paese l'élite palestinese, Jay ricevette una richiesta di aiuto dallo sheikh Walid. L'oasi scoppiava di profughi, il popolo soffriva, i fondi mancavano, eccetera eccetera. Ne parlò con Garreth Senn. Gli ordinò di lasciar perdere. Per il momento, non c'era una linea precisa sulla questione palestinese. Quindi non si potevano autorizzare operazioni oltre a quelle già in corso, vale a dire il traffico di hashish con Walid. Jay interpretò l'ordine a modo suo. Accordò allo sheikh un venti per cento in piú sulla divisione degli utili e gli consegnò personalmente due valigette con denari prelevati dai fondi svizzeri. Walid gli disse che se l'Occidente avesse continuato a ignorare la situazione del suo popolo, presto si sarebbero visti i fuochi d'artificio. L'aspetto strano della vicenda stava in questo: Walid non era propriamente palestinese, ma libanese. Quando Jay glielo fece notare, lo sheikh rispose che il suo cuore stava dalla parte di tutti quelli che soffrono, senza distinzione. Osservazione un po' generica, visto che proveniva da uno che aveva giurato di distruggere l'intera nazione ebraica.

Poi le cose precipitarono.

Cominciò tutto proprio a Londra.

Un certo ispettore Masterson, della Polizia Metropolitana, quella veneranda istituzione che il mondo conosce col nome di Scotland Yard, sguinzagliò una decina di agenti nei locali alla moda. Gli agenti si finsero giovani artisti interessati alla scena alternativa, entrarono in contatto con i venditori e un paio di loro riuscì a risalire un bel pezzo della filiera. Quando ebbe abbastanza informazioni in mano, Masterson scovò e fece chiudere due laboratori, sequestrando un bel po' di roba. Allarmato, Jay informò Garreth Senn. Senn gli disse di non preoccuparsi, e attivò un suo contatto all'Mi5, il servizio segreto inglese. Lo spione convocò l'ispettore Masterson e gli fece capire che era meglio soprassedere all'inchiesta. Masterson replicò che lo avrebbe fatto se quello gli avesse messo per iscritto che il Governo di Sua Maestà ordinava a un funzionario di polizia di favorire il traffico di Lsd a Londra. E aggiunse che intendeva interrogare Jay.

Sempre più allarmato, Jay ripulí gli altri laboratori, prelevando tutte le scorte di ergotamina tartrato e, con un passaporto procurato al volo da Garreth Senn, spedí Sam, l'altro socio, Phil, e la roba, in Francia. L'ordine di comparizione rimase inevaso. Masterson scrisse una relazione indignata nella quale accusava l'uomo dei servizi di aver informato Sam dell'inchiesta segreta a suo carico. L'uomo dei servizi perse la pazienza, e qualche giorno dopo Masterson fu incastrato con la falsa accusa di detenzione di Lsd. Ma la relazione di Masterson aveva trovato orecchie sensibili nei gradi alti

di Scotland Yard, dove non mancavano funzionari altrettanto onesti. Ne derivò una trattativa segreta, al termine
della quale i servizi furono costretti a rilasciare Masterson
con tante scuse, e anche se il coraggioso ispettore fu destinato ad altro incarico, su Jay si era lo stesso acceso un faro
piuttosto luminoso e sgradevole.

Jay chiuse tutti i laboratori e, di fatto, Londra fu persa:
evidentemente gli «amici» non avevano gradito il «sano
divertimento» di Kirk.

Come se non bastasse, sempre Masterson aveva fatto
girare le sue informazioni agli omologhi organi di polizia
di Francia e Belgio. I gendarmi locali si mossero. E Jay
dovette chiudere anche Parigi e Bruxelles.

Una vera débâcle.

Ma il peggio doveva ancora arrivare.

La polizia della California perquisí due laboratori della Confraternita e arrestò tutti quelli che si trovavano sul
posto.

– Garreth, che cazzo sta succedendo? Non eravamo
coperti?

– È tutto sotto controllo, ragazzo. Si è trattato solo di
un incidente.

Incidente un cazzo. Quella serpe di Senn mentiva. Una
settimana dopo una massiccia retata pose fine alle attività
della Confraternita.

Jay chiamò Allsworth. I federali, ufficio narcotici, avevano perquisito i suoi uffici. Secondo lui, era imminente
un mandato di cattura per Jay. Allsworth gli consigliò di
restare a Londra. Jay richiamò Senn. Ricevette l'ordine
di rientrare immediatamente, perché, spiegò, «lo scenario è cambiato».

Jay andò a trovare Kirk.

5.

Non ci fu bisogno di troppe parole. Bastarono uno sguardo e la stretta di mano con la quale il mucchio d'ossa che era stato l'inventore di Mk-ultra lo accolse dal suo letto di morte, al Jewish Center di Manhattan. Kirk era il padre. Jay il figliol prodigo col capo cosparso di cenere. Jay prese il memorandum e assicurò al suo mentore che avrebbe saputo farne buon uso. Kirk si sfilò la maschera di ossigeno e gli fece cenno di avvicinarsi. Il suo respiro era aspro, il suo alito di moribondo acre e zuccherino.

– C'era un volta un gran re di nome Indra. Per rendere la sua città immensa e gloriosa, Indra incaricò Visvakarman, il dio delle arti e dei mestieri, di erigere il piú splendido palazzo di tutti i tempi. Il dio si mise all'opera, ma Indra si faceva giorno dopo giorno piú esigente. Visvakarman non sapeva che pesci pigliare, e si rivolse a Brahma, il creatore del mondo. Brahma si rivolse a Vishnu, il reggitore delle cose, e Vishnu, con un cenno del capo, gli disse che avrebbe provveduto. La mattina seguente si presentò al palazzo di Indra un brahmano, un fanciullo di splendente bellezza, assai saggio. Indra lo ricevette nella sua sala piú maestosa. Il fanciullo gli disse che aveva sentito parlare di lui e del suo desiderio di costruire un palazzo senza eguali. E gli chiese quanto tempo ancora gli occorresse per completare la costruzione e liberare Visvakarman, e lo chiedeva, spiegò, perché nessun Indra prima di lui aveva avuto una dimora cosí magnificente. Indra, un po' sorpreso e un po' ironico, gli chiese quanti Indra avesse mai potuto conoscere un fanciullo in cosí tenera età. Il giovane brahmano rispose che ne aveva conosciuti tanti, e che aveva assistito alla distruzione dell'universo e che aveva visto morire ogni cosa al termine di ogni ciclo. «Chi enumererà le epoche del mondo che passano succedendosi l'una all'altra? Chi conterà gli universi trascorsi e le nuove creazioni sorte dall'abisso? Quanto agli universi che in un qualsiasi momento esistono fianco a fianco, ognuno dei quali contiene un Brahma e un Indra, chi mai potrà calcolarne il numero?» Mentre il re, che cominciava a capire, lo ascoltava con un principio di timore, entrò nella sala una lunga teoria di formiche. Il fanciullo sorrise e disse che ognuna di quelle formiche era stata un tempo un re degli dei, ma che poi ogni re era morto e si era reincarnato in una formica. Perciò oggi tu sei Indra e domani sarai una formica. Perché ogni mortale e ogni dio nasce, vive, muore, si corrompe e rinasce...

– Bello, dottore. Ma non si affatichi!

– Ma non capisci! – Kirk strinse la mano di Jay, facendo appello alle sue ultime forze. – Stagg è Indra, Senn è Indra, l'America è Indra. Oggi è Indra. Domani sarà formica. Non fidarti di loro. Lavora per loro, ma anche contro di loro. Domani saranno formiche, ricordalo!

Kirk fece segno a Jay di rimettergli la maschera e si schiantò sui cuscini. Sudava. Sudava e soffriva. Soffriva maledettamente.

Jay estrasse dalla tasca la boccetta con le ultime dosi di Kaos.

– Si fida di me, dottore?

Kirk comprese. O forse accettò l'inevitabile. Accennò di sí. Jay gli fece inghiottire due pillole.

Una dolce serenità cancellò il dolore. Lo sguardo di Kirk tornò per un istante limpido.

Jay gli prese la mano e mormorò:

– Libero e lieve, lasciati andare, padre. Avanti e in alto. Va' avanti, in alto, verso la luce...

E lasciò la mano di Kirk solo quando la luce lo ebbe fatto suo.

6.

Kirk aveva investito Jay di un'eredità imbarazzante. Avrebbe dovuto, in nome del caos, muovere guerra al sistema dei Senn e degli Stagg. In pratica, dopo aver contribuito a fottere il ratto, doveva farsi ratto. Anche se l'immagine del tronfio senatore e del virile agente segreto in abito da formicuzza avrebbe spesso illuminato di ironia certi passaggi problematici della sua esistenza, in quel momento Jay aveva problemi piú urgenti.

Prima di tutto salvare la pelle.

– Stagg vuole la tua testa. Non so perché, ma quel bastardo ce l'ha a morte con te!

Cosí gli disse Allsworth quando si incontrarono al funerale di Kirk. Una cerimonia che definire minimalista suonerebbe eufemistico: un carro funebre pagato da Jay, due soli partecipanti – lui e Allsworth – e il cortile deserto del Jewish Center: fra tutti i posti dove andare a morire, il vecchio nazista aveva scelto un ospedale ebraico.

– Ti offrono un accordo, Jay. Tu rendi piena confessione delle tue attività di spacciatore e restituisci il maltolto, vale a dire tutti i soldi che hai accumulato in questi anni. In cambio loro ti garantiscono una condanna da cinque a quindici anni con possibilità di liberazione sulla parola dopo trenta mesi e un penitenziario di minima sicurezza. Mi pare conveniente, no?

– Beh, digli che sono disposto a trattare, – rispose Jay, e porse a Allsworth il memorandum.

Lui dette un'occhiata e fece un passo indietro, inorridito.

– Ma ti rendi conto? Vuoi ricattare la Ditta! Non te la faranno passare liscia!

– Ma mi ascolti? Ho detto trattativa, mica ricatto!

Allsworth scosse la testa.

– Senn non accetterà mai. Piuttosto ti farà sparare alle spalle. Credimi, non c'è via d'uscita.

– Organizzami un incontro.

– Non ci penso proprio.

Jay si guardò intorno, vide che il posto era deserto e afferrò l'omarino per il bavero.

– Vuoi che gli spifferi la storia dei centomila, pezzo di merda?

– E perché dovrebbe crederti? I soldi sono al loro posto, non c'è mai stato nessun ammanco... no, se pensi di farmi paura sei fuori strada.

– Cazzo, Ray, ti ho salvato la pelle quando eri a tanto cosí dal suicidio!

– E te ne sono grato. Ma le cose sono cambiate.

– Sei il mio avvocato.

– Sono l'avvocato di entrambe le parti e, se permetti, preferisco stare col piú forte.

Jay strinse piú forte e sollevò letteralmente da terra l'avvocato.

– Lasciami, cazzo, sei impazzito? I ragazzi di Garreth sono già a casa tua, sono al cimitero, sono anche qua fuori, sei fottuto... io queste cose non dovrei neanche dirtele...

– Beh, grazie allora!

Jay mollò la presa. Mentre Allsworth cercava di riprendersi, lo colpí due volte al capo e ci aggiunse una ginocchiata alle parti basse. L'avvocato si afflosciò con un gemito. Jay si frugò nelle tasche. Tutto ciò che possedeva erano cinquecento dollari. Si diresse a grandi falcate verso l'autista del carro funebre, un grosso italiano dai baffetti grigi che aveva assistito alla scena e che appena vide Jay venirgli incontro alzò le mani in segno di resa. Jay gli si rivolse nella sua lingua.

– Questi sono quattrocento dollari. Mi servono l'uniforme e il carro.

L'italiano afferrò al volo la situazione e accettò lo scambio. Indossata l'uniforme, Jay lo colpí non troppo forte al mento e si mise al volante del carro funebre.

Qualche istante dopo passava davanti alle due Mustang di servizio appostate all'ingresso dell'ospedale.

I cattivi ci misero un po' di tempo a capire.

Mai dare tempo a un ragazzo di Williamsburg.

Un ragazzo di Williamsburg sa essere veloce come un levriero.

7

Levriero in inglese suona *greyhound*. E Greyhound è il nome di una famosa compagnia di pullman che collega molte città americane. Fu appunto saltando da un levriero all'altro che, in due giorni, Jay raggiunse Chicago. Aveva come unico bagaglio l'ultima roba, gli ultimi dollari e un forte carico di rabbia e frustrazione. Bussò a un appartamento di tre stanze in Division Street, ai margini del Villaggio Ucraino fondato negli anni Venti dai profughi della rivoluzione russa, e gli fu aperto da una composta professoressa con tanto di occhiali e tailleur, i capelli raccolti in uno chignoncino, un filo di trucco e un vago profumo dal fondo di tabacco. Nessuno avrebbe sospettato che quella bella signora, forse un po' austera, custodiva, sotto il letto a una piazza, una cassa con pistole, munizioni, una mitraglietta e bombe a mano.

– Tracey, grazie al cielo! Sono nella merda!

– E puzzi come un caprone. Va' a farti una doccia, Jay!

Dopo la tragica morte di Wash, Tracey e Jay erano rimasti in contatto. Lui le mandava regolarmente soldi per la causa e lei lo teneva aggiornato sulle sue imprese rivoluzionarie. Tracey aveva una sua particolare visione delle regole della clandestinità. Entrava e usciva, per intenderci. Su di lei esisteva un voluminoso dossier che, con l'aiuto di Senn, Jay era riuscito a secretare. Al fine di garantirsi la miglior copertura possibile, nelle ore libere dalla militanza rivoluzionaria insegnava inglese e francese ai figli degli immigrati poveri e frequentava assiduamente la chiesa cattolica.

Quando Jay uscí dalla doccia, i capelli ancora umidi, lei gli offrí una canna e un bacio fraterno.

– Dimmi tutto.

C'era poco da dire. O, meglio, c'era da dire quel poco che poteva essere detto. Jay le raccontò che era finito nel mirino dei Federali per la storia dell'Lsd, ma che era riuscito a mettersi in salvo un minuto prima di essere sbattuto dietro le sbarre. Aveva bisogno di nascondersi per un po', in attesa di capire se e come se la sarebbe cavata. Il suo piano era di aspettare che le acque si placassero, raggiungere la Svizzera, recuperare da Douloux i suoi soldi e andarseli a godere in qualche paradiso tropicale senza estradizione. Ma questo, ovviamente, alla compagna Tracey non poteva dirlo. Per lei era, e doveva restare, il compagno Jay Dark, rivoluzionario ribaldo e vittima della repressione del Sistema.

– Hai fatto molto per la causa, Jay. Sarei una stronza se ti negassi il mio aiuto. Puoi fermarti quanto ti pare. Ma ti avverto: se conti sui Weathermen, niente da fare.

Tracey aveva rotto coi suoi vecchi compagni. Un bel giorno aveva ritirato le sue armi e la sua parte dell'ultima rapina di autofinanziamento e si era messa a lottare da sola. La morte di Wash, ufficialmente vittima di un regolamento di conti fra spacciatori, l'aveva radicalizzata.

– Ero stanca di tutto quell'estremismo parolaio.

– Estremismo parolaio? I Weathermen? Cazzo, Tracey! Ma che stai dicendo?

Negli ultimi due anni i Weathermen avevano effettuato attentati dinamitardi contro la Banca Federale, il Centro di ricerche della Marina a Washington, l'American Legion, l'armeria della Guardia Nazionale di Santa Barbara (California), l'aula del tribunale della contea di Marin (California), dove qualche mese prima Jonathan Jackson aveva cercato di liberare dei detenuti neri durante il loro processo. Avevano distrutto la sezione penale del tribunale di Long Island, sempre in solidarietà con i prigionieri in rivolta. Avevano messo bombe al Center for International Affairs di Harvard e all'Istituto di ricerca della Standford University, al centro della riserva miliare a Jamaica, all'armeria della Marina a Whitestone in solidarietà con la rivolta in Porto Rico e al Campidoglio di Washington, nei locali adiacenti agli uffici senatoriali. Poi avevano attaccato gli uffici dell'amministrazione penitenziaria a San Francisco, Sacramento e New York. E lei lo chiamava estremismo parolaio!

– Qualche bombetta che fa solo il solletico al Sistema non cambierà le cose, Jay. Occorrono iniziative piú radicali. Occorre che scorra il sangue!

– Ma di che stai parlando?

– Di azioni mirate, esemplari. Determinanti. Colpirne uno per educarne cento.

– Beh, potresti cominciare con Stagg, allora!

Jay non avrebbe saputo spiegare come gli erano venute quelle parole. L'odio per Stagg era una giustificazione superficiale. Piú verosimile che, a un livello piú profondo, il testamento di Kirk avesse scavato dentro di lui: prima li aveva aiutati, ora era il momento di combatterli. In ogni caso, l'accenno a Stagg era stato lanciato con un tono alquanto ironico.

Ma Tracey la prese molto, molto sul serio.

– Sarebbe un buon punto di partenza, in effetti.

– Andiamo, tesoro, dicevo cosí per dire. Come puoi pensare di attaccare uno degli uomini piú potenti d'America!

– Con il piombo, tesoro.

Quindi, fissandolo decisa, aggiunse:

– Ho visto Pam. Lei potrebbe darci una mano.

Jay capí che la ruota si rimetteva a girare per il verso giusto.

8.

Dopo che Jay gliel'aveva riconsegnata, il senatore Stagg aveva fatto internare Pam in una nuova clinica privata, perché fosse curata dai migliori psichiatri. Per due anni illustri specialisti si erano affaccendati intorno alla paziente. Pam appariva apatica, non collaborava alle cure, si alimentava a stento. Era come se volesse lasciarsi morire. L'avevano imbottita di farmaci. Avevano persino suggerito una lobotomia frontale, stile *Qualcuno volò sul nido del cuculo*, ma, per sua fortuna, anche una viscida carogna come Stagg aveva dei limiti, e non se ne era fatto niente. La diagnosi oscillava fra il disturbo di personalità, lo stress post-traumatico, la depressione.

In sostanza, nessuno ci capiva un accidente.

Piano piano, Pam aveva cominciato a riprendersi.

Nei due anni successivi aveva manifestato interesse per la musica e il disegno. Si era messa a studiare la chitarra classica. Dipingeva. Si mostrava gentile e collaborativa. Aveva accettato di rivedere il padre, i medici avevano allentato la sorveglianza. Le era stato concesso di scrivere lettere senza censura. Pam ne aveva approfittato per scrivere a Tracey. Quando le erano state concesse visite, Tracey era andata a trovarla. Le due amiche si erano abbracciate, Pam aveva pianto un po'. E aveva confidato a Tracey di avere un solo scopo nella vita: uccidere suo padre. Nell'ultimo semestre, Pam era stata autorizzata a effettuare uscite in compagnia di operatori sanitari. Infine l'avevano lasciata libera di uscire da sola, a condizione che riferisse da chi era accompagnata e dove si recava. Pam aveva trascorso un paio di weekend nella casa paterna. Ma non aveva messo in atto il suo progetto omicida. «Da sola non ce la faccio», aveva confidato a Tracey. L'amica si era offerta di aiutarla.

«Ho un piano, Jay».

Alla prossima uscita Pam avrebbe fatto in modo di introdurre Jay e Tracey a villa Stagg e lí, con il loro aiuto, avrebbe risolto in modo definitivo i suoi problemi con il padre.

Jay la vedeva diversamente. Intanto, era chiaro che non era stato lui a suggerire l'idea dell'omicidio: le due ragazze ci pensavano da tempo, e semmai quello scambio di battute fra lui e Tracey aveva fatto capire alla sua amica guerrigliera che la cosa era fattibile. Ma il punto era un altro. La morte di Stagg non interessava minimamente a Jay. E tanto meno desiderava finire arrostito sulla sedia elettrica come complice di un clamoroso omicidio politico.

Lui voleva solo salvarsi la pelle e, nei limiti del possibile, anche il patrimonio.

Con Tracey cercò di buttarla in politica.

– Non è un omicidio esemplare, Tracey. Tu vuoi solo aiutare Pam. Questa è politica inquinata, politica asservita ai problemi personali di un'amica.

– Il personale è politico, Jay, non sei stato tu fra i primi a dirlo, alla convenzione degli studenti democratici? Ricordo ancora le tue parole sulla soggettività sovversiva...

– Ma che c'entra! Pam è fuori di testa, devi rendertene conto.

– Allora diciamo che è un chiaro caso di eterogenesi dei fini.

– Non sarebbe piú utile per noi se invece di ucciderlo lo rapissimo? Potremmo filmarlo, estorcergli una confessione...

– E che c'è da confessare? Quel bastardo è il Sistema, e il Sistema non confessa!

– Almeno sapremmo perché Pam ce l'ha tanto con lui. Te lo sei mai chiesto? Io sí, ma non sono mai riuscito a saperlo. Non sei curiosa?

No. Non era curiosa. La sua coscienza rivoluzionaria, abbinata alla profonda amicizia che la legava a Pam, aveva trasformato Tracey in un'ottusa macchina da guerra. Niente e nessuno l'avrebbe distolta dal suo progetto.

Cosí Jay fu costretto sbrigarsela da solo. E questa volta fece le cose come si deve: in fondo si stava giocando il tutto per tutto.

Jay e Tracey si trasferirono a Boston, in un appartamento che lei aveva affittato col suo vero nome, una base provvisoria, a metà strada fra la casa di Stagg e la clinica. Quel venerdí pomeriggio, Pam salutò gli operatori e si avviò verso la Chrysler di Tracey.

Ma al volante non c'era Tracey.

Tracey dormiva nel suo letto, abbattuta dalla giusta dose di fenobarbital che Jay aveva sciolto nel tè.

Al volante c'era Jay. Con un registratore e una fifa blu.

– Jay? Sei tu? Ma che...

Non le dette tempo per riflettere. La tirò dentro l'abitacolo, chiuse a chiave e partí a razzo.

– Tracey ci aspetta a casa, Pam.

– Voglio scendere, Jay.

– Va tutto bene, piccola.

– Tutto bene un cazzo! Ero felice, ero libera, e tu mi hai consegnata a quel mostro! Non ti perdonerò mai!

– Ero seguito, non potevo saperlo, Pam. Sono dalla tua parte.

– Fammi scendere o ti faccio finire fuori strada.

– Prendi il caffè, Pam. Fra poco saremo a casa.

Già. Il caffè. Tracey gli aveva detto che, durante i loro incontri, Pam consumava litri di caffè. E Jay aveva preparato un caffè speciale. Con due dosi di Kaos. La sua ultima risorsa.

Stava rischiando grosso. Non aveva la più pallida idea di come lei avrebbe reagito. Se in clinica avevano fatto il loro dovere, Pam doveva essere pulita da quattro anni. E non aveva mai preso Kaos.

Pam bevve il caffè. Venti minuti dopo, mentre sorretta per un braccio scendeva nel seminterrato, fra un sorriso e una visione rispose all'unica domanda che Jay le aveva fatto:

– Parlami di lui, Pam. Dimmi tutto.

9.

Io, Pamela Lucy Stagg, dichiaro quanto segue: mio padre, il senatore democratico Donald Stagg, ha cominciato ad abusare di me dall'età di undici anni. Mio padre era un alcolista. Mi accarezzava e mi costringeva a compiere atti sessuali sul suo corpo. Immediatamente dopo aver raggiunto il piacere, mio padre scoppiava a piangere e si dichiarava pentito. Mia madre si accorse che qualcosa fra noi non andava e gliene chiese conto. Mio padre la picchiò. Mia madre minacciò di denunciarlo. Mio padre la uccise con un colpo di pistola. Fui testimone dell'accaduto. Avevo tredici anni, o forse quattordici. Il delitto fu archiviato come suicidio in seguito alle dichiarazioni di mio padre, che io confermai, asserendo falsamente di essere stata presente mentre mia madre si puntava la pistola alla tempia e sparava. In seguito mio padre si sottopose a un programma di riabilitazione presso gli Alcolisti Anonimi, e le molestie nei miei confronti cessarono.

In fede,

Pamela L. Stagg

Jay batté a macchina in due copie la dichiarazione di Pam, sintesi del lungo racconto che aveva registrato, e gliele fece firmare. Quindi somministrò a Tracey, che si era risvegliata dal suo sonno comatoso, un'altra tazza di tè alterato.

Era notte fonda.

Pam appariva serena, persino gaia. Faceva tutto quello che Jay le diceva di fare. Voleva fare l'amore, ma lui le disse di no. A quell'ora Stagg, che l'attendeva a casa, doveva essere preoccupato per il suo ritardo. Jay le ordinò di telefonare. Lei eseguí. Spiegò al padre che si era fermata da un'amica, che l'avrebbe raggiunto l'indomani. Pam fu bravissima a non far trapelare il suo stato. Jay versò anche a lei una dose blanda di tè corretto.

Alle prime luci del giorno lasciò le due ragazze addormentate e corse alla piú vicina agenzia della Western Union. Spedí a Brandon il nastro e una copia della dichiarazione, con un biglietto che diceva, piú o meno, se entro cinque giorni non mi faccio vivo, rendi tutto pubblico. Aggiunse: non leggere. Ma era superfluo, di Brandon si fidava ciecamente. Era inglese, dopotutto, la riservatezza faceva parte del suo codice genetico.

Poi telefonò a Stagg.

– Se vuole rivedere Pam, venga da solo.

Nell'attesa, tenendo d'occhio le due ragazze addormentate, rifletteva su quanti indizi avesse avuto a disposizione, nel corso degli anni, e su come fosse stata facile, a portata di mano, la comprensione. Che altra ragione poteva avere l'odio di Pam se non la violenza atroce di un padre su sua figlia? Come aveva fatto a non capirlo prima? Certo, a quel tempo, il tema della pedofilia, e per giunta in famiglia, non era cosí avvertito. Eppure Jay era stato cieco. E come lui erano stati ciechi Kirk, Tracey, il povero Wash e tutti quei dottori che avevano scrutato in ogni piú intimo recesso di Pam.

Che razza di asini! Leary ne sarebbe uscito trionfatore: laddove avevano fallito l'amore, l'amicizia e la scienza, aveva avuto successo la droga!

Jay provava una sincera pietà per Pam. Il suo dolore lo toccava, anche se per lui era come la manna dal cielo.

Come avrebbe reagito Stagg? E come poteva reagire! Era sconfitto, schiantato. Jay ne sarebbe uscito nel modo migliore, e ci sarebbe stato un futuro anche per Pam.

Il lieto fine era imminente.

Purtroppo, le cose andarono diversamente.

10.

Stagg fu di parola.

Venne solo.

Ma venne armato di pistola.

Uno sguardo alla dichiarazione firmata da Pam lo convinse dell'inutilità di ricorrere alla violenza.

Fu in quel momento che Jay commise l'errore che avrebbe fatto precipitare le cose. Quando il senatore posò la pistola sul tavolino che divideva Jay e il divano su cui Pam giaceva ancora addormentata, non si curò di far scomparire l'arma. Si sentiva molto, troppo sicuro di sé. E si illudeva persino che la confessione avrebbe liberato Pam dai suoi fantasmi.

Ma prima doveva chiudere la trattativa con Stagg.

– Se sta pensando di distruggere quella carta, senatore, faccia pure. Un altro originale è in viaggio per un luogo sicuro. Insieme al nastro sul quale Pam ha inciso la sua dichiarazione. Quindi, se fossi in lei, cercherei di affrontare la questione dal punto di vista piú pragmatico.

Stagg azzardò una debole protesta. L'uomo che aveva fatto quelle cose terribili, disse, non era lui. Un demone aveva preso possesso della sua coscienza e l'aveva pervertita. Quando si era risvegliato dalla possessione aveva cercato di cancellare gli errori del passato, era diventato un buon padre, un patriota...

Jay gli rise un faccia. Un patriota! Ma andiamo, senatore! Hai impestato un'intera generazione con le droghe piú bastarde, poi ti sei riciclato come zar dell'antidroga e custode della morale, ti scopavi tua figlia, hai ucciso sua madre e adesso vieni a piangermi sulla spalla? Il buon padre!

– Queste sono le condizioni. Le accuse contro di me cadono. Mi restituite i soldi. In cambio, lei si riprende Pam e la dichiarazione resta segreta. Prendere o lasciare.

Stagg chinò il capo e disse che accettava.

Pam si svegliò di colpo. O forse era già sveglia, aveva solo finto di dormire, aveva assistito al dialogo fra Jay e il padre e aveva capito che razza di individui erano.

Vide la pistola, l'afferrò, la puntò alla testa del padre e lo fulminò.

– Pam!

Troppo tardi.

Lei fissò Jay con gelido disprezzo.

– Sei peggio di lui, Jay Dark.

Poi si portò l'arma alla tempia e si uccise.

Jay si riscosse. Controllò padre e figlia. Non c'era piú vita in loro. Il sangue colava dalle ferite. Intascò la pistola.

Risvegliata dalle detonazioni, si affacciò Tracey.

Urlò. Si gettò su Pam. La cullò fra le sue braccia come in una Pietà rinascimentale. Poi scoppiò a piangere.

Un conto è l'omicidio teorico, un altro i corpi caldi che la vita abbandona, l'odore dolce e marcio del plasma, l'iconografia della decomposizione.

– Va' via. Subito. Penso io a questo casino, – ordinò Jay.

Tracey, imbambolata, gli obbedí.

II.

– Ragazzo mio, continuo a sottovalutarti. Non so come tu abbia fatto, ma... insomma, hai sette vite come i gatti, eh? Beh, complimenti. Mi sa che ti devo un favore.
Jay Dark era stato nuovamente promosso da «merdina» a «ragazzo». Addirittura «ragazzo mio». Potenza dell'ambizione umana. Garreth Senn era stato scavalcato da Stagg nell'eterna lotta per il predominio, e ora, con la morte di Stagg, diventava il nuovo «uomo forte». Praticamente, l'ultimo rimasto su piazza della gloriosa avventura di Fotti-il-Ratto. Chi meglio di lui, dunque, poteva raccogliere il testimone che Stagg aveva lasciato cadere in un lago di sangue?

FIGLIA PAZZA AMMAZZA SENATORE DEMOCRATICO E SI SUICIDA.

IL CAPO DELL'ANTIDROGA UCCISO DALLA FIGLIA DROGATA.

L'OSCURA NOTTE DELL'AMERICA.

Alla fine, l'epilogo della storiaccia faceva persino gioco a Senn e alla sua parte. Stagg era un eroe caduto sulla via della lotta al veleno che stava intossicando la gioventú. Non era riuscito a salvare sua figlia, ma la sua battaglia non era stata combattuta invano, altri avrebbero proseguito la sua opera e bla bla bla. Naturalmente, della triste storia del papà abusivo non si faceva, né mai si sarebbe fatta, parola. Altrettanto naturalmente, Jay fece sapere a Senn che il tempo dei giochini era finito. Il nastro e la dichiarazione restavano in mano a lui. La sua assicurazione sulla vita.

– Ok, ragazzo mio, sei pulito. E ti devo un favore. Ma lo sai che non posso lasciarti andare...

– Non ci penso proprio, Garreth. Non vedo l'ora di rimettermi al lavoro.

Tracey Deveraux fu arrestata nell'autunno del '72. Si dichiarò prigioniera politica, rifiutò di rispondere all'interrogatorio, incassò senza battere ciglio una condanna da cinque a quindici anni per detenzione di armi. Uscí dopo quattro anni sulla parola. Dopo la liberazione, riuscí a trovare lavoro come insegnante di Francese in un liceo del Minnesota. Si sposò con un venditore di automobili, ebbe quattro figli, divorziò, tornò per un breve periodo in Canada, per poi trasferirsi definitivamente a Chicago, dove si dedicò alla cura dei minori abbandonati. Nel 2000, subito dopo essere andata in pensione, la vittima di una rapina commessa dai Weathermen trent'anni prima la riconobbe nella foto pubblicata da un giornale locale (le avevano conferito un'onorificenza come «maestra dell'anno»). Il procuratore investito del caso decise che non valeva la pena di spendere i soldi dei contribuenti per una storia cosí vecchia, e che non aveva fatto morti. Cosí Tracey fu lasciata in pace. Morí qualche anno dopo, serenamente circondata dall'affetto di una nidiata di nipotini.

Epilogo

In preda all'esaltazione, Flint cantava a squarciagola *All'alba vincerò*. Io lo seguivo a distanza di qualche passo, fingendo di non conoscerlo. La folla che sciamava fuori dal Teatro dell'Opera osservava con un misto di curiosità e divertito distacco quell'eccentrico anziano signore in smoking e papillon che storpiava l'immortale melodia pucciniana. Avevamo assistito dalla fila centrale alla prima di un nuovo allestimento della *Turandot*. Chissà come, Flint era riuscito a procurarsi i posti migliori.

– Su, si unisca al canto! Non mi dica che si vergogna! «Tu pure principessa, nelle tue fredde stanze»... andiamo, lei deve essere orgoglioso! L'opera è l'anima dell'Italia!

– E chi lo nega! Ma non mi pare il caso di dare spettacolo. Oltretutto, lei non possiede proprio quella che si definirebbe una voce intonata...

– Ah, ah, e come darle torto! Su andiamo a berci un bicchiere!

Era destino che con Flint si finisse sempre a gozzovigliare da qualche parte. E sembrava conoscere molto meglio di me i posti piú improbabili, ma anche piú accoglienti. Quella sera, per festeggiare, disse, la fine della storia, o, ma questo dipendeva solo da me, l'inizio di una nuova storia, aveva optato per un'enoteca gestita da un giovane rasta dall'accento molisano. Pochi minuti dopo la fine dell'opera, sedevamo su scomodi puff traballanti, davanti a due bicchieri e una bottiglia di rhum delle Barbados.

– Non avrà intenzione di finirla tutta da solo, spero!

– Non se lei mi dà una mano. In caso contrario, sí, sarò costretto. Ah, l'opera! Vede, è proprio questa meraviglia dell'essere italiani che Jay imparò un po' alla volta, qui a Roma! Le belle donne, il cibo, la Ferrari, Pavarotti, quei vostri meravigliosi vestiti...

Sorseggiai un goccio di rhum e gli dissi che da lui mi sarei aspettato di meglio. Ero stanco di sentirmi propinare la solita litania sulle bellezze italiche. Questi stereotipi a base di pizza, mafia, spaghetti e mandolino mi avevano rotto.

Flint buttò giú una prima dose, riempí nuovamente il bicchiere e lo vuotò, poi tornò a riempirlo ancora.

– Stereotipi, dice? Può darsi! Come Leonardo, Dante e Michelangelo? Preferirebbe avere l'Empire State Building, Toro Seduto, Joe di Maggio e Wall Street?

– Preferirei non essere sempre trattato come il cittadino di uno staterello da operetta. O il fattore di un giardino delle delizie per ricchi babbioni dalla mascella pronunciata.

– Ah, ah, ricchi babbioni! Mio caro, il settanta per cento dei miei compatrioti non ha mai sentito parlare dell'Italia. Se gli nomini Roma pensa a un aeroporto periferico a ottanta miglia da Manhattan. Per loro l'Albania è la regione intorno a Albany, NY, e se vogliono farsi una gita nella laguna di Venezia, prendono un volo per Las Vegas e un biglietto per il casino. A loro basta poco per sognare... Davvero scambierebbe Cellini, Mantegna e la Ferrari con tutta questa merda?

– Non so, francamente. In fondo ignoro tutto, o quasi, dell'America. E lei non mi sta aiutando a capirla meglio. Mi ha parlato cosí tanto di Jay Dark, ma dubito che Jay Dark sia l'America.

Flint annuí. E si scolò il suo rhum.

– Su, spari. Che vuole sapere?

– Per esempio: che cosa mangiano i ragazzi americani?

– I ricchi non mangiano. Nutrirsi è volgare, nelle inquadrature esci grasso. E non sta bene. La classe media va avanti a fiocchi d'avena e hamburger. I poveri sono già obesi a sei anni.

– Non ho mai capito il baseball.

– Neanche io, ma vivo benissimo lo stesso.

– Come sono quelle famose confraternite studentesche? Cosí terribili come si dice?

– Decisamente peggiori. Una congrega di idioti che perpetuano finte tradizioni per lo piú crudeli e sanguinarie. Qualcuno dice che servano a rafforzare lo spirito patriottico e a forgiare le élite.

– Chi è veramente un americano medio?

– Uno che pensa ai cazzi suoi, ringrazia ogni mattina il Signore per averlo fatto nascere in America ed è convinto che il resto del mondo debba fare altrettanto: vale a dire, ringraziare il Signore per aver creato l'America, seguire l'America, obbedire all'America e non rompere i coglioni all'America. Soddisfatto?

– Piú che altro, sollevato. Lei è abbastanza equanime, nello sparlare dei suoi compatrioti. Ma noi sognavamo cose diverse. Il rock, *Easy Rider*, la liberazione sessuale...

– Beh, ormai dovrebbe averlo capito. Sognavate i nostri sogni, voglio dire, i sogni che noi vi facevamo sognare. Eppure, sa, qualcosa è rimasto, sí, qualcosa è rimasto...

Flint ordinò due crêpe alla Nutella e mi chiese se avessi preso una decisione.

– Lo scriverà allora questo libro? Il vero romanzo di Jay Dark?

– Non lo so ancora, – ammisi.

– Ok. Mettiamola cosí: dopo quello che le ho raccontato, lei riscriverebbe *Blue Moon*? E se sí, sarebbe lo stesso romanzo o qualcosa di diverso?

– Senta, Flint, gliel'ho detto mille volte. Mi sono attenuto ai fatti.

Arrivarono le crêpe. Flint vi si dedicò con ispirata concentrazione: un boccone e un goccio, un goccio e un boccone.

Poi, facendosi di colpo serio, e con una voce sobria di cui non l'avrei ritenuto capace, dopo tutto l'alcol che aveva trangugiato, mi spiegò dove ci avevo preso e dove avevo sbagliato.

– In primo luogo, io al suo posto avrei dato maggior risalto alla psicologia di Jay Dark.

– Non era lui il protagonista. Non di quel romanzo. Il protagonista era lo sbirro che gli dava la caccia. Jay era l'antagonista. O il fantasma, se ci rifacciamo a *Amleto*...

– Per questo la prima volta che ci vedemmo, ricorda, le dissi: il suo romanzo è privo. Ora posso confermarglielo. È privo di Jay!

– Si faccia capire meglio...

– Vediamo... Quando Jay Dark era sbarcato a Roma, non sapeva niente dell'Italia, a parte la lingua. Era un principiante assoluto, un qualunque turista, ma non becero né idiota. Bene, quello spaesamento ammirato che lo catturò immediatamente quando mise per la prima volta piede, per esempio, a piazza Navona... lei non ha saputo raccontarlo. Diciamo che non l'ha voluto raccontare. E un lettore attento ne sente la mancanza. Andiamo avanti. Lei fa incontrare Jay con un agente segreto, com'è che l'ha chiamato?

– Federico Arena.

– Ecco, questo Arena introduce Jay nei circoli di destra, negli ambienti militari che strizzavano l'occhiolino all'atlantismo piú estremista e ai potentissimi massoni. E Arena, mi corregga se sbaglio, spiega a Jay la teoria delle «camere di compensazione», cioè di quei luoghi neutri nei quali si incontravano esponenti di mondi diversi e apparentemente inconciliabili e incomunicanti. Le segretissime stanze del potere, per intenderci. Sempre Arena gli procura i contatti per la diffusione dell'eroina, mentre i suoi amici palestinesi gli spalancano le porte della sinistra, dove lui si infiltra abilmente, sino al punto di conquistare la fiducia dei capi terroristi...

– Flint, mi complimento per le sue capacità di sintesi. Io stesso non avrei saputo riassumere meglio il mio romanzo, – osservai, duro.

Flint mi scoccò un'occhiata ironica.

– Sí, ma la sua storia non spiega com'è finito in carcere e perché dal carcere ha cercato di aiutare le vostre autorità...

– Andiamo, è sottinteso. Jay si è fatto arrestare perché glielo hanno ordinato. Serviva un provocatore in carcere.

Flint scosse la testa, come un professore di buona volontà deluso dall'allievo deficiente.

– Lei continua a sottovalutare il fattore umano. Jay non voleva affatto finire in galera.

– Mi pare che ci si sia adattato, comunque.

– E che altro poteva fare?

Flint ordinò dell'altro rhum. Il rasta molisano mi fece un segno, come per dire: sta esagerando. Io allargai le braccia. Come per dire: non posso farci niente.

E il rhum arrivò.

– Garreth Senn, – riprese Flint, – gli ordinò effettivamente di farsi beccare, perché serviva in galera. E lui lo mandò al diavolo.

Dovetti ammettere che questa era una sorpresa. Mi era parso di capire che, alla fine della giostra, dopo la morte di

Pam, Jay si fosse rassegnato. Avesse rinunciato ai tentativi
di fuga. Fosse diventato un consapevole, convinto agente.
Flint si fece una risatina.
– Già. Ma agente del caos, non lo dimentichi. Riesce a
immaginare qualcosa di piú caotico del desiderio?
– Non mi dica che c'era di mezzo una donna.
– Precisamente.

Jay si era innamorato... beh, diciamo che aveva sviluppato una forma assai prossima al suo personalissimo concetto di amore...
– Lei si chiamava Leslie. Leslie Didonato. Faceva parte
della Ditta. Era una cavalla pazza. Bellissima donna, ita-
loamericana, con sangue calabrese. Lunghi capelli scuri,
occhi neri, passionale. Ma completamente pazza. Il guaio
è che Jay l'aveva portata via a Garreth Senn.
– Questa non me la bevo, Flint. Sa davvero troppo di
romanzesco.
– E invece è andata proprio cosí.
Senn si era precipitato a Roma, ubriaco. C'era stata una
scazzottata. Jay non era piú il ragazzino sprovveduto di un
tempo, e Senn cominciava a invecchiare. Jay avrebbe potuto persino ucciderlo, nel momento in cui si ritrovò dalla
parte giusta della Smith & Wesson con il suo eterno riva-
le in ginocchio e una mano fracassata. Pagò a caro prezzo
quel suo gesto di tolleranza. Leslie lo vendette alla polizia
italiana. Fu il tradimento piú atroce per Jay.
– Il fatto è che fra Jay e la Ditta lei scelse la Ditta. E lo
fece perché lei, come Garreth, come Stagg, come tutti gli
altri, credeva in qualcosa. Jay, come dovrebbe infine aver capito, obbediva unicamente a sé stesso. E al caos, beninteso.
In carcere Jay era sottoposto a due contrapposte pres-
sioni. Come sempre l'amministrazione americana era la-

cerata dalle sempiterne divisioni. C'erano quelli che volevano arginare il terrorismo e quelli che volevano incrementarlo. Jay si schierò istintivamente con i primi. Tenne buoni i falchi grazie ai suoi contatti coi terroristi detenuti, ma forní alle colombe informazioni preziosissime. Non fu certo colpa sua se non ne tennero conto.

– Tutto questo però, – obiettai, – non c'entra col caos. Se le cose stanno come lei dice, voleva farla pagare a Senn e all'ex amante. Giocava contro di loro.

– In parte sí. Ma la lezione di Kirk era comunque dentro di lui. Ricorda, no? Che gusto c'è a seminare il caos soltanto nel campo nemico? Fare uno scherzo agli amici può essere molto, molto piú divertente... e poi, lui non c'entra niente con la morte di quel poliziotto.

– Durante?

– Durante, nel suo romanzo, certo. In effetti, un poliziotto fu ucciso. Ma anche se avesse scoperto chissà che cosa su Dark... e badi bene che di voci ne circolavano, e molto piú dettagliate di quelle che lei ha scritto... anche se lo avessero smascherato... in un modo o nell'altro se la sarebbe cavata. No. Quell'omicidio fu la stupida, crudele reazione degli uomini di fede. Senn, Arena... in certi casi, non avere nessuna fede ti rende migliore. Allora: lo scriverà, questo romanzo?

– Si è fatto tardi, avvocato.

– Capisco. Ma prima vorrei ancora farle vedere un posto...

– La riconosce, questa casa?

L'avevo riconosciuta sin da quando avevo messo piede nel portone del vecchio palazzo a due passi dal Pantheon. Era in quell'attico terrazzato, pieno di vasi di piante e di vecchie cianfrusaglie, che, in *Blue Moon*, avevo ambientato la scena dell'incontro fra Jay Dark e il mio protagonista, l'onesto poliziotto Paco Durante. Nella finzione narrativa il padrone di casa assumeva l'identità di un regista cinematografico, tale Trebbi.

Avevo descritto Trebbi come un dipendente di un pezzo grosso dei nostri servizi. Il suo appartamento era una tipica camera di compensazione per gente di sinistra. Ma il vero Trebbi, nel senso del modello che mi aveva ispirato il personaggio, l'avevo conosciuto alla fine degli anni Settanta. A seguito di circostanze che nemmeno ricordo, mi ero ritrovato fra i frequentatori abituali delle sue serate. Un uomo vivace, molto simpatico, grande intrattenitore. Cercava di scoparsi tutto ciò che respirava, purché appartenesse al genere femminile. Tenuto conto del suo aspetto fisico non propriamente esaltante, gli esiti avevano del miracoloso. Dopo la sua morte, avvenuta qualche anno fa, ci eravamo ritrovati a ricordarlo con alcuni amici comuni. Qualcuno, rievocando la sua biografia professionale, fatta di due film di scarsa risonanza e una marea di progetti mai realizzati, si era chiesto come diavolo facesse a mantenere una casa cosí lussuosa e un cosí elevato tenore di vita. C'era chi ipotizzava interessi nel porno, industria all'epoca fiorente, e chi adombrava il sospetto che fosse una spia. Con ogni probabilità, Trebbi era solo uno dei tanti artisti piú o meno dotati di talento che riuscivano a sopravvivere nella morbida giungla romana. E se avesse letto *Blue Moon* si sarebbe fatto una bella risata. La verità è che a me, come scrittore, serviva una spia credibile. E cosí avevo pensato a lui.

Flint mi disse che avevo avuto la vista lunga.

L'appartamento era abbandonato. Le stanze puzzavano di chiuso. Sul terrazzo coperto da strati di polvere e ruggine piante secche intisichivano nei vecchi vasi. Quando gli chiesi come avesse fatto a entrare, Flint fece tintinnare un mazzo di chiavi e, con un sorrisetto, mi disse che «forse» gliele aveva date Jay Dark. Poi tirò fuori una fiaschetta e mi offrí da bere.

– Whisky, naturalmente.

– Ma che diavolo, Flint, non ne ha mai abbastanza!

– Lei si fa troppi problemi. Sa, io ho lavorato a lungo nell'industria del cinema. Preparavo contratti per attori e registi. Ai bei vecchi tempi si attaccava a sbevazzare all'alba e si finiva a mezzanotte. Del giorno dopo. A volte si interrompeva la trattativa e si faceva una mano di poker. C'erano star che sparivano per una sveltina e tornavano dopo mezz'ora con la cravatta impiastricciata di rossetto e il naso incipriato. Le firme in calce ai contratti erano immancabilmente sbilenche. Con l'andar del tempo ho assistito con sgomento all'affermarsi del piú bieco salutismo. Il buon vecchio whisky è stato sostituito da centrifughe di carote, estratti di zenzero e abacaxi, sbobbe ayurvediche e gambi di sedano. Su, beva e passi, che tutta questa polvere mi ha seccato la gola. E risponda a una domanda: che faceva lei in quegli anni?

– Ero un ragazzo, – sospirai, rendendogli la fiaschetta, – cercavo di scrivere, collaboravo con radio e giornali, mi laureavo...

– Radio e giornali di sinistra, immagino.

– Sí, ovvio. Non è che ci fosse molta scelta.

– Aah, non mi faccia la verginella. Lei era convinto. Ci credeva.

– E se anche fosse?

– Ricorda la prima volta che è stato invitato da Trebbi?

No. Non lo ricordavo. Forse un amico di un amico che conosceva qualcuno che conosceva qualcun altro, o una ragazza a cui stavo dietro. O per caso, semplicemente, come accade ogni giorno a Roma.

– No, – disse Flint, secco, – non è successo per caso. L'hanno fatto succedere altri, questo caso.

Scoppiai a ridere. Questa era veramente grossa. Sarei dunque stato indotto a frequentare casa Trebbi dalle forze oscure che manovravano il sedicente intellettuale progressista perché la mia insignificante persona aveva destato un qualche interesse... ma chi diavolo poteva trovare interessante uno studente squattrinato che aveva da offrire al mondo unicamente le sue grandi speranze e l'inesauribile carica ormonale dei vent'anni?

– Su, su, non si sottovaluti. Nelle camere di compensazione, che, sia detto per inciso, ancora esistono, anche qui a Roma, c'è spazio per tutti. Non si sa mai. Lo sbarbatello di oggi domani può diventare un apprezzato scrittore. Come è successo a lei. Dopotutto, siamo qui a parlarne. Magari anche questo non è un caso!

– Flint, qualunque sia il risultato di questa nostra... collaborazione, non credo esista ancora al mondo un qualche potere occulto che tema una storia vecchia e dimenticata... sa cosa penso? Penso che piú che un complottista, lei sia un paranoico.

– E se le dicessi che proprio qui, in questa stanza, lei si trovò faccia a faccia con Jay Dark?

Feci un rapido calcolo mentale e tirai un sospiro di sollievo. No, non poteva essere accaduto. I tempi non coincidevano.

– Questo è un dettaglio irrilevante. Con un po' di fantasia, tutto può coincidere.

– Per un paranoico, magari. Glielo concedo.

– Ma, senta, lei non aveva una ragazza, in quegli anni? E non incontrò una volta uno strano americano che le ronzava intorno?

E d'improvviso ricordai. Doveva essere il 1980-81. Mi preparavo a partire per il servizio militare. Stavo con una bella mora che mi aveva fatto perdere la testa. La nostra relazione era in crisi. Una sera, da Trebbi, conoscemmo un americano sui quaranta, un tipo brillante. Diceva di essere un produttore di Hollywood. Parlava bene la nostra lingua. Qualche giorno dopo lei mi confessò di esserci uscita un paio di volte. Poi lui era scomparso. La nostra storia finí poco dopo.

– Ma no, non è possibile, – protestai ancora, – Jay Dark era già scappato dal carcere e si nascondeva...

– Magari era proprio in mezzo alla gente di sinistra che si nascondeva...

– Flint, ma lei come cazzo fa a sapere queste cose?

– Gliel'ho detto. Io c'ero.

Rabbrividii. Flint mi osservava sorridendo.

– Sono in partenza, – sospirò infine, – l'aspetto domani sera per una risposta definitiva. Le manderò un sms con l'indirizzo esatto.

Cosí mi ritrovai in un lussuoso quarto piano del quartiere Trieste, nel cuore di quel meraviglioso anacronismo architettonico realizzato a Roma nei primi anni Venti dall'architetto fiorentino Gino Coppedè. Possedere una casa in piazza Mincio era da sempre uno dei miei sogni segreti. La vita aveva disposto diversamente. La vita e il reddito, va da sé.

Flint mi accolse con un sorriso caloroso e un Martini cocktail, e mi condusse in un vasto salone esagonale. C'erano un lungo tavolo da lavoro con una stazione computer, compresa di stampante, e divani piuttosto asettici, Chia, Clemente, Palladino e Fontana alle pareti. Un bronzetto di Giacometti posizionato su una massiccia base lignea, evidenziato da una lampada. Un grande schermo ultrapiatto al plasma. Una chaise-longue classica, due divani e quattro poltrone.

Prendemmo posto l'uno accanto all'altro.

– Sa di chi era questa casa, negli anni Settanta?

– Non ne ho idea.

– Di Federico Arena. Mi scusi, della persona realmente esistita che immagino le abbia ispirato il personaggio del superagente segreto italiano. Come ricorderà, era ufficialmente un architetto. E anche un intenditore d'arte, come dimostra questa piccola collezione. Dopo la sua morte la casa è passata di mano piú volte. L'ultimo acquirente è un caro amico. Le piace il Martini?

– Eccellente. Poi, si sa, il Martini e gli scrittori... c'è una lunga storia di frequentazioni, no, da Hemingway... ma che cazzo sta facendo, avvocato?

– Io? Niente, mio caro amico. Perché me lo chiede?

– La sua testa... dove diavolo è finita la sua testa, Flint? Che scherzi sono questi?

Perché, lo giuro, mentre ce ne stavamo tranquillamente seduti a chiacchierare, a un certo punto, di colpo, la testa di Flint si era staccata dal busto, e ora davanti a me c'era un tronco umano senza faccia, e la sua voce, la voce di Flint, proveniva da qualche altra parte, un punto imprecisato nel tempo e nello spazio che aveva preso a vorticarmi intorno.

Cercai di sollevarmi, ma i muscoli non rispondevano alla chiamata. Allora mi aggrappai ai braccioli della poltrona e dissi piano, a me stesso, «Stai sognando, è solo un sogno». Chiusi gli occhi. E quando li riaprii mi ritrovai in un campo fiorito. Corolle dai colori cosí brillanti da accecare sbocciavano improvvise tutto intorno alla mia poltrona; vedevo avanzare verso di me due alte madonne vestite di nero, i loro volti sorridenti e le braccia tese che mi incitavano a unirmi a loro in una sorta di mistica comunione.

– Che cazzo succede, Flint? – articolai, facendo appello agli ultimi brandelli della forza di volontà.

– Accenditi. Sintonizzati. Esci fuori, – sussurrò, compunto, Flint.

Cominciai a volare. Sentivo il vento fresco dell'estate incipiente accarezzarmi le guance. Sotto di me scorrevano, indistinguibili alla vista, i tetti di ardesia e le guglie aguzze di una città. Precipitavo verso un oceano nero e vorticoso e gridai per la paura. Il tocco lieve di una mano fresca fece scomparire l'oceano e il suo posto fu preso da una valle dove scorrazzavano, liberi e felici, cani di ogni razza e colore.

Corsi verso di loro. La velocità aumentava a ogni passo. I cani scomparvero, scomparve la valle. Mi ritrovai in una nebbia bianca. Un giovane alto, dall'aria ironica, mi abbracciò. Rassomigliava in modo impressionate a Jay Dark. Mi disse qualcosa come «benvenuto, fratello», ma quando cercai di ricambiare l'abbraccio, svaní. Ora ero nuovamente nel salotto del quartiere Coppedè. Ai miei piedi strisciavano serpenti, e io mi sentii morire dal terrore.

Le due madonne mi presero per mano. E io, docile, le seguii.

Al risveglio ero nudo.

Uno specchio con la cornice dorata rimandava l'immagine di un attempato scrittore dagli occhi cerchiati che cercava di coprirsi alla meno peggio con un lenzuolo di seta nera. Mi alzai. La testa mi scoppiava. Avevo sete. I miei vestiti erano ammucchiati ai piedi del letto. Li indossai. Andai in cerca di un bagno. Mi dissetai e mi lavai sommariamente. Ora avevo un aspetto un po' meno terribile. Ma ero incazzato nero.

– Flint! Che cazzo ci ha messo in quel Martini? Flint!

L'appartamento era deserto. Il computer era acceso e mandava un ronzio sinistro. Accanto alla tastiera c'erano una chiavetta e un biglietto.

Per lei. Buona visione.

Introdussi la chiavetta e aprii il file video. Comparve Flint. Nello stesso salotto dove ora mi trovavo. Lui era in primo piano, sullo sfondo si intuiva una massa indistinta dalla quale giungevano mugolii e grida soffocate.

Flint si schiarí la voce e prese a parlare.

«Sin dalla notte dei tempi gli esseri umani inseguono la trascendenza. Per conquistarla si dedicano alle piú svariate tecniche, dalla meditazione al digiuno, passando per l'ascesi mistica e l'adesione ai grandi sistemi religiosi o ai culti piú estremi e dissoluti. Oppure si rivolgono a sostanze che alterano le percezioni. O tutte e due le cose. Sa cosa scrisse una volta un grande pensatore, il suo connazionale Elémire Zolla? Scrisse: la storia intima dell'uomo è fondata sulla successione degli stupefacenti. Ora, non credeva davvero che le avrei permesso di scrivere la storia intima di Jay Dark senza provare almeno una volta l'Lsd? Diamine, che razza di scrittore è quello che non sperimenta in prima persona? In questi mesi l'ho osservata attentamente. Lei è cosí chiuso, cosí arroccato nel suo microcosmo interiore, e nello stesso tempo preda di un'ansia che la divora, un'ansia alla quale non riesce a dare neanche un contorno definito. Io direi che è la stessa ansia che provava Jay Dark. Per qualche aspetto, voi due siete simili. Solo che lui, alla fine, ha accettato di venire a patti con la sua natura. Lei, invece? Beh, la lascio a riflettere su queste mie umili considerazioni. Io le ho fornito tutti gli elementi di cui ero in possesso. Ora sta a lei scegliere. Non so se ci rivedremo. Spero che non se la sia presa per il mio piccolo scherzo. Ah, e stia tranquillo: esiste solo una copia di questo video. Quella che lei sta guardando in questo momento».

Nei giorni successivi cercai di ricostruire il filo degli eventi. Flint mi aveva drogato, e sotto l'effetto della droga io avevo provato visioni e allucinazioni tattili e auditive. La massa indistinta che si agitava alle spalle di Flint era l'orgia a cui mi sarei abbandonato con le due sedicenti figure virginali, o si trattava di qualcos'altro? Non ricordavo un accidente. A parte le visioni iniziali. Poi era calato il buio piú completo. Per quanto mi sforzassi di frugare nella memoria, niente. Dovevo essere reduce da un bel massacro di neuroni. Lessi e rilessi le testimonianze degli illustri viaggiatori del passato. Secondo quanto si poteva desumere dall'esperienza dei vari Michaux, Junger, Craig Wasson e soci, le visioni indotte dalle sostanze allucinogene tendono in ogni a caso a riprodurre raffigurazioni strettamente soggettive. Vale a dire che la sostanza pesca nel tuo inconscio, accende, rielabora e restituisce, trasformandolo, il sostrato iconico nel quale si è imbattuta. Si spiegherebbe cosí perché un fattone medioevale racconterebbe di angeli e demoni, e un uomo schizoide del XX secolo di metalli e impulsi elettrici. Ma le rappresentazioni affondano le loro radici anche in un inconscio comune e collettivo, proprio del genere umano nel suo complesso. Da qui il ricorrere degli elementi naturali e, soprattutto, quel senso, riferito immancabilmente da tutti, della dilatazione dello spazio e del tempo che dovrebbe costituire il nucleo forte dell'esperienza. Quella «uscita da sé stessi» nella quale i mistici leggevano il contatto diretto con la divinità. Qualche cosa corrispondeva: corolle di fiori che si dilatano, libri dai dorsi risplendenti, autostrade che scorrono all'infinito, fiumi azzurri, cieli immensi e praterie, il mare immoto o turbinoso, il sole accecante, la luna gigante, la caduta vertiginosa e la risalita mozzafiato, i serpenti, la testa mozzata. Altre cose mi erano state risparmiate, tipo piante spinose che si aprono come mostruose bocche pronte a inghiottire e triturare, spade aguzze metalliche che riflettono inquietanti luci nere, masse minacciose e senza volto che

avanzano implacabili nell'oscurità, spirali che precipitano
verso il centro della Terra, dove un maelstrom di lava mag-
matica assorbe e divora l'intera materia, pianeti sdoppiati
e stelle fredde di odio, tuo padre che ha i denti da vampiro e tua madre che è una strega. O, almeno, cosí pareva.

Beh, comunque ne ero uscito. Avevo provato e ne ero
uscito. Non ero rimasto bruciato dalla terribile esperienza.
Devo anzi ammettere che provavo una nuova, inquietante
lucidità. Non l'avrei rifatto, potevo giurarlo, ma non era
stato poi cosí devastante. Per i primi sessant'anni della mia
vita mi ero tenuto religiosamente alla larga dallo «sballo».
Non potevo sopportare l'idea di perdere il controllo. E, oltretutto, c'erano modi legali per farlo – un buon bicchiere
di vino, per intenderci – senza ingrassare i portafogli dei
mafiosi o supportare i bastardi di Fotti-il-ratto. Quelli erano i nemici, e andavano combattuti.

Certo, con l'andar del tempo ero diventato un convinto antiproibizionista. Ma non perché mi fossi convertito
allo sballo. La roba continuava a terrorizzarmi. La mia era
una valutazione politica. La lotta alla droga era una battaglia perduta. La repressione favoriva i mafiosi e i mani-
polatori alla Senn. Meglio ridurre il danno che inseguire
un'utopia catastrofica.

Ma questa era la voce della ragione.

Flint mi aveva costretto a guardare le cose da un diverso punto di vista.

Quando dal terreno filosofico si scende sulla strada, l'incessante tensione umana verso la trascendenza viene liquidata
come «sballo». Ma è troppo comodo. E non serve a spiegare perché quella tensione non ci abbandona, né mai lo farà.
Flint mi aveva impartito una lezione di anti-illuminismo.
E io ero pronto a prenderne atto. Zolla – che avevo riletto
avidamente – sosteneva che lo «sballo» è un privilegio riser-

vato a pochi spiriti eletti. Quando diviene pratica di massa, la società se ne va per aria. Visione tipicamente elitaria.

Era la giusta visione?

In ogni caso, Flint non era altro che un tramite di Jay Dark.

Il messaggio era chiaro, e chiaro e forte l'avevo incassato: fa' i conti con il Jay Dark che è dentro di te. L'avventuriero. L'amorale. Il Cattivo. L'agente del caos.

Jay Dark mi costringeva a fare i conti con il mio lato oscuro.

Jay Dark mi costringeva a fare i conti con il caos.

Comprensibile che ne fossi, allo stesso tempo, sedotto e respinto.

Scrivevo da trent'anni e le mie storie pullulavano di cattivi. Su di loro avevo scaricato tutte le contraddizioni, tutte le perversioni che albergavano dentro di me e che grazie alla scrittura ero riuscito a tenere sotto controllo. Grazie alla scrittura avevo potuto scansare il lettino dello psicanalista, mi ero schermato dietro una parvenza di normalità, sfruttando il potere del demiurgo che gioca, ironico e distaccato, con le proprie creature. Ma per quanto perverse fossero le figure che avevo ideato, non avevo mai mancato di attribuire loro una certa sensibilità. La mia sensibilità.

Ora, per colpa o forse per merito di Jay Dark, le due metà urlavano per ricongiungersi. E mi chiamavano direttamente in causa.

Non si trattava tanto di stabilire che cosa avrei fatto o non avrei fatto al posto di Jay Dark. La verità è che piú lo conoscevo, piú lo comprendevo. Comprendevo le sue azioni e le sue motivazioni, e tendevo, pericolosamente, a giustificarle. Avevo mentito con Flint. Io non odiavo Jay Dark. E non si trattava di rileggere con lo sguardo del cattivo una storia che avevo sempre considerato dalla parte dei «buoni»: i giovani sognatori da una parte, il Sistema schiacciasassi dall'altro. No, cosí sarebbe stato troppo semplice. Flint aveva ragione quando diceva che il Sistema non sarebbe andato da nessuna parte senza la complicità delle sue presunte vittime. Jay Dark era il cattivo, ma nello stesso tempo era la vittima. Lo eravamo stati tutti. Lo siamo ancora.

Il punto è il caos.

E se il punto è il caos, Jay è anche un vincitore.

Dopo quegli anni magici il nostro modo di vivere era profondamente mutato. Jay e tanti altri come lui avevano seminato incubi perversi e sogni meravigliosi.

Anche grazie a lui eravamo vittime e trionfatori, sognatori e assassini di noi stessi.

Jay Dark era anche mio fratello.

Jay Dark era anche me.

Non rividi mai piú Flint.

Tutti i dati che riguardavano la sua presunta attività legale erano stati cancellati dalla rete. L'associazione degli avvocati della California mi confermò che non era mai esistito nessun avvocato Alwyn Flint.

Poche settimane dopo ricevetti una mail. Mi fu impossibile, nonostante tutti gli sforzi, risalire all'indirizzo del mittente.

Ho stampato comunque il testo.

So che l'amico Flint le ha parlato molto a lungo di me. Posso confermare che la maggior parte delle cose che le ha riferito corrispondono al vero. Nel maggio del 1984 sono stato ufficialmente dichiarato morto. Ho goduto del privilegio di partecipare, ovviamente non visto, al mio funerale. Ho assistito all'elogio funebre pronunciato con parole vibranti da un commosso Brandon Hadley. Non mi sono nemmeno sottratto alla cerimonia della cremazione. La bara – lo dico per rassi-

*curarla – conteneva la carcassa di un cinghiale investito acci-
dentalmente da un automobilista distratto. Nel caso decidesse
di scrivere il romanzo al quale Flint mi ha detto che stava lavorando, le suggerisco alcune possibili soluzioni per il finale:*

   *mi sono ritirato a godermi la pensione, beninteso sotto falso
nome, in un ranch. Se volesse aggiungere un tocco letterario,
potrebbe ambientare la mia godereccia vecchiaia nello stesso
ranch di Idyllwild che un tempo era stato di proprietà della
Confraternita dell'Amore Eterno;*

   *ho continuato a collaborare occultamente con progetti
governativi nell'ambito del mercato internazionale degli stupefacenti;*

   ho collaborato con agenzie private nel ramo della sicurezza;

   ho fatto tutto questo contemporaneamente;

   *ho lavorato con e contro Pablo Escobar e i cartelli della
droga (alternativamente e contemporaneamente).*

   *ho assunto l'identità di Alwyn Flint. In questo caso, le con-
siglierei di aggiornare le mie rare istantanee di un tempo con
un programma di «aging» e di confrontarle con quelle di Flint
(sempre che ne possegga). Il tutto, poi, andrebbe sottoposto alla valutazione di un esperto in chirurgia plastica.*

   Lascio a lei la scelta.

   *La lascio anche libero di credere che sono realmente morto
d'infarto nel 1984, e che dunque chi le scrive è un fantasma.*

   Con i migliori saluti,

                                                      Jay Dark

Nota al testo.

I versi a p. 126 sono una traduzione della poesia di Adrian Mitchell *To Whom It May Concern (Tell Me Lies About Vietnam)*.
I versi a p. 144 sono tratti dalla poesia di Langston Hughes *Dreams*.
I versi a p. 162 sono tratti da Leonard Cohen, *L'energia degli schiavi*, trad. di Giancarlo De Cataldo e Damiano Abeni, minimum fax, Roma 2003.
I versi alle pp. 164, 195 sono una traduzione della canzone *San Francisco (Be Sure to Wear Flowers in Your Hair)*, interpretata da Scott McKenzie. Testo e musica di John Phillips.
La citazione alle pp. 178-81 è tratta da Jerry Rubin, *Do it! Fallo!*, trad. di Lietta Tornabuoni, Milano Libri, Milano 1970.
Il dialogo alle pp. 214-15 è ispirato a Andy Warhol e Pat Hackett, *POPism* © 1980, Andy Warhol, used by permission of The Wylie Agency (UK) Limited.
La citazione a p. 235 è tratta da Valerie Solanas, *Scum. Manifesto per l'eliminazione dei maschi*, trad. di Adriana Apa, Es, Milano 2013.
I versi a p. 245 sono una traduzione della canzone *Subterranean Homesick Blues*, interpretata da Bob Dylan. Testo e musica di Bob Dylan.
I versi a p. 250 sono una traduzione della canzone *Drug Store Truck Drivin' Man*, interpretata da Joan Baez. Testo e musica di Joan Baez.
La citazione a p. 316 è tratta da Elémire Zolla, *Il dio dell'ebbrezza. Antologia dei moderni dionisiaci*, Einaudi, Torino 1998.

Indice

Questo libro è stampato su carta contenente fibre certificate FSC®
e con fibre provenienti da altre fonti controllate.

MISTO
Carta da fonti gestite
in maniera responsabile
FSC® C115118

Stampato per conto della Casa editrice Einaudi
presso ELCOGRAF S.p.A. - Stabilimento di Cles (Tn)
nel mese di marzo 2018

C.L. 23763

Edizione

1   2   3   4   5   6   7

Anno

2018   2019   2020   2021